季刊文科74　目次

JN254655

［CONTENTS］

季刊
文科

KIKAN BUNKA

74

小説　木戸孝允

―愛と憂国の生涯―　上巻　下巻　　中尾實信 著

維新の三傑、木戸孝允の愛と憂国の生涯

西郷・大久保が躊躇した文明開化と源頼朝以来の封建制打破を成就し、四民平等の近代国家を目指した木戸孝允の愛と憂国の生涯を描く大作（上巻）。

愛と憂国の闘病記「欧米歴訪」の成果実現を目前に、馬車事故に遭遇。西郷との「征韓論大分裂」、大久保・板垣との「大阪会議」を経て「西南戦争」の悲劇に至る史実に迫る大作（下巻）。

■四六判

■定価 各3780円（税込）

■本文792頁（上巻）

　本文874頁（下巻）

著者紹介】

尾實信（なかお　よしのぶ）

940年福岡県生まれ、医師。

本ペンクラブ会員。

書として『小堀遠州』、『小説森鷗外』、

釉』、『静かなる崩壊』など。

電話 ☎03-5948-6470　FAX 0120-586-771　メール order@choeisha.com

文藝・学術出版　株式会社鳥影社

〒160-0023　東京都新宿区西新宿 3-5-12 トーカン新宿 7F

TEL / 03-5948-6470　FAX / 0120-586-771　https://www.choeisha.com

季刊文科 74

鳥影社

JN254688

写経のように、田植えのように

宗像和重

昨年の十二月から今年の二月まで、東京・駒場の日本近代文学館で、「小説は書き直される―創作のバックヤード」と題する冬季企画展が開催された。バックヤードといえば、昨今は動物園の給餌体験とか、地下の工事現場の見学とか、普段は目にすることができない施設の「裏側」をめぐる見学・体験会が人気を博しているが、この企画展も、編集委員の安藤宏氏の言葉をお借りすれば、「われわれが日頃、当たり前のように慣れ親しんでいる名作が、どのように書かれ、活字化されるのか、さらにそのあともいかに読み継がれ、書き直されていくのかという、時間の歩みを追いかけていくこと」をねらいとしたもので、第一章「構想」、第二章「原稿用紙の世界」、第三章「活字化以後の変貌」、第四章「読み継がれる中で」の構成で「小説の一生」をたどる試みが、非常に興味深かった。

かつて前田愛は、『小説神髄』をとりあげた「近代文学と活字的世界」において、「小説は活字で読むものだということになっております」と、「活字的世界」こそが近代文学のフロントヤードであることを喝破し、「たとえば夏目漱石の『坊っちゃん』を読む場合に活字本ではなくて漱石の原稿そのもの、あるいはその複製を読むという人はよっぽど奇特な人だろうと思う」と述べている。その「奇特な人」になって、近代作家の原稿を読んでみよう、という授業を私はこのところ行なっていて、「坊っちゃん」もそうだが、森鷗外「舞姫」、樋口一葉「たけくらべ」、宮沢賢治「銀河鉄道の夜」、谷崎潤一郎「春琴抄」など、複製版のある原稿を中心に、学生と一緒に読んでいる。いわゆるくずし字や変体仮名などを解読しなければならないことも、肉筆の文字を書く／読む機会が極度に減っている学生たちには、かえって新鮮で面白いらしい。当初は、昨今の学生が活字のテキストを読むことに倦み疲れて、とくに明治の文学を敬遠する傾向にあるので、何か目新しいことをして関心を向けさせたいといった程度の動機だったのだが、続けているうちに学生よりも私のほうが作家の原稿というもの、あるいは原稿用紙そのものに興味がわいてきて、いま原稿用紙についての小さな本を準備しているところだ。

実は、原稿用紙については、現在のところ松尾靖秋著『原稿用紙の知識と使い方』（南雲堂、一九八三年三月）以外に、まとまった本がない。松尾先生は、近世俳諧の大家として知られ、長い間東京の工学院大学で教鞭を執られていたが、そのご退職の際に、近代文学を専攻している私を後任に推薦していただき、さまざまなご指導とご厚誼を賜った。二〇〇七年に亡くなられたが、その温容は今でも目に焼きついていて、私にとっては懐かしい先生のお一人である。このご著書を、お近づきになった頃に頂戴したことも、私が原稿用紙に関心を持つきっかけになったと、今にしてみれば強く思う。

そうしたお仕事に導かれて、近代作家の原稿や原稿用紙について調べてみると、すでに紀田順一郎氏が、江戸時代後半に原稿用紙に類した枡目のある用紙が使われていることを指摘されているが、近代文学との関わりや、そもそもなぜ二十字二十行の四百字詰め（ないし二百字詰め）が標準となったのかといった事自体が、まだ十分に知られていないことがわかってくる。それにもかかわらず、明治の終わりごろから私たちの世代にいたるまで、文学に限らず、およそあらゆる文章表現の現場に、四百字詰めの原稿用紙は欠かせない存在だった。人為的な制度というものは、あまりに強力になると自然そのもの、つまり「あたりまえ」の存在に見えてくるが、原稿用紙というのは、そのような意味で物を書く人間にとっては「あたりまえ」の存在であったことが、ことさらにその来歴や意味の考察を必要とされてこなかった理由ではないかと思う。

私が考えているのは、ちょっと大げさかもしれないが、原稿用紙というのがただ字数の計算や原稿料の算出の便宜として用いられてきたのではなくて、窮屈な四角い枡目との格闘、――その従属と逸脱の軌跡それ自体が、近代の社会と人間の関係そのものの表象ではなかったか、という点にある。しかもそこには、言霊の意識とか、田んぼに稲の苗を植え、肥料を施し、雑草を刈り取って大切に育てて収穫する（もとよりその一粒一粒が何がしかの代価となって、自分たちの生活を潤すことを期待する）農耕の文化も尾を引いていて、「写経」のように文字に祈り、田植えのように文字を育てる」というのを、原稿用紙をめぐる小さな一冊の副題（！）にしたいと思っている。ただ、私自身はすでに原稿用紙を使っていないものの、執筆の遅さだけは昔とまったく変わっていないので、その本の原稿がいつできあがるかは分からないのだけれども。

信長のやさしさ

伊神権太

織田信長といえば、比叡山延暦寺の焼き討ちや伊勢長島の一向宗徒焼き殺し、実の妹お市の方の嫁ぎ先である浅井長政の小谷攻めなど、血も涙もない武将と見られがちだ。が、そうではない。むしろ家族はじめ部下をこよなく愛し、優しさに満ちた武将だったことは意外に知られていない。この信長の天下一のやさしさは三月十日発行の拙著『ピース・イズ・ラブ君がいるから』（人間社刊）の中の書き下ろし小説〈信長残照伝―私はお類、吉乃と申します〉を読んでいただけたら解るかと思う。

では、信長はどのようにやさしかったのか。その時々に焦点をあててみたい。まず最初に忘れられないのは、側室吉乃に対するそれで、この愛は尋常ではなかった。信長は夫の戦死で実家（尾張之国小折村《こおりむら》の生駒屋敷）に戻ってきたお類（吉乃）のことを気遣い、連日のごとく足軽頭だった木下藤吉郎（豊臣秀吉）を伴い、彼女のもとに日参したのである。そして木曽川河畔のその地で激しい恋に落ちた。この当たりの詳しい事情となると信長残照伝に詳しい。

ただ言えることは、信長とお類のラブロマンスは現代社会の家族愛の先をゆく紛れなき純愛であったことだけは確かだ。実はふたりは幼馴染みで信長は生駒家とは元々関係が深かった岐阜の土田家出身の母親、土田御前に手を引かれ、幼いころしばしば生駒屋敷を訪れ、そこで年上のお類とは顔を合わせたこともあったのである。こんないきさつのなか信長は二十二、三歳で年上のお類との思わぬ再会となり、やがてふたりは信忠、信勝、徳姫の三人の子に恵まれた。

二十六歳だった信長がわずか三千の兵で四万の大軍を率いた今川義元を桶狭間の奇襲攻撃で破り、義元の首を手に清洲城に凱旋した時には吉乃をヒッシと抱きしめたあと、三人の子を交互に何度も抱き上げ「父はやった。やったぞ、よ」と叫び、出迎えた町民らには「見よ、これに。ここにあるのは今川治部大輔、義元の首にてあるぞ。あすからは、そちたちにも何ら国境の憂いはない。安心して腹いっぱい食べ、共に働き、踊り、遊ぼうぞ」と呼びかけ、家臣団に対する心遣いも相当なものだったという。

家臣団へのやさしさといえば、桶狭間の合戦を控えた数日間というもの、信長はご家来衆に「まずはわが家の備えを怠らぬよう。しばらくは妻や子、親さん、兄弟など親類縁者を大切に。留守中の狼藉者に対する家の守り、備えをくれぐれも万全に。何よりも家内安全じゃ」とのお触れまで出し、次に達しを出すまでは城中への参上は罷り成らぬ、とまで言い切った、そのことからも分かる。

こうした家臣思いは、信長を守り、支え続ける川並衆や船頭たちに通じないはずもなく、あるときなど吉乃が信長とともに川べりに招かれ歓待を受けたこともあり、彼女は船底に整然と並べられた何百丁もの鉄砲に胸を熱くした、という。信長のその後の天下取りは、そうした伏線があればこそ、力を蓄えていったことは間違いない。これとて、信長の純愛を示すひとつのヒントかも知れない。

信長との間に三人の子に恵まれた吉乃は、信長が桶狭間の戦いに勝利して以降、次第に体力が衰え、これを案じた信長が小牧城を築き、同時に小牧山山麓に御台屋敷を建て、そこに吉乃と三人の子を住まわせたが、吉乃のからだの衰弱は激しく永禄九年（一五六六年）の秋、とうとう帰らぬ人となった。

たまたまこの時、信長は世にいう長良川（当時は奈賀良川と呼ばれていた）の中洲・墨俣で木下藤吉郎が建築し誕生したばかりの一夜城に入城、小牧山城に戻ったのは二日後だった。小牧に戻った信長は悲報に「吉乃、きつの、なぜ死んだのだ」とひと目も構わず、大声で叫び、泣き続けたという。

最後にひとこと触れておきたいことがある。それは信長といえば、誰もが正妻濃姫のことを思い出すだろう。その濃姫だが、歴史資料や文献などでわかっていることは、一五三五年に美濃之国の大名斎藤道三の三女として小見の方との間に生まれた彼女が〈帰蝶〉と呼ばれていた事実、そして天文十七（一五四八）年には十三歳でひとつ年上の信長と政略結婚させられた、その二点でその後のことは多くが闇に包まれたままだ、ということだ。

信長との間に子宝に恵まれなかった濃姫を思うとき、彼女の人生は必然的に暗く、希望のないものになっていったことだけは歴史の事実だった。濃姫と政略結婚させられた信長も当時はまだ十四歳。濃姫との愛を育むにはまだ早過ぎ、その頃の信長はマムシの道三がこわくて濃姫には最初から近づけず、手もふれられなかったかもしれない。それどころか、濃姫は津島衆一丸となっての応援で婚約後七年三ヵ月たってやっと清洲城に輿入れしたものの、彼女には既に身を焦がす七歳上の明智十兵衛光秀がおり、男を知り尽くしていた濃姫とは夜の契りはしない、と決めたことなども浮かび上がった。

そして信長はその明智光秀による本能寺の変で命を断った。歴史の皮肉というほか、あるまい。

老いの野心

古屋健三

六十五で定年退職してからこの十五年間閉じこもってひたすら小説を書いてきた。自分でも正気の沙汰とは思えない、どうみても常軌を逸した奇行である。

だいたい、現役の三十五年間変ることなく大学で十九世紀フランス文学を講じてきたのだから、定年後に時間の余裕ができたのなら手がけてきた研究を完成させるのが筋なのである。それが筋書きどおりにいかなかったのは、要するにぼくがはぐれ者で、まっとうな研究者ではなかったからにほかならないだろう。実際、生涯かけて明らかにしたい研究テーマなど持ち合わせてはいなかった。

もっとも若いときにはそれでもわれを忘れて追いかけていたテーマはあった。ぼくはスタンダールの語り口が大好きで、ぜひ自筆原稿を目にして親しくその息づかいに触れたいと願っていた。それには生原稿を所有するグルノーブル市立図書館に通いつめなければならないが、好運にもフランス政府給費留学生になることができたので四年間作業に専念できる見通しがたった。毎日、朝から晩まで貴重室に陣どり生原稿とにらめっこをして過した。傍目にはなんの変哲もない灰色の日日と映っただろうが、愛好するスタンダールの生まれ故郷の空気を存分に吸いながらその筆跡を追っていると生身のスタンダールと対しているようなときめきがあった。

そうして三年が過ぎた頃には筆の高ぶり、迷いなどがみえてきて、筆跡からスタンダールの書く姿勢を跡づけられる確信がもてた。いい気になって思いあがり、それを博士論文にでっちあげ、グルノーブル大学に提出した。外国人の学位請求論文ということでめずらしがられて受理され、審査報告会が公開で開かれた。席上、審査にあたった三人の教授のうちふたりのベテラン教授は外国人がそれなりに頑張ったのでエールを送るといった通り一遍のご挨拶だったが、なかでひとり若手の人気教授が身を入れたコメントをしてくれた。これは風変りで、おかしな論文だな。自筆原稿にじっくりとり組んでできあがった成果という体裁だから地道な研究なのかと思ったら、さにあらず、奔放な想像力が働いてとてつもない創作論、文体論がくり拡げられていくんだ。論自体をとりあげれば傾聴に価する充実した展開なのだが、つきつめると論者の独自なひらめきに還元されてしまうからここでひとつひとつ学術的に検証してみても意味はない。それではこの論文は博士論文として無価値なのかというと、そんなことはない。この論文のすばらしさは書き手と読み手がどこまで一体化できるか身をもって示した実験報告という点にある。この論者ほど親しくスタンダールと共振れした読者はいない。実にエロチックだ。というわけで以下は個人的な忠告なのだが、君はどうやら学者というより小説家に向いているようだ。悪いことは言わないから、日本に帰ったら学界ではなくジャーナリズムに活躍の場を求めたまえ。

ぼくはこの先生の心からのアドバイスに涙したが、帰国してそのまま書き手の道に飛びこむ気はなく、路線どおり大学教員に収まった。たまたま運よく母校にポストが空いていためぐり合わせもあったが、そうでなくてもまだ小説を書くほど腹に言葉がたまってはいないという強い空腹感が疼いていた。手あたりしだいに本を読み、頼まれれば愚作とわかっていながら書評や解説を引き受けた。あらゆる機会をとらえて小説の可能性を探っておきたかったのである。総仕あげに内向の世代論、荷風論、青春論と三冊の評論集を書きおろして、これですっかり腹ごしらえはできたと原稿用紙の前に坐ったのだが、筆は思うようには進まなかった。茫然と机の前に坐ってとりとめのない思いに空しく心乱れていた。こうして十五年坐りつづけたのだが、結果としてなんとか十篇の作品を公にでき、昨年十一月には論創社から初の創作集『老愛小説』を出すことができた。甲斐あって、ありがたいことに「朝日新聞」「東京新聞」「週刊ポスト」が書評にとりあげてくれ、おかげでいろいろな方面から強烈なパンチがかえってきて、目を覚まさせられた。批評の言葉の数数で自分の醜怪な正体がくまなくむき出しにされ、見紛うべくもなかった。みるもおぞましい怪物で、葬り去りたいのだが、異様な呪縛力でからみついてきてねじ伏せられず、いまはただ文の魔力で蠱惑的な珍獣に変身させるよりほか救いの手段はないと思い決めている。八十過ぎの老いぼれには、これは過ぎた野心だろうか。

蠱息山房縁起

田中和生

二〇一五年に亡くなった車谷長吉は、遺稿集となった『蠱息山房から』に寄せられた高橋順子の解題「あとがきに代えて」によれば、屋号を「蠱息《ちゅうそく》山房」と称していたそうだ。かつて私小説作家として「反時代的毒虫」を標榜し、名篇「武蔵丸」でカブトムシを飼っている様子を描いたこの作家らしい、自己批評のユーモアと生活ぶりが感じられる卓抜な命名である。

　その真似をするわけではないが、わたしは自分の屋号を「蠱息《こそく》山房」と名づけてみたい気がする。古代中国で行われていた呪術を意味する「蠱毒」に由来する「蠱」は、まじないに使う虫や人を害する毒薬を指す。ちなみに「蠱毒」の方法は、蛇やムカデなど毒のありそうな生き物をおなじ容器で飼育し、共食いのすえ生き残ったものに宿った呪力を行使する、というおどろおどろしいものである。だから「皿」に「虫」が三つも乗っているのだが、しかしそこから意味を遡ったり転じたりして、毒だけでなく薬ともなる神秘的な力が宿ったものや腐敗から再生に向かう状態を「蠱」と呼ぶこともあるようだ。

　どうしてそんな漢字を使うことを思いついたかと言うと、実際に家にはおなじ容器で飼育されている虫が何匹もいるからである。

　まず六年前の夏から飼育をはじめた、カブトムシがいる。そのころ長男が保育園の年長組で、わたしの故郷である富山で一緒に虫取りをしたのが、きっかけである。田舎の虫取り少年だったわたしは、東京生まれの息子を連れてよいところを見せようとしたのだけれど、お盆休みに川べりの柳の木を何カ所も回って、角の折れた小さなオス一匹しか捕れなかった。息子は満足そうだったが、あまりに淋しいので東京へ帰ってきてメスを一匹購入し、つがいにした。秋には幼虫が生まれた。

　翌年からは、伊豆まで足を伸ばしたりつくば市によい場所を見つけたりして、また長女や次男も加わり、毎年夏に虫取りを楽しむようになった。カブトムシは容器に湿らせた腐葉土をたっぷり入れ、エサを清潔に保ってあげれば、つがいでかなり簡単に繁殖する。ある年は、成虫になったカブトムシが三十四を越え、とても飼いきれずに息子の同級生に配って回った。昨年の夏で七代目となったカブトムシは、現在八代目の幼虫が十五匹ほど土のなかで蠢いている。

次にクワガタムシがいる。これは関東での虫取りに慣れたころから、ノコギリクワガタやコクワガタも見つけられるようになったので、カブトムシの隣で飼うようになったものである。カブトムシほどではないが、飼育と繁殖がやりやすいのはコクワガタで、木くずを多めに入れて乾燥に気をつければ成虫のまま越冬するし、産卵木を使って秋に幼虫を掘り出すこともできる。

わたしが子どものころには、クワガタムシの繁殖などプロのブリーダーの技術だったはずだが、現在では適切な情報や必要な商品がインターネット上で見つけられる。それでわたしも中年になって、少年のころの夢を実現してクワガタブリーダーの仲間入りを果たしたのだが、実はこのクワガタムシの幼虫がまさに「蟲」なのである。

なぜなら本来朽ち木で生活するクワガタムシの幼虫は、おなじ容器で飼育すると共食いをする。これは大きさが充分ではない朽ち木で幼虫が全滅しないよう、強いものだけを生存させようという種としての性質に由来するのだろうが、繁殖させたい人にとってはやっかいである。だからクワガタムシの幼虫は、一匹につき容器が一つ必要で、食べ終えた木くずも冬から春にかけて、一つ一つ換えてあげなくてはならない。

そうして試行錯誤しながら、コクワガタは十匹前後繁殖させられるようになったが、ノコギリクワガタはまだ幼虫を二匹育てたことしかない。昨年は産卵木を使わなかったので、現在コクワガタが十匹ほど木くずのなかで越冬しており、あとはノコギリクワガタの幼虫が一匹小さな容器に入っている。

こうして玄関の一角を占領して「皿」に入れられた「虫」たちが、冬にひっそりと息づいている様子は、そう考えると昔ながらのまじないをしているようにも思える。なぜなら夏に成虫になったばかりのカブトムシやクワガタムシの生命力は、ちょっと信じられないほどだからである。とくに生まれてのカブトムシは凄まじい。本来雑木林を自在に飛んでエサ場やつがいを探すオスは、小さな容器から出ようと一晩中羽を震わせていたりする。

そんなわけで、わたしは子どもたちと虫取りをはじめた六年前から、神秘的な力が宿る「蠱」が息づく「蠱息山房」に住んでいるのである。

曇天

近藤洋太

私は小学校六年生になって図書貸出係になった。毎週土曜日が本の貸出と返却の日で、それが終わる昼過ぎから夕方まで、私一人で図書室を使うことができた。ジュール・ヴェルヌやマーク・トウェイン、エーリッヒ・ケストナーなどの少年小説、冒険小説、SF小説、またエジソンや野口英世などの偉人伝を夢中になって読んだ。

本を読む楽しみを知ったのは、小学校三年か四年生のころのことで、買い与えられた本だけでなく、父がとっていた映画雑誌「スクリーン」や母の読んでいた「婦人之友」を片っ端から読んだ。私の妙な読書癖は、両親を戸惑わせたようだが、その私に、図書貸出係はうってつけの役目だった。そのうちに私は読むだけではなく、こんな小説を書けたらいいなという思いにとらわれた。モルナール・フェレンツの『パール街の少年たち』は、ハンガリーの首都ブタペストのパール街の原っぱを確保するために、ふたつのグループが闘い、その渦中で水責めにあった少年が死ぬ話だ。いつしか私は図書室のテーブルにノートを拡げ、この小説を模倣した「ポーター街の少年団」という小説を書きはじめていた。廊下を隔てた中庭の百葉箱が白く輝いてみえた。その手前の金木犀の芳香が図書室にも漂ってきた。

模倣しながら、ものを書くということが純粋に快楽と思えた時期がどのくらい続いただろうか。中間テストや定期テストが終わって、やっとこれでものが書けるぞ、そう思ったのは中学校の一年のときまでだったか、二年までだったか。中学校に入って、私は市立の図書館で「子供の科学」という月刊誌を見つけた。そこに紹介されていた天体観測、ことに流星観測の方法に興味を持った。一年の夏休みの自由研究の課題で「散在流星の研究」を提出した。それは思いがけず、市内の中学校の自由研究で入賞した。それがきっかけで、校内に科学部天文班を組織して流星観測だけでなく、日食観測、月食観測などをやった。そのころ私が初めて買った本、小槇孝二郎の『流星とその観測』は、今でも大事に持っている。

高校に入ると、私は天文部に所属した。日課的な太陽黒点観測のほか、一九六五年十月の池谷・関彗星の観測、十一月、三十三年ぶりに出現した長い痕をひく獅子座流星群の観測。六六年四月の冠座α流星群のやや顕著な活動、八月、他校の地学部と合同のペルセウス座流星群の観測……。中学、高校と私は天体観測に熱中した、と言って嘘ではないが、天文部室をひそかにシェルターとしても利用していたのだ。

私は私の姓名が気に入っている。姓の方はありふれているが、洋太《ようた》という名前は、一九四九年に生まれた人間としては珍しかった。太平洋のように広い心を持つ人間になるようにとの願いからつけられた名前だ。高校一年の三学期、古文の担当教師が、出席簿を見ながら「子供にふざけた名前ばつける親もおるけんね」と言って「近藤洋太」と突然私の名前を呼んだ。クラスのみんながどっと笑った。私の名前がふざけた名前？　他者は私をそんなふうに見ていたのか。その時、いちどきに押し寄せてきたのは、私という人間がこの世に存在することの不安、と言えばよいか。

高校二年の二学期、現代国語の時間に中原中也の「曇天」を知った。「ある朝　僕は　空の　中に／黒い　旗が　はためくを　見た。／はたはた　それは　はためいて　いたが、／音は　聞こえぬ　高きが　ゆえに」。私「曇天」の不穏な不安なリズムに私は魅了された。「黒い旗」は不吉ではない、という教科書の解説など嘘だと思った。その日のうちに、私は自転車で町の本屋に行き、角川文庫の『中原中也詩集』を買った。中也の詩を模倣する詩をノートに書きはじめた。ノートはたちまち詩でいっぱいになって、次のノートが必要になった。それはものを書くということが、純粋に快楽と思えた小学校から中学校にかけての時期とは少し異なっていた。この世に存在する不安を持ちながら、これから私は他者とうまくやっていけるのかという強い不安を持っていたのだ。

詩を書くことによって、私は他者との違和を解消しようと試みたのではなかったか。フロイトの『ヒステリー研究』のなかに、ヒステリー患者がその誘因となる記憶を呼び起こし、その詳細を語ることで、症状が消失するという話があったと思う。私は中也をきっかけにして、このカタルシス療法を実践しようとして、今日に至っているのかもしれない。

あらがう漱石、あらがう読み

細谷　博

　またしても『明暗』について書いたところである。これでもうあらかた論じつくしたはずなのだが、書き終わった後でもまだ書きたい気持ちが残っている。なぜ性懲りもなく、何度も『明暗』を論じてきたのかといえば、従来の『明暗』論に対して違和感が止まないからだ。

　今回書いたのは清子についてである。清子は作中で早々と「彼《あ》の女」と呼ばれ、読者の気を引きながらも名は明かされず、やっと登場しても、しばしの後作者の死によって作品自体が中断してしまうのだ。まさに未完となった終結部にかかわる人物なのである。

　清子は、津田の忘れ得ぬ女であり、ヒロインのはずなのだが、果物籠を持ってうろうろする登場振りは不様で、発言もぼやけている。それに対し、もう一方のヒロインである妻・お延は「容貌の劣者」とされながらも鋭敏で、愛を語って懸命、かつ利己的である。両者の間に立って動揺する津田は、滑稽なスノッブと見えるのだ。

　後半に至って実は「眼鼻立の整つた好男子」（百七十五）であったのだと〝種明かし〟される（この〈遅すぎた言及〉を私は問題視している）津田は、お延に惚れられて結婚したものの腹が据わらず、自分を捨てた清子への未練を妻に隠している。徐々に気づき始めた妻と、隠し通そうとする夫の駆け引きが延々と続き、とうとう津田は手術後の静養と偽って清子のいる温泉場に向かうのだ。再会後、果してどうなるのか、というわけである。二十日間ほどの話で千百枚、一体そんな小説のどこがよいのだと言われそうだが、どうして、これが中々濃密で面白いのだ。

　この三人にからんで、まるで『白痴』のエパンチン将軍夫人が邪悪に転じたかの如き迫力で津田を動かす吉川夫人や、生活者として津田をなじる藤井の叔母、美人だがヒステリックに津田に迫る妹のお秀、津田を攪乱し、これぞ漱石初のドストエフスキー的人物と目される小林、さらに、漱石の〝あらまほしき自己像〟ともいうべき岡本の叔父等々、個性溢れる面々が登場する。『坊っちゃん』の人物群像と同様、典型化ともいえるみごとなる造形であり、彼らとぶつかって津田が右往左往し、お延も躍起になる滑稽な場面が続くのだ。

しかし、これまでの『明暗』読みは、いわば小宮豊隆以来の深刻な遺作としての〝聖化〟とともに、唐木順三から水村美苗に至るまで、津田の「精神更生」――すなわち津田を懲らしめる勧善懲悪の方向に目を奪われて来たのである。だが、その中でも、津田を「ツマラン坊」とくさしたはずの平野謙のこだわり自体が示すように、『明暗』はまさにツマラン人間をとびきり面白く描いた小説といえるのだ。

勧善懲悪といえば、そもそも漱石初期の骨子となるモチーフである。『吾輩は猫である』にしろ、『坊っちゃん』や『二百十日』にしろ、単純で痛快な〈勧懲〉こそが話の動因となっていたのだ。だが、その〈勧懲〉という骨には〈滑稽〉という肉がたっぷりとついていたことも忘れてはならないのである。逆に言えば、漱石初期の滑稽は、厭世や失意を含みつつ痛快な味わいをもっていたのだ。

漱石初期を『吾輩は猫である』から『三四郎』まで、中期を『それから』から『こゝろ』まで、そして後期を『道草』と『明暗』の二作と考える私は、『三四郎』まては残っていた〈滑稽〉が深刻な中期に立ち消えた後、『道草』の自己凝視を経ることで、『明暗』に至ってより苦い現実味を含んで再生したと見るのである。

たしかに『明暗』を書く漱石の裡には〈勧懲〉という骨も残っていたのだ。しかしそれは、「ツマラン坊」・津田のおかしみや我利我利亡者・お延の悲哀までを書き込んでいく中でいわば骨粗鬆気味となり、さらには脱力したヒロイン・清子の登場で、最後の〝津田成敗〟はドタバタ喜劇となる恐れさえ生じてきたのである。と、そこではからずも、作者没により未完、となったわけだ。

そこで、その後の展開の取沙汰だけでなく、むしろ〝絶妙〟となった〈未完〉の味わいをこそ、というのが私の『明暗』評価の地点である。脱力した清子の投入は、漱石による自身の〈勧懲〉へのあらがいとさえ思えるのだ。

神経衰弱をかかえて帰国した中年男が、猫が語るという着想の戯文で作家となり、「新聞屋」に転じて十年目にして、再び〈笑うべきもの〉として人間を描いたのが『明暗』なのである。すなわち、作家漱石は『猫』の〈笑い〉から始まって『明暗』の〈笑い〉で終ったのだ、というのが私の読みのあらがいであり、そこに、もう一人のあらがう男の姿が見えてくるのだ。

寺山修司という生き方

伊藤裕作

そもそも私が三重県から東京へ出ようと思ったのは、今年で亡くなって三十五年になる歌人であり、詩人であり、「演劇実験室天井桟敷」の主宰者でもあった寺山修司の「家出のすすめ」に煽られたからである。

十五歳年上の寺山さんと同じ大学に入って短歌を作り、芝居をして寺山さんのように生きたい。十八歳になったばかりの世間知らずの私は、そんなふうに考え上京したのだが、人生はそんな甘いものではなかった。すぐに寺山さんと私とでは才能が違いすぎることに気づかされる。文才もなければ、集団を作って人をまとめていく能力もないことが判って途方に暮れていた時、寺山さんの本の中にカラダを張って生きる「トルコの桃ちゃん」というキャラクターを発見。いろいろ読んでみると、この桃ちゃんは、類まれなる想像力の持ち主である寺山さんが作り出した産物であることが解ってきた。そこで私は無謀にも、この寺山さんの想像力の賜物である桃ちゃんを実際の盛り場で見つけ出そうと、二十五歳から想像力よりも体力重視の突撃風俗ライターとなって、書を捨てて街へ出て桃ちゃん探しを始めたのである。

十八歳から二十五歳までの間はどうだったのか？　この間も寺山さんのように生きたいという思いは常にあった。だがそれを言葉でもカラダでも表現する術を私は持ち合わせておらず、ただただ不器用に悶々として生きていた。そうした生活を静脈の中を這いまわる土竜であると何かに書いたことがあるが、こんな生き方はもうやめよう、そう決めて文系の私が体育会系となり寺山さん越えを目論んで風俗嬢に突撃、それを記事にし始めたのである。快楽を伴う体験至上主義ともいえるそうした突撃の日々はハードではあったが、また楽しいことも多々あって、あっという間に時は過ぎていった。もはや想像力に頼る文系の思考は必要なし。こんなふうに思い、ひたすらに肉体を使い体験を繰り返したからこそ、頭でっかちの思考では理解できえない最果てを生きる娼婦の世界を知ることができたのだと結論付けもした。ただ、カラダを張って生きる巷の桃ちゃん（もちろん、体験至上主義の私もその範疇に入るのだとその頃の私は思っていた）たちに対し「そんなことをしていると救われないぞ。地獄へ堕ちるぞ」という言葉を投げかける人が数多いることも知っていた。

「どんな鳥も想像力より高く跳べる鳥はいない。人間に与えられた能力のなかで、一番素晴らしいものは想像力である」

私は、寺山さんのこの言葉に思いを巡らし、肉体派の路線を修正つまり体育会系から、文系にギアを戻してカラダを張って生きる女性の救われる道を探ろうと、彼女たちをテーマにして様々な作家が描いた戦後の「娼婦小説」の研究を始めたのは、突撃風俗ライターを三十年続けたのちの五十五歳からであった。

そうした中で娼婦を溌剌と描いた『肉体の門』の田村泰次郎や『わが妹・娼婦鳥子』を書いた堤玲子という作家の存在も知った。またどこまでも堕ちて行く娼婦を描いた『赤目四十八瀧心中未遂』の車谷長吉や『ハリガネムシ』の吉村萬壱という作家がいることも知ったが、娼婦を救われると書いた作家に出会うことはなかった。

そんな時に浄土宗の開祖法然上人のことを学ぶ機会を得、娼婦であっても「南無阿弥陀仏」と念仏を唱えれば救われる。『法然上人絵伝』第三十四、室津の遊女の項にそうはっきりと書かれていることを知る。私の三重県の実家は法然上人の弟子に当たる親鸞聖人を宗祖とする真宗高田派の檀家だった。真宗でも「南無阿弥陀仏」を唱えれば浄土へ行けるということが解り、独り身の私は老いて僧侶になる道もあるのかなと、還暦の年に十八歳から、様々わだかまりもありずっと御無沙汰だった三重県の実家との関係を修復し、三重と東京を行き来するハーフターンの生活を開始し同時に、名古屋にある真宗系大学の別科に通って仏教、とりわけ真宗の教義を学ぶことにした。そしてこの年から大学時代に作っていた五七五七七の短歌を再び作り始める。

しかし寺の生まれでないものが僧侶になるのは、そうたやすいことではなかった。教義をいくら勉強しても得度は出来ないという現実に直面する。実家の墓守をしながら都（東京）と鄙（三重県）を行き来する生活設計を変更する必要はなかったが、何か根本的にハーフターンする根拠が揺らいだような気がしないでもなかった。丁度そんな時、私が三十年前から観続けている野外に天幕劇場を建て、そこで芝居をする劇団「水族館劇場」の公演時に配布する冊子で偶然産土神の存在を知ることになった。産土神とは、その土地に生まれた者が、たとえどこに行っても、その人を守ってくれる神のことである。そうか、私が故郷を離れ、その郷にほとんど寄り付かなかったにもかかわらず異郷で元気に生きてこられたのは産土神のおかげだったのか。座長の桃山邑が作・演出する「水族館劇場」の芝居は、この世からこぼれていく人たちの世界を描いていて、六十歳を過ぎ、これからどのように生きていくかより、どのように死んでいくのかを考えて生きていこうとしていた私には「水族館劇場」が前にも増して旬の劇団になっていた。ところが実は、その時期この劇団は活動を休止せざるを得ない事態に陥っていた。前述したように私も僧侶の道を断念し、次の道を模索していた時でもあった。

私は「水族館劇場」を我が産土の地に招聘し天幕芝居の勧進元になることを決断する。

こうして一昨年の五月『パノラマ島綺譚外傳　この世のような夢』は我が産土の地で興行を打ち成功裡に幕を閉じた。そして今年三月一日〜五日、再び同劇団の勧進元となり『望郷オルフェ　終わりなき神話の涯に』を鄙の郷で興行した。春の嵐の洗礼を受けながらも連日満席で、私も風俗街の客引きの役で出演、無事に終えることができた。

寺山修司のように生きたいという夢を抱いて東京へ出て、五十年。寺山修司没後三十五年の年に、私は短歌を作りアングラ芝居に関わりを持って寺山修司という生き方を楽しんで生きている。その天幕劇場の木戸の脇で『寺山修司という生き方―望郷篇』という、人間社で発刊されたばかりの私の文庫本を先行販売した。その帯に、こんな歌が掲載されていることを記して、この拙文を終えることにする。

この世では産土神に守られて弥陀の光に乗ってあの世へ

四拾七歳寺山修司この世去り六拾七歳いま我　あの世見ている

アニマのひと　石牟礼道子さん

井上智重

いつの頃からか、Xデーといわれていた。

かつて私が勤めていた熊日の記者から「もちろん、一面トップですよね」といわれたとき、「ええっ、そうなの」と答えてしまった。地元紙とはいえ、せいぜい一面の左肩だろうと考えていた。日本でノーベル文学賞に一番近い作家は村上春樹氏ではなく、石牟礼道子さんだと私は思っていた。それはかなり前からのことで、熱弁をふるったこともある。初めの頃こそ、苦笑されていたが、つい数ヵ月前、ネットをのぞいたら、そう唱える人が増えていたのに驚いた。

地政学的に見れば、ノーベル文学賞は先進国よりもその周縁部の国々から出る傾向が見られる。石牟礼文学も世界の周縁文学に属する。

その日（二月十日）がやってきた。妻から起こされ、「石牟礼さんが亡くなったわよ」と告げられた。朝八時のニュースで言っていたという。そのまま布団を被って寝ていたが、いろんなことが思いだされた。すぐに起きてこなかった私に妻は不満そうだった。「結局、石牟礼さんはノーベル賞は貰わなかったわね」と言った。

有名人の死去でも秘されたたま、あとで明らかになることが増えた。熊本の文化界の話だが、詩人としてとても活躍されながら、消息をつかめない方がいる。生活保護を受け、施設に入られたところまでは分かっているが、個人情報保護法とかで役所が施設名を明かさない。その点、石牟礼さんの場合、熊本市内の介護施設で長男道生さんら親族の見守るなかで息をひきとられた。午前三時過ぎという。前日、危ないという話が伝わり、マスコミ各社の記者も集まって来て、面会が許されたのか女性記者が泣きだし、「泣かないで」と石牟礼さんに言われたという。

いわば記者たちが待機していて、そのため早い段階で報じられたというわけだ。

私は新聞社での最後の仕事として石牟礼さんの聞き書きを試み、断念するという恥ずかしい経験を持っている。藤原書店の『石牟礼道子全集』に収める約束にもなっていた。滅多にないチャンスを与えられながら、実現できなかったのは私の力不足にあるが、抱え過ぎていた仕事を整理できず、パーキンソン病の石牟礼さんは午前中がまったく駄目で、午後からはヘルパーさんの手を借りての入浴などがあり、時間が合わなかった。

それでも時間をつくって貰い、何度か通った。その頃、石牟礼さんは主治医の医院の最上階に住んでおられた。彼女の食事は渡辺京二さんが自宅から通って来て作られていた。カセットテープレコダーを置き、話を聞いている私の目の前で「知の巨人」渡辺さんが夕食を作っているのだ。夕食にこしらえたものが残っていて、「ちゃんと食べなさい」と渡辺さんに叱咤されている場面にもでくわした。

テープを起こし、原稿化するのは私にはとても苦痛だ。テープを採っていても用いたことはほとんどない。では、どうするのか。メモを見ながら、記憶の底をさぐり、あとは自分で調べて書いた。ずいぶん聞き書きもしてきた。現役の知事や銀行の頭取も。知事には土日の昼間、公舎に通って話を聞いた。メモも取らず、雑談をした。書くべき話を雑談から拾うのだ。事前に戸籍謄本や親族、友人知人の連絡先のリストを要求した。読者に景色が浮かぶように書けないと満足できなかった。自分のなかに聞き書きの相手が棲みつくと、しめたと思った。言葉が次々と湧いてくる。

不遜と言われるだろうが、『苦海浄土』で石牟礼さんがなされた表現手段と似ていないでもない。

『苦海浄土』に出てくる水俣病被害患者の言葉は実際に話されたものではないと渡辺さんが明かしている。

『苦海浄土』の登場人物の独白にふと疑念を抱いた渡辺さんが尋ねたら、彼女はこう答えたという。「だって、あの人が心の中で言っていることを文字にすると、ああなるんだもん」。その頃の石牟礼さんは主婦である。水俣病多発地域の患者の家を訪ねて行き、長居するなど出来っこない。すぐ噂になる。それにああはしゃべらない。

表現が悪いが、恐山のイタコのように、古代のシャーマンのように患者さんたちに憑依《ひょうい》し、書かれたものが『苦海浄土』であろう。ルポでもノンフィクションでもない、強いて言えば、私小説だと渡辺さんは言っているが、質の高い文学作品であることには変わりない。だからこそ読者の心を摑む。

なによりも自然描写が美しい。

絶対音感というものを持っていたらどんなによかったろう。水俣弁は音楽的だと渕上毛銭の詩「小さき町」などを作曲した滝本泰三氏が私に語ったことがある。ことに石牟礼さんの独特な言いまわし、言葉の響きは音楽的だ。耳が悪い（聴覚に障害があるという意味でなく）私にはそれが再現できない。それに石牟礼さんの心の内側まで踏み込むことにためらいが生じた。まして石牟礼さんに憑依することなど出来っこなかった。

何本か書いてはみたが、自分の文体になっている。ポキポキした文章だ。石牟礼さんはともかく渡辺さんには見せる勇気はなく、おわびに出向いた。話しているうちに、石牟礼さんは自分で書きたいと思っておられる、と感じた。猫や花を鉛筆画したものを見せられた。思いきって「自分でお書きになりませんか。ときどき挿絵も入れて」と言ってみたら、パッと顔が輝いた。作家としての業を見た思いがした。

文化部に引き継いでもらい、『葭の渚』が書かれるわけだが、この稿を書くため、あらためて読んでみて、「降りてよかった」と思った。以前書かれた文章を毛糸のように解き、織り直した部分も無くもないが、自伝小説としてよくできている。

石牟礼さんの祖父吉田松太郎は天草上島下浦の石工の棟梁だった。海に面した寒村の水俣にチッソがやってきて、土木の請負工事を求めて天草から移り住んだ。母ハルはその長女。父の白石亀太郎は「帳簿付け」のために雇われた。天草下島の下津深江、山深い村落にすでに家庭があった。石牟礼さんが生まれたのは下島の宮野河内で、そこを「聖地」とし、著作の略歴でもそこが出身地となっているが、海岸道路造成のための仮住まいの場所だ。道の完成を予祝して「道子」と名付けられた。天草上島下浦も下島下津深江も宮野河内もいまは天草市となっている。

母親の籍に入れられ、結婚するまで吉田姓を名乗った。天草から突然、異腹兄が現れ、沖縄で戦死するが、この異母兄はだれの手で育てられたのか。向こうの家庭はどうなっていたのか。石牟礼さんの祖父は道路や港湾工事を請負って、回船業にまで手を広げたという。彼女のいう「事業道楽」である。石山を山ごと買って造成に用いた。事業に失敗し、家も差し押さえにあうが、羽振りのいい時期もあり、お妾さんを囲った。そのため祖母は狂う。しかし彼女の作品では狂った祖母も浄化され、聖物語となっている。石牟礼さんの作品には悪人は出てこない。

実は私の父も庶子で、祖母の戸籍に入っている。祖父には筑豊の直方に家庭があった。旅芸人の一団に加わって、八女の福島という町に流れて来て、髪結いの祖母と一緒になったという話が残っている。置屋の息子だったというが、本当のところはよくわからない。祖母は土地で一番の料亭の隣に店を構え、料亭に出入りする芸者さんの髪を結った。その料亭は戦争末期、廃業し、若い芸者が祖母の弟子となり、彼女の住む借家に行ったことがある。石牟礼さんが物心つき、小学一、二年まで過ごした水俣の栄町界隈と私が育った環境はどこか似ている。

聞き書きを試みるずっと以前、「人物に見る熊本の青春」という紙面一ページを使った連載企画で石牟礼さんにインタビューをして、「おかっぱ頭の代用教師」と題して書いた。

子どもの頃から賢く、頭のいい子で、騒動を起こすのはその頃からだ。水俣実務学校の二年のとき、「紡績に行く」と家には無断で退学届けを出したら、同調者が続出、校長先生が家に飛んできた。調理室の窓を乗り越え、砂糖を盗み出し、配っているところを見つかり、「級長でありながら気持ちがわからん」と女先生を泣かせた。代用教員になったのも実務学校の先生に勧められたから。受かったら、一番の年少者だった。助教錬成所に通い、おかっぱ頭のおなご先生が誕生する。

家庭訪問にきた彼女を見て、「ちゃんとお茶も飲んで、挨拶もできて」と父母たちが噂話をした。

男先生は次々に兵隊に取られ、残っているのは年寄り先生と女先生ばかり。男先生が出征して行く度に受け持ちの生徒数が増えていき、九十人にもなると、泣こごつなったという。

歓送迎会の席で、「朝鮮桃太郎ばします」と男先生が背広の肩に物差しをさして、「オチイサントオハアサンカ……」とおかしげな手ぶりで踊りだす。先生たちも親たちも笑い転げて、彼女は「あんらっ」と思い、校長先生に「あんなことも子供に教えるとでしょうか」と尋ねると、「吉田、いつもの愛きょう顔をどうした。あれは大人の余興タイ。おいが前で言うてよかバッテン、ほかの前では決して言うてならん」と注意された。

なるほど石牟礼さんは「愛きょう顔」で、それで得をされている。この「愛きょう顔」をいつもキラキラと輝かせながら、駆け抜けた九十年の生涯を想う。

敗戦の翌年春、水俣の学校に移るが、結核発病で秋まで自宅療養。一番気がかりだったのは一つ年下の弟。触れれば壊れるような感受性の持ち主で、父親との衝突が絶えない。弟のなかにだんだん自分を同一化してしまい、一緒にのたうっている感じ。そんな弟のことで「話し相手になってくれる人がいたら」とご主人になる弘さんと付き合うようになる。すぐ近所のその家の縁側に本が積んであり、「ああ、ここには本読みさんがおられる」と気づいていた。二十歳で結婚した。

「うつむけば涙たちまちあふれきぬ夜中の橋の潮みつる音」

六畳一間に台所が付いただけの掘立小屋を父に建ててもらい、はためには幼いままごとのような新婚生活。学校を辞め、代わりに弘さんが代用教員となった。

昭和二十三年十月、長男道生さんが誕生。

「吾子抱きて神詣でするこの朝祈るといふをわれは知りたる」

一間だけの家で、「糸代だけでよろしゅうございます」との言葉で山のように持ち込まれた和裁の仕立てなどしながら、体に宿した文学の虫がうごめきだす。

昭和二十七年の秋、毎日新聞熊本版の短歌欄に投じたら、選者の「南風」主宰蒲池正紀がその非凡さを言葉に添えて載せた。「うれしくて家の板の間ででんぐり返りをうちました」と蒲池に語っている。歌集『海と空のあいだに』のあとがきによれば、蒲池に「あなたの歌には、猛獣のようなものがひそんでいるから、これをうまくとりおさえて、檻に入れるがよい」とすすめられ、「南風」に入会したという。

石牟礼さんの非凡なる才能に最初に気づいた蒲池は熊本短大（現熊本学園大）教授で、黒髪事件（ハンセン病非感染児童の就学問題）解決に奔走したヒューマニストであり、漱石の研究家だった。

熊本の歌会に来て、喫茶店に誘われ、出て来たシュークリームが何かわからずフォークで食べようと悪戦苦闘した。熊本県の南の端、水俣から熊本市は遠かった。

そんなある日、一つ年下の弟が二人の子を残して、汽車にひかれて死んでしまう。

「おとうとの轢断死体山羊肉とならびてこよなくやさしき繊維質」

石牟礼さんの代用教員時代や新婚時代の写真を複写するため、水俣の自宅を訪ねた。夫の弘さんからアルバムを出してもらい、複写した。まだ木の香りのする家で、「ここにお一人でお住まいか」とさっぱりと片付いた家の中を見回した。用が済み、家を出るとき、弘さんは外まで出て来られたが、体がずんぐりとし、坊主頭の方が立っていて、石牟礼さんの弟さんと紹介され、「よく一緒に釣りに行く」と言われた。弘さんは数年前に亡くなられた。

石牟礼さんを最初に見かけたの

は彼女が四十一、二歳の頃。「おしゃれな方だな」というのが第一印象だ。熊日の久野啓介さんと歩いていたら、路地から現れ、「あら、石牟礼さん」と久野さんが声をかけた。胸に刺繍のあるルパシカを着ておられ、ごみごみした街なかにふってわいた感じだった。私が熊大生のときとばかり思っていたが、熊本市薬園町に仕事場を持たれたときのようで、私は佐賀新聞社にいた頃になる。まだ結婚前だが、妻は熊本の女性で、ちょくちょく熊本には来ていた。

久野さんはのちに熊日の専務、主筆となり、熊本近代文学館長に迎えられるが、昭和四十四年四月十七日、渡辺さんの呼びかけでチッソ水俣工場前での座り込みに参加している。このときはNHKや毎日の記者も加わっていて、「ここに座っていてください」と渡辺さんに指示されるまま、目立たないようにゴザの端っこに尻を置いていたとか。昭和三十六年、熊大の研究班はチッソの工場から出たスラッジの中から水俣病の原因物質有機水銀を検出するが、それをスクープしたのが新人記者時代の久野さんだった。東京支社に出て、昭和四十一年春、光岡明さん（後に直木賞作家）と入れ代わるように本社に戻り、文化欄を担当することになる。

久野さんが渡辺さんを知ったのは熊大英文科の恩師、和田勇一教授からだという。渡辺さんは五高に入学し、一学期だけ通っている。喀血し、退学することになるのだが、和田教授は渡辺さんのことを覚えていた。谷川雁も和田教授から習っている。渡辺さんは昭和四十年、東京を引き揚げ、月刊誌「熊本風土記」を出すが、『苦海浄土』は同誌に昭和四十年十一月号から一年間、『海と空のあいだに』というタイトルで連載されたものだ。谷川雁の「サークル村」に加わっていた石牟礼さんを水俣に訪ね、原稿を頼んだら、送られてきたという。

私は熊大を卒業し、佐賀に去ったため、その後に起きた熊大紛争やそれに続く熊大生らも参加した「水俣病を告発する会」の活動については直接知らない。久野家に泊めてもらったとき、整理部に移っていた久野さんは機関紙「告発」のレイアウトをされていた。

昭和四十五年といえば大阪万博の年だが、たまたま熊本に来ていた私は、下通のアーケード街で支援者たちが持った黒字に白く「怨」と染め抜いた旗がゆらゆらと揺れ、お遍路さんの白装束をまとい、御詠歌を唱えながら、進む患者たちの列を目撃した。

「すごいパーフォマンスだな」と

感じ入ったが、あのお遍路スタイル、「怨」の旗などの考案者は石牟礼さんだとのちに知る。

まるで集団演劇の演出家ではないか。その演出に乗り、患者さんたちは、ひょうけて見せ、泣き笑い、輝き、高揚し、内蔵してきた怒りを爆発させ、見事に演じ切った。土本典昭監督の『水俣――患者さんとその世界』を見れば、よくわかる。チッソの株主総会の会場に地鳴りのように御詠歌が響き、位牌をかざし、チッソの社長にせまっていたのは映画スタッフのために家を提供し、食事の面倒を見ていた浜元フミヨさんだった。石牟礼さんにとっても自分の創案をはるかに超えた〝夢芝居〟ではなかったのか。

昭和五十三年十一月、私は熊日に中途入社した。水俣病第二次訴訟の判決が近まり、取材班に加えられ、水俣の患者宅を訪ね、判決当日、熊本地裁で雑感記事の取材をしたが、その裁判の意味など分かっていなかった。

文化部にまわされ、読書欄担当となり石牟礼さんの『西南役伝説』の書評依頼に渡辺さんの自宅を訪ねた。「自分が書くしかないね」と引き受けてくれた。そのとき初めて会ったが、「怖いひとだ」と久野さんにさんざん聞かされていて、家を出ると、夏の日ざしがまぶしく、シャツの背中が汗で濡れていた。

熊本市城東町に「カリガリ」という店がある。いまは場所が変わっているが、水俣病闘争の軍師として熊本に呼び戻された松浦豊敏さんが一緒に付いてきた磯あけみさんと開いた店だ。昭和四十八年秋、創刊された季刊「暗河」の編集発行人は石牟礼、渡辺、松浦さんだ。「カリガリ」が出来た頃、石牟礼さんは昼間の客のいない時間帯に店の片隅で原稿を書いていたという話だが、私が出入りするようになった頃には姿を見せられることはなかった。

松浦さんは宇土半島基部の松橋出身で、そこは谷川兄弟の父祖の地で、また高群逸枝のふるさとでもある。谷川兄弟の長男健一は戦後、東大に復学するまで松橋で療養し、松浦さんと東京で同人誌「物質」を出した一時期がある。松浦さんは健一の弟、雁とも親しく、アテネフランセに通っていたことで阿部昭にフランス語を教えたそうだ。谷川兄弟の末弟、吉田公彦氏と渡辺さんは五高の同期で、渡辺さんを日本読書新聞に入れたのは吉田氏であった。

「熊本風土記」を渡辺さんと一緒に作った県庁文芸サークルのリーダーだった高浜幸敏さんも松橋の

薬局の息子で、五高で谷川雁と一緒になった。久野さんも宇土半島への思いが深く、「暗河」に名作『半島記』を連載した。いま、久野さんはパーキンソン病で外出も控えがちだが、頭脳は明晰である。

宇土半島は天草に腕《かいな》を伸ばしており、天草とその対岸の八代、葦北・水俣に囲まれたのが不知火海であり、石牟礼文学はその内海なる胎内から生まれた。いま、その海のほとりの松橋の浄土真宗の寺の納骨堂に谷川四兄弟は東洋史学者の道雄氏も含め眠っている。

昭和三十七年、「思想の科学」十二月号に熊本特集が組まれる。同特集は熊本の近代史を問い直す画期的な企画で、『西南役伝説』の最初の原稿「深川」はここに発表されたものだ。「天皇制特集」問題で版元の中央公論社から離れ、鶴見俊輔が地域特集のために熊本にやって来る。それを引き受けたのが谷川雁の指導で結成された「新文化集団」で、渡辺さんも同特集に「蓮田善明」論を寄せている。『西南役伝説』は各雑誌を遍歴するように書き続けられ、「暗河」にあらためて最初から再載される。実は西南戦争百三十年企画として「西南役伝説　抄」として熊日夕刊に紙面一ページを使い、毎週再掲されるが、こうしたことをやりたがるのは私ぐらいしかいないだろう。山口輝也さんの挿絵の素晴らしさもあり、よく読まれた。

谷川雁と石牟礼さんについては省略しよう。いろんな本に書かれており、その現場にいたわけでもない。ただ「すばる」に連載された谷川雁の『極楽ですか』で石牟礼さんも取り上げられ、「ここまで書くことはないだろう」とその辛辣さには驚かされた。患者の供養祭にきて、墨染め衣でお経を上げたという揶揄《やゆ》したくだりには石牟礼さんは相当傷ついたのでは、と気の毒に思った。でありながら、一種の爽快さを覚えたのも白状しておくべきだろう。

谷川雁も渡辺さんも元共産党員だ。石牟礼さんも昭和三十四年五月、日本共産党に入党、「アカハタ」懸賞小説に「船曳き唄」が佳作となった。安保の年の三十五年九月、離党している。「みんな共産党であった」というフレーズで熊本の戦後文学側面史を書けるのではないか、と思っているが、まだ踏み出せずにいる。

石牟礼さんが仕事場にされている湖東の家は、車での私の通勤コースにあり、ときどき立ち寄った。漱石について渡辺さんに依頼した原稿が預けられていて、石牟礼さんから受け取った。そのとき、

「その原稿は私にください」とはにかみながら言われた。

　二人のことを高群逸枝と夫の橋本憲三の現代版のように書かれたものがあるが、そうではないのでは、と思う。渡部さんが石牟礼さんの食事まで作っていると聞くとだれもが驚くが、渡辺さんは夫人によって生計を支えてもらった時期が長く、専業主夫であった。食事を作ることなど手馴れたものではなかったのか。


　長編小説『春の城』の連載を頼んだのも実は私だ。

　人使いが下手ということで私は編集委員が長かったが、二年間だけ文化部長をした。部員の出張旅費報告書などに押印するのも仕事だった。それ以前から文化欄で石牟礼さんに月に一回の紀行エッセイ『草の道』を書いてもらっていた。石牟礼さんの行きたい場所に記者が車を出して同行した。天草・島原の乱を書こうと思われておられるな、と気づいたが、どこに書かれるのか、担当記者に尋ねてみたが要領を得ない。もしよその新聞に連載でもされたら、新聞社として面子がない。私はすぐに受話器を握り、石牟礼さんの仕事場にかけていた。渡辺さんが出られた。石牟礼さんは朝日新聞に前借があるような話を聞いていた。渡辺さんは「それはないよ」と言われた。「熊日の連載小説は地方紙七社でやっており、それに乗せる方法で書いていただけませんか」と話した。渡辺さんは「蔵が建つね」と言われた。

　朝刊に現代小説、夕刊に時代小説を載せている新聞社が多い。天草四郎の話ということに難色を示す社が出てきた。「朝夕、時代小説は載せられない」というわけだ。「現代作家で、時代を超えています」で押し通した。石牟礼さんもまた揺れていた。天草の代官鈴木重成を書きたいと言ってこられた。父親に彼女は「天草の本渡には、鈴木さまという神さまがおられる。並みの神社とはわけが違う。位が違う」と言われて育った。

　とはいえ、鈴木重成は寛永十四年の島原の乱では松平信綱に従って出陣、島原城に立て籠った農民らを攻めた側だ。乱後は天草の代官となり、荒廃した島の復興とキリスト教の根絶に当たったが、天草郡高の半額減免を幕府老中に訴えて、江戸の屋敷で自刃した。

　島民はその善政をしのび、各所に鈴木塚を建て、本渡には重成の遺髪をもらい受け、創建された鈴木神社がある。鈴木塚は島内に三十ほど散在、「鈴木さま」と呼ばれ、その祠や石碑の周りには季節になると石蕗《つわぶき》の黄色い花が咲く。

　秀島由己男さんを連れて社に見

えたときも困った。「この子が描きたいと言いますもので」と代用教員のような口調で言われた。秀島さんと石牟礼さんは一緒に絵も習い、詩画集を出されている。挿絵の方は内々だが、海老原喜之助の弟子の一人にすでに頼んでいた。石牟礼さんに伝えようと思っていた矢先であった。秀島さんのアトリエは福岡県境にあり、エッチングは手間がかかる。しかし、石牟礼さんに頼まれたら断れない。

　私は再び編集委員に戻ったが、担当した田野弘一郎記者の苦労は並大抵ではなかったろう。高知新聞の掲載は熊日より三ヵ月早く、それに間に合わせなければならない。遅れ気味の原稿をパソコンに入力し、秀島さんのアトリエまで車を飛ばして受け取りに行く。秀島さんのエッチングは素晴らしくはあったが、次々と知った顔が現れた。写真を素材にされており、さらし首に使われた顔もあった。私の写真はお持ちでなかったようで、被害にはあわなかったが。

　『アニマの鳥』と題名を変え、筑摩書房から本になった。アニマとは魂の意味で、アニミズムからきている。奇術に長けた天草四郎は天から鳩を招きよせ、手の上に卵を産ませ、それを割ってキリシタンの経文を取り出したという。アニマの鳥はそこから出ている。実は、石牟礼さんはなかなか書きだせず、これもどなたか指摘されているが、石牟礼さんにとって浄土真宗もキリスト教も神社も大して変わりないのだ。彼女の宗教観は超越している。天草四郎もわき役に過ぎず、島原の口之津から天草に嫁いだおかよを中心とした百姓の家族の物語である。『石牟礼道子全集』では、『春の城』に題名も戻っている。さらに『草の道』も加え、田中優子氏ら四人の解説も付け、『完本　春の城』が全集とは別個に出された。帯には「半世紀をかけて完成した大河小説の完全版　畢生《ひっせい》の大作！」とある。それはそれでいいのだが、『アニマの鳥』のあとがきが抜けている。『春の城』は渡辺さん、熊日文化部の記者たち、鶴田倉蔵氏など地元の歴史家による協力があって完成したと私は思っていて、石牟礼さんもそのあたりを縷縷《るる》綴っておられる。その謝意に溢れたあとがきがあってこその完本だと思うと残念だ。

　藤原書店社長の藤原良雄氏とは彼が熊本に来る度に会っていた。永畑道子さんが職場に連れて見えたのが最初で、藤原氏は熊日の横井小楠特集を手にしていた。渡辺さんの小楠論と後藤新平に受け継がれた小楠の実学思想という私の記事が見開きになっていた。後藤新平の岳父安場保和は熊本藩士で、勝海舟に「小楠のよい弟子といったら、安場保和一人くらいのものだろう」と評されている。安場は旧胆沢県大参事となり、給仕として少年たちを雇うが、その一人が新平だ。福島、愛知県令を務めたあと、日本鉄道株式会社を構想し、青森まで鉄道を延ばした。福岡県令となり、九州鉄道株式会社をつくり、熊本まで鉄道を通した。その安場を補助線に小楠と後藤の殖産興国を論じたわけだが、後藤新平の孫が鶴見和子、俊輔姉弟である。

谷川雁は鶴見俊輔に初めて会ったとき、名刺代わりのように「君のひいおじいさんと僕の大伯父とは、横井小楠門下の愛弟子で、仲がよかった」と話したそうだ。

藤原氏には新鮮な驚きだったようで、小楠や後藤新平、安場保和などに関する本が次々に出版された。石牟礼さんについてはかなり早い段階から関心を寄せていたようで、昭和六十一年、イリイチと対談させているが、鶴見和子さんとの対談が『石牟礼道子全集』刊行を思い立たせたのではと思う。昭和五十一年四月、石牟礼さんは色川大吉、鶴見和子らに依頼し、不知火総合学術調査団を発足させている。鶴見和子は「自然の破壊に抵抗して、自然を守って行こうとする水俣病の患者を支えていたのはアニミズムの信仰だった」と論じている。美智子皇后と石牟礼さんとをつないだのも藤原氏である。鶴見和子をしのぶ会に美智子皇后がお忍びで出席されたとき、車いすの石牟礼さんを隣の席に置いた。取材にやってきた記者らはその光景に仰天したという。藤原氏は大胆なる仕事師である。

石牟礼さんが糖尿病で熊本市の坂本クリニックに入院されていたとき、藤原氏に誘われ、見舞いに行った。部屋の窓はカーテンで閉められ、暗かった。石牟礼さんはベッドに寝ておられた。藤原氏が声をかけると、そのそばに立っている私に向かって、「道生かい」とおっしゃった。年恰好が似ていて、名古屋にいる一人息子の道生さんが見舞いに来たと思われたのだろう。母親の声であった。

〔追記〕拙文を書き終え、ふと書棚に目をやると、渡辺京二著『小さきものの死』（葦書房・昭和五十年七月刊）があった。渡辺さんの署名があり、いただいた本だ。

そこにほぼすべてのことが語られており、一貫として考えは変わっておられないのを知った。「告発する会」の運動についても反公害闘争とは一度も考えたことはないという。

忘れられない店

津村節子

「はいれない店」というタイトルで『季刊文科』にエッセイを書いたのは、二〇〇九年七月第四十五号で、今回は七十四号だから三十号近く前のことである。

これまでの『季刊文科』を繰ってみて、二十二号にこの雑誌を思い立った大河内昭爾氏とかれから誘われて編集委員に名を連ねている吉村昭が、「作家の運命」という対談をしているのを懐かしく読んだ。

吉村は作家とのつきあいはなく、編集者は各社に一緒に飲みに行く親しい担当者がいたが、大河内氏はただ一人の文学仲間で、家が近いこともあったから玉川上水べりの径を散歩がてらよく訪ねてきた。吉村はほとんどかれの家を訪問することはなかったが、お互いに相手が死んだときは弔辞を読む約束をしていたくらい親しかった。

文壇のパーティーが終ったあと、吉村は無論編集者たちと銀座方面へ廻るのだが、飲めない大河内氏に女房を託し、大河内氏はまかせておいて、と言ったくせに車に乗るとすぐ眠ってしまう。高井戸で高速道路を降りて井の頭の家の近くまで来て起すと、気を許しているからつい眠ってしまってね、と言う。気を許すって女として考えていないということよ、と私は言い返す。

お酒は飲めないのに、酒席にいても異和感がなく、コーヒーを飲みながらその場の雰囲気に溶け込んでしまうのが大河内氏の特技だと吉村は言っていた。

その店の前をいつも通っているのに、コーヒー店だと知ったのは、私が眼を患って順天堂大学医学部附属医院へ二十日間入院していた時で、吉村は毎日見舞に来ていた折に見つけたのである。夜六時迄書いていて、夜はお酒しか飲まなかった人である。コーヒーなどは飲まなかった。

家から駅へ行くには弁財天の社の前の階段を下り、井の頭のボート池に架かっている橋を渡って公園を突っ切って行くのが近道で、その道にはレストランややき鳥屋や、コーヒー店、画廊などがあり、大河内氏もその道を通っていたと思う。

街の中心を貫く吉祥寺通りには、八幡宮、第一ホテル、東急百貨店、銀行などが並び、井の頭公園と井の頭自然文化園の間を杏林大学附属病院方面に通じるバスが通っている。

バス通りは商店に向かないのか、古くからあるいせやという焼鳥屋があるくらいだが、その通りに道路から建物に添ってビルの階段を七、八段上ったところにH珈琲店がある。吉村がなぜそんな店にコーヒーを飲みに行っていたのだろう。第一コーヒー店にはみえないのである。

退院してから吉村に連れられて行くと、店のスペースは思いがけないほど広く、テーブル席が数卓と、片側にカウンターがあり、オーナーらしい中年を過ぎた男性が一人いた。こんなビルの中二階にコーヒー店があるなんて、よくわかったわね、と私は店内を見廻しながら言った。

吉村は猛暑の中をお茶の水の順天堂病院まで見舞に来ていた帰りに立ち寄っていたのだろう。冷房のきいた電車を降り、駅前の大通りを歩いて公園の林にはいる前に寄るのには、ちょうどいい位置である。

吉村はすぐ店の主人と親しくなる性格で、私が退院するまでの間に常連になっていた。もっとも、他に客はほとんど見かけなかったが――。

『季刊文科』に書いた「はいれない店」は、吉村の思いが深くてはいれなくなったことを書いたエッセイである。

夫が亡くなって三年たっていた。オーナーがモップで窓ガラスを拭いていた。私はこんにちはと挨拶し、かれも丁寧に頭を下げた。

なぜ私たち夫婦が姿をみせなくなったのか、オーナーは知るはずもない。

と書いている。

先日そのH珈琲店の前を通ると、オーナーが店の外に出てモップで窓ガラスを拭いていた。私が「こんにちは」と挨拶すると、かれも昔通り丁寧に頭を下げた。吉村が亡くなってすでに十年を過ぎていた。

私は日を改めて店に寄り、吉村が亡くなったこと、それ以来どうしてもお店にはいれなかったことを話しながら、コーヒーを飲もうと思ってH珈琲店に向かった。暫く休業していたので、その後の様子を見がてらコーヒーを飲み、長い間来なかった事情を話そうと思ったのである。

店は工事中であった。

「改装するのですか」

と職人に聞くと、

「いや、この店は廃業して、他の業者がはいるんですよ」

と言った。

バス通りのビルの中二階にあるコーしー店は、やはり営業が成り立たなかったのだ。

結交姉妹

村上政彦

たやましげるさん　なくなりました
たやましげるさん　なくなりました
たやましげるさん　なくなりました
たやましげるさん　なくなりました
たやましげるさん　なくなりました
たやましげるさん　なくなりました
たやましげるさん　なくなりました
たやましげるさん　なくなりました
たやましげるさん　なくなりました

当時、私が小学校から帰ると、祖母が卓袱台に向かって、小さなメモ用紙に同じ言葉をたどたどしい文字で綴っていた。

「何しとるん」私はランドセルを降ろして訊いた。

「これ持って触れ回るんや」祖母は、たやましげる、と呟きながら手を動かし続けた。

「祖母ちゃん、字書けたんか」

祖母は尋常小学校を二年までしか行っていないのであった。

「字ちゅうても、こんなんや」

知り合いの僧侶から、いちばん苦手なことで人の役に立つことができれば、亡くなった二人の子らの供養になると言われたようである。私はメモ用紙の束を持った祖母と「たやましげる」の属していた自治会の家々を回った。メモを戸口に挟むのである。そんな習慣はなかったので、最初は子供の悪戯と思われたようだったが、事情が分かると、人々はメモを護符のように持って葬儀へ来た。それからは死人が出て、祖母と一緒に報せに歩いていると、大人らは金平糖や小銭をくれた。

祖母がそんなことをするようになったのは、前の年に次男、つまり私の父を亡くしたことが原因であった。彼女は二人の息子を産んだのだが、長男の国安は生後五ヵ月で熱病に罹って早逝した。次に生まれたのが、私の父の国生であった。酒のせいで内臓がぼろぼろになっていた、と母は言った。危篤の連絡を受けて病院へ駆けつけた時には、すでに心臓マッサージを施されていて、間もなく臨終を告げられた。二十九歳の若死にであった。母は静かに涙を流したが、祖母は狂ったように泣き暴れて鎮静剤を注射された。彼女は一人息子の死を、なかなか受け入れることができなかった。私が小学校から帰ると、狭い長屋の薄暗い裏の六畳間で、遺影を抱いて泣いていることがよくあった。父の名を呼び、激しく身悶えしながら泣くその姿は、子供の私にとってどこか恐ろしいようでもあり、呻くような泣き声が耳から離れなかった。

そんなある日、祖母は誰に習ったのか、木彫りの彫刻を始めた。三週間かけて二体の仏像を仕上げて、魂を吹き込むように、マジックペンで、一体の胸に「くにやす」、もう一体に「くにを」としるした。幼児の書いたようなたどたどしい文字であった。それを仏壇に供えて大切に扱った。台風で避難する時には懐に抱いて逃げた。祖母は裏の六畳間で泣く代わりに、愛おしそうに仏像を撫でながら、長いあいだ話し合った。それはまるで二人が生きているようであった。それからすぐ死人が出た時の触れ回りをするようになったのである。

やがて近所に住んでいたしょんちゃんが、「ばーちゃん、頼むわ」と人の名前を書いて貰いに来た。彼は父の友達で、血を売って焼酎を飲み、競輪へ通い、男らからはしょんべんと蔑まれていた。しょんちゃんは、何を思ったのか、祖母に競輪の選手の名前を書いて貰って、それを握りしめて勝負に挑んだ。その後、祖母のもとへは腹巻へ無造作に匕首を突っ込んだ男や朝鮮人のホルモン屋らがやって来るようになった。彼等はやはり競輪や競艇の選手の名前を書いてくれと頼んだ。しばらくすると、茶色い髪の化粧焼けした女が現われて、自分が産んでやれなかった水子の名前を書いて欲しいと言った。祖母に名前を書いて貰って寺へ奉納すれば供養になるとしょんちゃんに聴いて来たのであった。さまざまな思惑や事情を持つ男女が現われて祖母のたどたどしい文字を求めた。書く機会が増えても、手が慣れない彼女は、いつも小声で口にしながらたどたどしい文字をしるした。そこには父と伯父の仏像にきざまれた名前のように何かが宿っていた。
　祖母は、憶えをしておきたいことは、小さなノートにたどたどしい文字を綴っていた。女らに頼まれた水子の名前はずっと残してあるので、その文字の連なりは経文のように見えた。金銭に困った時は、なぜか道でよく拾うらしく、どこで、いくら拾ったのかを記録した。料理のレシピなのか、「こほうとふさけみそ」とたどたどしいだけに物の手触りさえある文字があったり、「しすた↓いもと」と誰から聞いたのか英語があったり、見たこともない文字があるので、訊いてみると、みずから創った文字であった。また、隅に「五」が四つ並んでいた。漢数字は五までしか書けないので、それは二十を表しているのであった。祖母が書ける文字は六十字程度だったものの、それで不自由なく生活していた。もともとは陽気で楽天的な性格で、眼と耳と口さえあればどこへでも行ける、が口癖であった。やがて手は慣れないが、文字を書くのが苦ではなくなってきたらしく、短い日録のようなものをしるすようになった。

二がつ五五一にち
ほんとおりとほうせきこうはのよつつしてひやくえん一まいひろうたまここうた

五五二がつ四にち
むねわるいのていしやいらすてむなかいちゆうはくあきらねつ四五五とはいえんかもしれんしりにへにしりんうつくにをよまもれ、ペニシリン

五一がつ五三にち
くにをゆめまくらにたつとうろとうろのへいたいさんのかこうしてわたしとまくわた

ある日、母と嫁姑の諍いをした時には、私と妹がTVの歌謡番組を視ている後ろで、好きな甘栗を食べ、ひそひそ含み笑いをしながら何か書いていた。ふと覗くと、「ひそ、とりかふと」という文字が見えた。私は小学生だったので意味が分からず、学校の図書館で調べてみると毒物の名称だったから怖くなった（それ以降、祖母は日録を決して見せてくれず、上京の際に一部を残してすべて処分してしまった）。母は、その後、独りで遠い土地へ働きに出掛けたが、ある時にふつりと仕送りが途絶えたので、祖母が様子を見に行くと、アパートの一室で静かに事切れていた。以来、私と妹の文代は祖母に育てられたのである。

学校へ行けなかった代わりに、祖母は三味線や踊りを習った。一通りのことができるようになると、旅芸人の一座に加わったり、土地の芸妓がお座敷へ出る時に三味線を弾いた。客の一人に見初められたのは二十六歳の時で、仲介する者があって囲われることになった。親兄弟の面倒も見ると言われて、家族のためなら、と話を受けたようである。

「愛やの恋やの言うておれへん。生きてかんならんだでな」

相手は高井国良という材木商であった。二年後に国安が生まれて、その二年後に国生が生まれた。国良は誠実な人物であった。しかしやがて商売が立ち行かなくなって月々の手当も滞りがちになった。そしてある日、車夫に最後の手当と手紙を託した。祖母は近所の小学校の教員に手紙を読んで貰った。もう会えない、国生を頼む、とあって、国良の母の形見だという古い冊子が添えられていた。教員もその文字は読めなかったが、祖母は大切な物を託されたと思った。国良は家屋敷も処分して行方が知れなくなったのである。

私は妻の知美との結婚と同時に郷里の三重県から上京して、やがて祖母を東京のアパートへ呼び寄せた。彼女は、荷物の整理をしていたら数十年振りに出て来たという、国良の母親の形見である布製の冊子を見せた。古びた布が十数枚まとめられたそれには、鳥の足跡にも似た瀟洒な美しい文字が縫いつけられており、漢字に似ているのだが、まったく読めなかった。

「それ、お母さんが拵えたらしい」と祖母は言った。「あんたにあげる。お祖父さんの形見」

翌年の父の祥月命日のこと、仏壇にカップ酒を供えた祖母が、

「お父さんも伯父さんも、生きとったら、もう、ええ歳や」と小さく坐って手垢で黒光りする二体の木彫りの仏像を撫でた。「あんたにわたしらの伝記、書いて

欲しい」
　祖母がそんなことを語り出したのは、もう寿命が長くないことを予感していたのかも知れない。しばらくして部屋中を元気に這い回る曾孫を追い掛けていて脳溢血で倒れた。病院へ向かう救急車に同乗していた私は、すでに覚悟を決めていたが、三日のあいだ様子を見て退院を告げられた。ほっとしたものの、再出血の心配はなさそうなので病院に置くことはできない、という追い出すような医師の口調が気になった。家に戻って、その意味が分かった。半身不随で寝た切りになった祖母の介護は、私と妻の心身をひどく消耗させたのである。あまりの苦しさに妻が心を病む兆候を見せたので、慌てて受け入れてくれる介護施設を当たってみたが、入所は三年待ちと言われ、ようやく地元の市会議員の世話で小さな老人病院に入ることができた。それから二ヵ月程で祖母は亡くなった。八十六歳であった。看護婦から一通の封筒を手渡された。そこには祖母の遺書が入っていた。辛うじてまだ自由の利く右手で書いたようである。

いしよ
あきら　ともちゃん　とうきようによんでくれてありかとう
ゆひわわ　ともちやんにやてくたさい
ねくれすわ　ふみよにやてくたさい
あきらには　なにもないけと　うしにもうまにもふまれんようにそたてあけた
わたしのことわ　しんはいいらん　みろくほさつとかんのんほさつかおむかえにきてくたさる
わたしもほさつになて　あんたらのことまもてあける

　葬儀は東京で済ませたが、墓は三重県にあったので新幹線に乗った。納骨を終えた翌日、国良の材木店があった港市の町へ行った。祖母は、この先もしお祖父さんの行方が分かったら、私の代わりに線香の一本でも上げて欲しい、と言った。それが遺言の一つとして心に響いていた。駅近くの広い踏切を渡ると、右手に東映の映画館があり、左手は駅のロータリー、その先は通りの両側が商店街になっていた。映画館の隣の青果店に入って、戦前からの商店を訊くと、御茶屋と呉服屋を教えてくれた。御茶屋はとうに代替わりしていて、先代の店主は亡くなり、連れ合いも老人ホームに入っていた。呉服屋も店主は亡くなっていたが、辛うじて夫人が健在で昔のことを聴くことができた。老婆は高井材木店のことを憶えていた。国良と話したこともあるという。ただ、ある日、突然に店じまいをして一家で町から姿を消した。その後の行方は分からない。店舗があった場所を教わって行ってみた。そこには保育園が建っていた。事務所へ寄って事情を説明し、土地のかつての持ち主について訊いたが、年配の園長は仲介した不動産屋の話として、持ち主はある実業家らしいとだけ言った。それが国良なのかは分からなかった。近くの図書館へ行って郷土史の資料を探してみると、町の成り立ちについて書いた記録はあるものの、商店などの細かな記載はなかった。私はその日のうちに帰京する用向きがあったので近くの駅から電車に乗った。東京へ戻って祖母の妹に電話をした。彼女は軽い痴呆があって福祉施設に入っていたから葬儀にも納骨にも来られなかった。国良については、祖母から聴いていた以上のことは知らなかった。結局、材木店のあった場所が判明しただけで、国良とその家族についての情報は何も得られずに終わったのである。

興信所に依頼することも考えた。私が初めて国良のことを知ったのは十代の頃だったが、なぜかあまり関心が向かなかった。気にはなった。祖父だけでなく、その家族も含めた未知の親族がいて、同じ国に生きていると思うと奇妙な気がした。ただ、それだけのことであった。探し出そうという気は起きなかった。しかし実際に調べ始めたら、やれるだけのことはやろうと思った。年齢を重ねたせいかも知れないが、自分の血に繋がった祖父がどのような人物だったのかを知りたい気持ちが強くなっていたのである。タウンページで一番大きな広告を出している興信所に相談を持ち掛けた。すると半世紀も昔のことなので、本人と家族が津を出ていたら探すのは難しいと言われた。調べは、いったんここで止まった。先へ進めたい思いはあっても、どちらを向いて行けばいいのか、まったく見当がつかなかった。私は大学を卒業して、アルバイトをしながら発表の当てのない小説を書き続けていたが、この年から二つの私立大学の非常勤講師を兼ねるようになった。人とのつきあいも多くなり、雑用も増えて、忙しくなりつつあった。二人目の子供も授かって、親しい友人からは、そろそろ小説は諦めたらどうだ、と忠告されていた。仕事の合間に、ふと国良のことを考えた。

やがて思いがけない扉が開いた。半年程して未知の人物から手紙を貰ったのである。若い中国文学の研究者で、私の世話になっている教授の紹介であった。私は国良の母の形見である手書きの冊子を、漢文ではないかと思って知り合いの書家に見せたのだが、中国の特殊な古代文字ではないかという見方を示された。そこで教授が学会のシンポジウムで中国へ行くと聴いて冊子のコピーを託したのであった。手紙をくれた研究者は、日本から北京大学へ留学して古代文字を研究しており、冊子の文字は甲骨文字に似ているが、そうではなく、恐らく女書ではないか、という。

手紙には中国で発表された女書についての論文が同封してあった。翻訳して差し上げることができればいいのだが、時間がないのでとりあえず参考までに、とあった。私は中国語がまったくできないので、勤めている大学で中国語を教えている准教授に翻訳して貰った。それによると、女書は発見されて間もないので、まだ謎が多い。漢字から派生した文字で、唐代以降に成立したと推測される。約一千種の文字を持つ表音文字で、湖南省では、漢字を男書、女文字を女書と称して、二つの文字体系があった。ある研究者は、「遠くは唐宋期、近くは明清代、湖南省の江永地域に漢字の素養を持った女性がいて、社会的な身分の低い女性達の苦しみや悩みを訴えるために、女性だけに伝わる秘密の文字を作ったのではないか」という。中国ではほとんどの女が、近年まで学校で教育を受ける機会が与えられなかったため、江永地域では女から女へ女書が伝えられ、秘密の文字によって胸の思いをやりとりした。女書は筆も硯も持たない女らが使えるように、針と糸でつくる刺繡でしるすことのできる文字の形になった。女書は生活に密着した文字であった。そして少数ではあるが、女書を読める男もいた。

この地域で女書が広まった背景には、仲の良い女らが義理の姉妹の契を結ぶ結交姉妹の風習が影響している。多くの結交姉妹は少女時代に契を結んで、その後生涯に亘って深い関係を保った。彼女らは纏足をしているので農作業はできないから、誰かの家の二階に集って織物、刺繡、縫い物、布鞋作りなど女紅と呼ばれる手仕事に従事する。そこで女書によって詠んだ詩を歌い、年配になれば自伝を書いて詠じた。女らは、文字によって現実とは違う世界に遊び、苦しみや悲しみを発散した。彼女らは苦しみや悲しみで縒った糸を文字にする。文字は涙である。詩や自伝という形式は、その涙を溜める袋である。彼女らは、女書を習得することで涙の袋を抱え、そこに涙を捨てていたのである。そして涙は笑いに変えられた。これは男性や親から抑圧され、不自由な身の上をかこつ彼女らにとっては少なからぬ救いであった。

また女書によるやりとりは、女の共同体を築くために有効であった。遠く離れていても書き文字があればコミュニケーションを図ることができる。女らは女書によってかなり広範なネットワークを維持していた。

女紅をする二階家をムラと呼び、ムラが集まってクニを形成した。ムラの世話役は姉様で、クニの世話役は大姉様である。大姉様は、姉様の中から入れ札で選ばれた。このネットワークは互助組織としても機能しており、クニを構成するクニビトらは物心共に支え合い、食料を融通し合うこともあったようである。ムラ同士を結びつけてクニを形成するのに大きな役割を果たしていたのは死者婚の習慣である。

当時は乳幼児の死亡率が高く、多くの女が我が子の死という深い悲しみを経験した。そのストレスに耐えるため、女書によって子供を生かし、成長させ、結婚させる死者婚ができたと考えられる。子供を喪った女は、あたかもその子供が生きているように、誕生日になると、一年の成長の記録をしるし、成人に近い年齢になった頃、歳録と呼ばれるその記録を他のムラへ回覧する。歳録を読んだ女のうち、子供を喪っている者、つまり、死者婚の資格を持つ者は、相手が気に入ったら、姉様を介して自分の子供の歳録を送る。そして互いが承知すれば婚姻は成立となる。嫁を貰った場合、彼女が出産し、その子が成長するさまも歳録へしるすことになる。

私は女書を知らなかったので関心を持った。何より曾祖母に当たる人物が中国語を書き残していたことに強く心を動かされた。彼女は中国大陸の出身である可能性が高く、祖父の国良も彼の地の出身か、もしくは中国人の血を引いているかも知れないのである。それは私が大陸人の子孫である可能性を示していた。また、祖母と曾祖母は、アジアの大陸と島で、住んでいた土地は違っても、生きていた世界は同じではないかと思った。考えてみれば、祖母の手になる平仮名も女書と言えなくはない。不思議であると同時に、気持ちの昂ぶる感じがあった。中国文学の研究者からの手紙は、学校教育の普及で女書の使い手は年々減少しているが、現地に行けばまだ読み書きのできる者がいるはずだから、冊子の解読は可能であろう、と結ばれていた。

私はあらためて曾祖母の書いた冊子を手に取ってみた。相変わらず文字を読み取ることはできないが、それは単なる記号ではなく、生きて体温を持っている気がした。何とか解読したいものだと思った。それから二週間程は迷った。しかし自分の血に繋がる人々の根を知りたい気持ちがまさって北京大学の研究者に手紙を書いた。女書の論文を書いた人物を紹介して貰って、勤務校の准教授を煩わせて何度か私信を交わした。彼は曾祖母の冊子を、女書に間違いないが、きちんと翻訳するためには読み書きのできる使い手の手助けが必要なので数ヵ月掛かると言った。その頃には自分で現地に立ちたい思いが強くなっていた。女書を漢訳し、漢訳を和訳し、といった手間を掛けていられない気がした。それで湖南省のどこへ行けばいいのか、誰を訪ねればいいのか教わった。そこまで絞り込めたところで仕事を調整して成田空港を飛び立った。一九九二年の夏のことである。

中国は広かった。飛行機と汽車とバスとタクシーを乗り継いで、目的地に着いたのは日本を経ってから三日目の昼過ぎであった。私は現地の旅行社を通じて雇った通訳の秀麗と、その村へ入った。通訳には、話を聴く相手のことを考慮して女性を選んであった。彼女は上海の大学院で日本文学を学ぶ学生だったが、女書のことを知らず、母国にそんなものがあることを知って興味を持ったようであった。湖南省江永県河淵村は、周りを山々に囲まれた穏やかな土地で、夏の青空の下にゆったり緑の水田が広がっていて、山麓の小高い場所にびっしり人家が黒褐色の甍を並べていた。祖父が、このようなところから日本へ来たのかも知れない、と思うと不思議に心が躍った。家々は、狭い迷路のように入り組んだ石畳の道の両側に、まるで肩を寄せ合っているように建っていた。かつて盗賊に襲われることが多かったので、自衛のためにこのような造りになったようである。私達は誰かに道を訊くつもりで歩いてみたが、人の姿はなかった。石畳の小道を上がって眼についた煉瓦造りの家を訪ねた。留守であった。隣も、その隣も留守であった。私はあることに気づいた。

「ここ、さっきも通ったよね」

私達は同じところを歩いているらしいのだ。

「そうですか……ね」通訳は周りを見回して応えた。

その時、空からばらばらと生温い水が落ちてきた。見上げると、太陽は輝いているのに、俄かに雲が現われて雨が降っている。天気雨である。私達は近くにあった大きな樹の下へ走り込んだ。どうしたものかと考えていたら、しばらくすると雨がやんで、向こうから赤ん坊を抱いた若い女が現われて声をかけた。

「私達が探している楊秋香さんの知り合いです」と通訳は言った。「迎えに来てくれました」

通訳は続けて、この村は楊という姓の多い村で、近くには高という姓の多い村があるらしい、と言った。

若い女は先へ立って歩いて、一軒の煉瓦造りの家の扉を叩いた。青い服を着た痩せた老婆が顔を見せた。脂気のない髪を纏めて、浅黒い顔は皺だらけで、眩しそうに眼を細めていた。曾祖母も、このような人だったのであろうか、とふと思った。老婆は扉を大きく開けて、中へ入るように促した。家の中は質素な造りで、高窓から射す光の中にわずかな調度品が並んでいた。老婆は私達を待っていたようで、卓の上には赤い布を表紙にした冊子と数通の手紙が置いてあった。女はそれが当然のように老婆の傍らに立っていた。赤ん坊は声も立てず、人形のような眼を向けて、私達を見つめていた。

「案内の女性には帰って貰っていいんじゃないかな」

通訳は若い女と話して、

「私には、秋香さんの言葉、分からないだろうって」

と言った。

江永県の方言は上海育ちの通訳の手に余るらしかった。

「親戚か何かかな」

「秋香さんとこの人のお婆さんが血の繋がらない姉妹です」

「そうか」

老婆は手紙を手に取って示して見せた。それは女書でしるされていた。私が訪ねて来るから用意してくれていたようである。老婆が独り語りのように何か話し始めた。彼女の江永県の方言を、若い女が北京語に訳して、それを通訳が日本語に訳した。

「女書国の女性からの手紙です。夫になる人を紹介して欲しいとあります」

この地方には、未婚のまま死ぬと鬼になるという言い伝えがあって、迷信深い女らは、誰でもいいから伴侶を求める。相手が死者でもいいのである。私は女書を書く女らに死者婚の風習があったことを思い出した。

「このお婆さんが、結婚の仲介をしてるのかな」

そうだ、と通訳が言った。私は手紙を戻して、バッグから冊子を取り出した。

「どうですか、読めますか」

老婆は皺の中にある眼を細めて冊子を眺めた。しばらくして呟くように話した。

「西口さんが持って来たものは、文集です。詩と歳録と自伝です」と通訳は言った。「書いた人の名前は、高昭儀。大姉様ですね。多分、近くの村の出身です」

間違いなかった。曾祖母は、この土地で生まれたのである。そして恐らくは祖父も。なぜか不思議な気はせず、それが当然だという思いになった。ここまで私を導いて来た冊子に二人の意志を感じた。

「それは私の祖母が、連れ合いの母親から託されたものです」と私は言った。老婆は、こちらに顔を向けて、じっと鳶色の瞳で見つめて何か言った。

「あなたは、これを書いた人の、曾孫ですか」と通訳が伝えた。

「そういうことになります」

老婆は笑いながら頷いた。

「そうすると、ずっと血筋を辿っていくと、わたしらとも繋がっていることになる」

「近くの村には、曾祖母の血筋に繋がる人が、まだいるでしょうか」

「代々、高氏がたくさん暮らしていますから、探せばいるでしょう」

老婆は、冊子に眼を落としたまま、低い、何か呻くような声で、節をつけて詠じ始めた。

歳録序

われらのクニは生者と死びとがまじわり生きる場所　世に死びとは齢とらぬというが　いやいや　死びととて　髭もはえれば　爪ものびる　ただし　死びとが齢とるのは　われら生者がいてこそ　死びとはわれら生者の内で齢とる　われら生者は　死びとのために生きておらねばならぬ

歳録は昭儀の子供である美雨のものの抜粋で、結婚前夜の出来事が詳しくしるされていた。

月のよる　美雨は笛ふいていた　お母さん　嫁入るのこわくなかったかときく　暮らすのは赤の他人　こわくないが嫌だった　美雨は死びととなって八年ずっと家にいたから　このままいたかろう　いてもいいというと　お母さんはどうしてほしいときく　美雨は孝行むすめ　孫のかお見たかろう　嫁入るという　美雨　また笛ふく　笛のね　おそろし　あの世とこの世のはざまの呼び声

詠じ終わると、老婆は卓の湯呑みを手にしてお茶で口を潤した。冊子を捲っていた指が止まって、唇にうっすらと笑みが浮かんだ。さっきとは違って、やや高い声が軽快なリズムを刻んだ。

うちの旦那はぶうぶう亭主　口からぶうぶう文句を垂れて　尻からぶうぶう屁を垂れる　あんまりやかましいので　上の口と下の口　稗を詰めてやったら　息ができずにポックリ逝った　やれ　これで静かになった

うちの姑はがみがみ姑　あんまりやかましいので　天に訴えたら　神さまわたしを憐れんで死んだ父さん遣わしてくれた　父さん　大鎌かかえて降りて来て　姑の首をちょん切った　がみがみ姑の胴体は　コロコロ転がる頭を追いかけた　そうして　やっとうちを出

た

「今のは、いくつかある詩のうちの一つです」と通訳が言った。「これから自伝を読みます」

われ大姉となって　クニびとらの求めうけ　わが人となりしゆらい　およびクニの縁起しるしおく　題して女書国縁起なる

　わが母　家の屋根に孔雀とまり羽ひろげたるを見てわれ身ごもったこと気づく　されど　十月十日はおろか一年たてど二年たてど生まれず　やっと三年目の夏に産気づいた　されど　されど　ひどい難産　汗　涙血　小便　糞流れるものすべて流し　三七　二十一日苦しんだあげく　雷鳴りはじめて産道ひらき　突然ゴロゴロドカン　落雷の音とどろきわたり　そのとたんわれ産み落とす　三年　母の腹にいたわれ　すでに人となり　数歩あるいて　お母さん　やっと会えたといった　産婆おどろきのたまわる　これは神の子　大事になされ

　女紅に出たるは九つの年　その日　姉さまから女書おそわる　われ　千字その場でおぼえ　うちならびたる女らおどろきのたまわる　これは神の子　みなで育てようぞ　ある日　たわむれに池に猫の文字かけば　なんとその文字もりあがり　猫のかたちとなりてニャーニャー鳴く　水面バシャバシャ走り　やがて水にかえる　ためしに犬の文字かけば　犬のかたちとなり　ワンワン鳴く　文字変じて猫となり　文字変じて犬となる　あら　おもしろや　おもしろや

　われ女らに披露すれば　やはり　神の子　大姉となる子ともてはやされる　しかし　不思議は長くつづかず　初潮をむかえ女になったその日　神通力は消えたなれど　われ文字の力に気づく　われ詩つくれば　読むもの文字によって心に猫を生じ　犬を生じる　樹木を生じ　人を生じる　これなら池はいらない　やれおもしろや　おもしろや

　十四でとうとう嫁にやられて家を出た　亭主は燐寸製造会社に勤めるが　主の日本人とそりあわず　すぐやめてくる始末　家にびた一文いれることなく　阿片窟に入りびたり　ひとり羽化登仙の毎日さ　いきおい姑はわれに辛くあたる　実家へ帰ろうにも親はゆるさない　やれやれ　女はつまらない

　されど　されど　だらしない亭主持ちのびんぼう嫁は仮の姿　本身は神の子といわれた世にも稀な女書の使い手　われに女書あり　ひと筆ふるえば大金がドサッ！　ひと筆ふるえばご馳走がズラリ！　なんでもできる　親　亭主　姑には面従腹背　はいはい　と

いっておけばいいのさ
　翌年　徳賢を産んだ　十七で明陽を産んだ　子供はかわいい　男は種馬　子種さえもらえればいい　あとはすこしたのしませてくれれば　われ八人の子を産んだが　じつはみんな父親ちがい　村一番の美男　賢い学生　たくましい力自慢　いい男と見れば子種もらいせっせと畑にまいたもの　亭主ぜんぜん気づかない大まぬけのもへじさ
　徳賢が四歳と十ヵ月のとき　疫病にかかった　熱たかく　下痢つづく　医者にみてもらおうにも先立つものなく　発病して一週間　ことり息絶えた　われは冷たい遺骸を三日三晩だいて寝た　かなしみ肝ぬき　苦しみ腸たった　おとろえなえたわれ励ましたはムラの姉さま　歳録さしだし　ここに徳賢を生かせと　歳録あるはしっていたが　なにものか委細しらず　死びと女書でよみがえらせると姉さまからおそわった
　目とじ耳ふさぎ感じろという　徳賢のはだざわり髪のいろ　たいおん　声　息　におい感じろ　きこえる　みえる　におう　徳賢しゃべる　すわる　われの手にぎる　それを書く　ことばうつす　手のあたたかみうつす　いつかわれ　徳賢だいている　それを書くわれこのとき　文字の目を得　文字の耳を得　文字の鼻を得　文字の舌を得　文字の手を得る　いらい徳賢かって気ままにしゃべりふるまう
　死びととなった子ほど魂深い　生き残り後ろめたいわれに　自分のいのちやったのだから　長生きしてほしいという　わが歳録みたるもの　これおもしろい文字のはこび文のながれ　おそわりたしといい　われムラムラまわる　どのムラにもひとりふたりは子供なくしたものあった　そこで歳録もったものあつめ　死びとの祭りおこなった
　死びとと生者の祭り　女らもちきたる美酒うちならべ　蓮の葉むすびたる荷杯に酒そそぎ　簪で穴あけほとばしるをひと息にのむ　唐の世には蓮の花を解語花といい　荷杯を解語杯という　ことばを解する花とは美人のこと　われらみずから美人といいあい　美酒うちのみ　酔うほどに詩つくる　このつどいすなわち文字飲　のむほど詩つくり吟じ　詩つくるほどのむあちらで死びとがわらえば　こちらで生者がうたう死びとと生者がまじわる祭り　ムラムラの人よろこびムラムラむすぶ　われ姉さまとなりて　ムラムラまわり　文字飲かさねる
　死びとと生者の数ふえ　ムラはクニとなる　クニびと　さまざま　少女もおれば　老女もおる　嫁入ったものは　誰もがひとたびは亭主姑を殺めたもの　鬼女も悪女も　女書つかえればクニびとである　男衆でも

女書の使い手ならばクニびとに迎えよう　ただし　玉ぬき　棹とるべし
　もひとつしるす　歳録のふしぎ　あるムラの女から相談もちかけられた　姉妹のちぎり結んだ妹が産女のまま死んだ　いらいこの女　よなよな夢枕にたつ　ムラのあちこちで悪さする　まっとうな死びとになれず　息ふきかえすこともできず　この世とあの世のはざまにさまよう
　われ歳録にしるし　子を産ましめん　するとふしぎいらい夢枕にもたたず　ムラでの悪さもやんだ　いまやわが歳録で　女と子　なかよく暮らす　これひとの思いと文字のちから
　女書国いつからあるか　古き古き時世よりとしかわからない　ただ　大姉は　いつもあるとはかぎらず大姉となる器もつもの出でたるとき　その座にすわるわれ　大姉となりたるときも　四十余年の空位がつづいたと
　さて　さて　そのときわが湖南　不作つづき天候ふじゅん　人々のこころおだやかならず　おごれる地主といかれる民ぶつかり　世の中またおだやかならずそんなある日　離れたムラの女　まずしさゆえ一家で池にみをなげた　家のかめにはひと粒の米ものこっていなかった　ひとびと政府の城に石油まき火つけ大騒ぎ　これは男衆の国がわるい　政治家の頭がわるい役人の手際がわるい
　われ男衆の手をまね　丕の文字かいてビラにし　ムラの女らと闇にまぎれ張ってまわった　丕は漢王朝たおし魏王朝たてた三国志の曹丕である　政治家　役人ども　これ国こわすものの仕業とおそれおののくあまり糞小便たらし　犯人さがしに血まなこ　おりから夜空に大彗星あらわれペストはやり　人心みだれて男衆は右往左往　ムラの女のいのち奪ったうらみ　思いしるがいい　われらの契りは　血のつながる親子より深く強し
　これで終わりじゃない　われいくつかのムラの女らとはかり　餅に「八月十五日殺韃子」の紙はさみひそかに家々へなげこんだ　古くから湖南につたわる中秋節の蜂起伝説まのあたりにし　男衆はまたまた右往左往　われら腹かかえて大笑い

　老婆は一頻り笑ってお茶で口を湿した。そしてまた自伝に戻った。

　死んだ一家はわれの採録にしるした　嫁入った美雨から手紙きた　母さん　二度とかなしいことは繰り返すまい　みなでひとにぎりの米をだしましょう　クニ

びとらすすんで米を持ちあつまり　貧しいものにわけあたえた　これ　のちにのこる　にぎり米のしくみ女書国から飢え死にはださぬ

　そして　世に辛亥革命おこる　わが湖南でも民がたちおごれる地主をふみつけた　ところがなにやらきな臭い　袁世凱あらわれ　皇帝なのらんとする　これを許さじと湖南の政府は　みずから国たてた　ところが

　ところが　袁世凱もさるもの　兵おくりこみ　湖南の政府おさえる　さらに大雨洪水　疫病おこり　ひとびとうち騒ぐ

　この騒ぎみていたムラの長老のひとり　われらは揺るがずという　天はわれらに大姉をつかわした　われ昭儀を大姉とあおぐ　長老　かつての大姉につかえた女　ムラムラの姉さま集め　入れ札で大姉えらびだすという　男衆がたてた民国では女の参政権とやらがもんだいになっていたが　女書国ではいにしえより大姉を入れ札でえらぶ　これ　選挙じゃないかえ

　ときに民国初年　われ大姉となった　大地主がすてて逃げた屋敷にあつまり　あらたな女書国たてた宴ひろげた　われのたまわく　男衆の国をかり　われら女のクニたてる　男衆は刀と血で国たてるが　われらは文字でクニたてん　男衆は国で人しばり　われらはクニできままに生きる　男衆は文字で人しばり　われらは文字できままに生きる　このクニは女書よめぬものには見えず　女書よめるものにしか見えない世がある

　それから数年　袁世凱は皇帝をなのる　風もないのにわが歳録めくれあがり　みるみる徳賢の文字たちあがる　あたま飛び出し　胴体あらわれ　手足はえりっぱな男衆になる　われ大姉の子　民国をわたくしする袁世凱ゆるせじ　と死びとらに呼びかける　ムラムラの採録からたちあがる死びとの数知れず　群れとなって袁をたおせと都へせめのぼる　かくして無数の死びとら袁に憑りつき　首おとし　腕足たち　からだじゅう切り刻み　奸賊は絶命す　これぞ　袁の死んだほんとうのわけ　世にいわれる病死はわれらのクニの死びとのしわざ　じつに民国すくったは女書国なり徳賢　にわかに名をあげる

　女書国の再興なりて八年　われ四十のとき　ついに自給した若者あらわれた　若者の名　波浪　しかし玉ぬき　棹とったので紅花となのる　徳賢の功名しり嫁入りたいと願う　徳賢にきけば　母さんさえよければもらうという　われにいぞんなし　生者と死びとの結婚もよし　婚儀ととのい　夫婦ふたり暮らすにつれあらふしぎ　紅花　腹ふくれ　子はらむ　クニびとらさすが大姉の嫁とほめそやしたが　産道もたぬにわか女　どこから産むのじゃえ　みな　興味しんしん

十月十日たち　産婆みまもるなか　号砲一発　ブリブリリ！　尻の穴から産み落としたるは　なんと文字文字文字　あたり一面　いろはにほへとちりぢりばらばら　慌ててひろっていたら　最後にぽとり落ちるおしまい　の四文字　この話　すべてまこと　ゆめ疑うなかれ
　国良よ　母の生きる道しるべおくろう　悲しみはきえぬ　傷はいえぬ　ならば　笑え　笑え　なみだ血のみこんで笑え

老婆は哄笑した。皺だらけのその顔に祖母の表情が重なった。笑っていた。涙を流しながら大笑いしていた。曾祖母の自伝は、祖母の自伝でもあったのである。

通訳が言った。今の大姉は、このお婆さんだ。西口さんのお祖母さんと亡くなった子らも、歳録にしるしてあげる、と言っている。

「望むなら、あなたも入れてあげる」

老婆がおもむろに卓の歳録を開くと、傍らの若い女と赤ん坊はたちまち文字に変じ、しるされていた場所へ戻ったのであった。

親子の手帖
鳥羽和久　親と子の幸せの探し方。現代のたよりない親子たちが、幸せを見つけるための教科書。福岡で寺子屋を運営する著者が描く現代の親子のリアルな姿。子どもの幸福のために、かつて子どもだった、いま毎日を懸命に生きる親のための一冊。
1296円

わたしのガン子ちゃん！
出木谷潤子　わたしのガンコなガン子ちゃん。取っても取っても次へとやってくる。この際、仲良く生きていこう。ガンでも働く。楽しく痛快な日々。
1512円

呉越春秋　戦場の花影
藤生純一　中国古代の四大美人の一人たる西施、彼女を発掘、教育して呉国の宮廷に送り込んだ越の功臣范蠡―波乱に満ちた二人の愛と運命を描いた壮大なロマンである。（勝又浩氏）
3024円

ロマン・ロラン著 三つの「英雄の生涯」を読む
―ベートーヴェン、ミケランジェロ、トルストイ―
三木原浩史　小説、戯曲、伝記、音楽研究・音楽評論、美術研究、哲学研究、社会批評など……自らが知の英雄だったロマン・ロラン。代表的伝記作品三点に通底するものは何かを明らかにする、画期的作品論。
1620円

虚構の蘇我・聖徳　我は聖徳太子として蘇る
野田正治　蘇我馬子が飛鳥寺を建立したのではなく　厩戸皇子が四天王寺建立したのではない。「陰陽の二元論」によって『日本書紀』（陰）と『古事記』（陽）がつくられ、馬子（陰）と厩戸（陽）（馬小屋）もつくられた。
1944円

天皇家の卑弥呼　誰も気づかなかった三世紀の日本
深田浩市　倭国大乱は皇位継承戦争だった！　日本書紀と魏志倭人伝は同じことを記録しており、神社伝承や最新の科学調査とも符合していた。画期的な新説で卑弥呼擁立の真の理由が明らかになる！　古代史論にありがちな強引な解釈や論理飛躍を排除し、圧巻の説得力で太古日本がついに真の姿を現す！
1620円
（すべて税込）

鳥影社
〒160-0023 東京都新宿区西新宿3-5-12　トーカン新宿7F
☎tel 03 5948 6470　fax 03 5948 6471　www.choeisha.com

レナの記録

吉村萬壱

一

ぞう木の山の坂を上ってくる人たちの中に、わたしの小学校のひょうじゅん服を着ている男の子のすがたが見えました。わたしはぞっとしました。なぜぞっとしたのか分かりません。その男の子の両親は、歩きながら言いあらそいのようなことをしていました。きっと、わたしの両親がけんかしていたのと同じようなことになっていたのだと思います。つまり、わけが分からないことを言い合っていたのでしょう。その男の子は、自分の親がすっかり変わってしまったことに、ぜつぼう的になっていたにちがいありません。とても暗い表情で、坂を上る足どりにもまったく元気がありませんでした。男の子はうつむいていましたが、ふと顔を上げました。私はあわてて頭を低くしましたが、間に合いませんでした。わたしたちは、たがいに目を合わせました。わたしはひょうじゅん服ではありませんでしたが、男の子は私が同じ小学校にかよっている児童だと気がついたかもしれません。わたしたちは二秒か三秒、見つめ合いました。しかしすぐ近くに別の家族がいることを、おたがいの両親に知らせることはしませんでした。そんなことをしても、しかたがないと分かっていたからです。すると男の子の両親がとっくみあいを始めました。男の子は両親のかげにかくれてしまい、わたしは彼らに背を向けて自分の親のあとを追いました。

さいわい、わたしの親は二人とも、もくもくと歩くことに決めたようでした。わたしはついていくのに苦労しましたが、男の子の家族との間にはずいぶんきょりがあきました。しかし坂を上ってきたのは、男の子の家族だけではありませんでした。男の子の家族に続いて、ぞくぞくとたくさんの人たちが上ってきていたのです。中には足のはやい人もいるにちがいありませんん。ゆだんはできませんでした。おとなたちはきっと誰もが自分のことに精いっぱいで、他人を思いやる心など持っていないにちがいありません。彼らはみんな病気にかかっているのですから。誰かに追いつかれたら、病人どうしで、どんなひどいことになるか分かりません。それを考えると、わたしは不安に押しつぶされそうになり、しぜんに足がはやくなりました。

いつのまにか、雨はやんでいました。ぬれた服が気持ち悪くていやでしたが、歩き続けていたので寒さは感じませんでした。ぞうき林の山は、上ったり下ってたりしていました。わたしたちは、いくつもの丘をこえました。父の選んだ道は何度か、木の枝のトンネルに入りこんでしまって進めなくなることがありました。トンネルはろうとのように、だんだんせまくなっていました。そういう時はいったん引き返します。そして、決まって母が正しいルートを発見しました。母は子供のころにこのあたりで育ったので、昔の記憶がよみがえっているのかしら、とわたしは思いました。それなら母にまかせればいいのに、父は先頭に立って歩きたがりました。誰も信用していないのです。そして二人そろって、ぶつぶつとひとりごとを言い続けます。「まいくろは」とか「めんそにー」とか「おこじょ」とか、ぜんぜん意味が分かりません。しかし父は、いつのまにか母の大きくて重いバッグを自分の肩にかついでいるのでした。父にまだそんな優しさが残っていたなんて思いもしませんでした。そのことだけが、わたしにとって心の救いでした。

やがてわたしたちは、とつぜん開けた場所に出ました。急に明るくなったので、わたしは空を見上げて目を細め、体いっぱいに日の光を浴びました。父もほっとしたのか、ようやく歩くのをやめて休けいをとることにしたようです。わたしはパンツの中からティシュペーパーをつまみ出し、母に見せました。ティッシュペーパーはびっくりするほどこい赤色にそまっていました。「うめなさい」と母に言われ、小枝で穴を掘って上から土をかぶせました。すると母が折りたたんだ新しいティシュペーパーをくれたので、それをまたパンツの中に押しこみました。おなかの痛みがぶりかえしましたが、今はそれどころではないと思ってがまんしました。しばらくの間三人で木の根の上に腰をおろしていましたが、父はおちつかないようすで、立ち上がって近くを調べ始めました。そして、「見ろ」と言いながら、地面からヘビのようなものをつかみ上げました。それはとても長くて、思いがけないところの落ち葉や土までもち上がったのでわたしはびっくりしました。「タイガーロープだ」と父は言いました。

「これは、きょうかい線だ。しかしもう、役に立たなくなっている。つまりきょうかい線など、とうの昔に消めつしていたのだ」

よく見ると、たしかにそのロープはとても古いものに見えました。つまりチクとそれ以外の地域とは、ずいぶん前から区別がなくなっていたということなのでしょう。父もたん任の池上先生も、ずっとチクなんてないと言っていましたがそれは本当だったようです。

「行くぞ」と父が言いました。

母とわたしは、腰を上げました。そして三人そろって坂を下っていきました。すると少しずつ、木々の間から町のけしきが見えてきました。目的地が目の前に現れたことでわたしたちは元気づいて、自然に足どりが軽くなりました。ローヒールをはいた母の足どりすら、軽やかに見えました。父と母の表情がほころんで、わたしはこの日初めてうれしい気持ちになりました。

ぞう木の山からぬけると、そこはあき地でした。あき地に立つと、目の前に町が広がっていました。民家、低いビル、牛乳屋さんや新聞屋さんの看板、郵便局、電信柱、高圧電線の鉄塔などが見えます。見覚えがあるようでないような、特に変わったところのない普通の町でした。しかし歩いている人は一人もいません。あき地の地面を歩くじゃりの音がはっきりと聞こえるほど、町は静まりかえっていました。「静かだね」と言いかけた時、父が「だまれ！」と言ってわたしの肩をたたきました。わたしは驚いて、だまりました。父は姿せいを低くして目玉をギョロギョロさせ、聞き耳を立てました。母も、さかんにあたりを見まわしています。

父がとつぜん「こっちだ」と言いました。すると母が首をふり、「あっちよ」と父と違う方角を指さしました。

「こっちだ！」

「あっちよ！」

二人の意見がくいちがいました。わたしは、きっと母の方が正しいと思いましたが、そんなことを言えば父に怒られると思い、だまって二人を見くらべていました。

その時です。ハチの羽音のような音がして、わたしたちの頭の上に黒くて丸いものが飛んできました。ドローンでした。父は「見ろ、やっぱりせめてきた！」と叫び、母のカバンを肩にかついで、母とわたしを置いて走り出しました。母は「そっちじゃない」と言いながら、わたしをそこに残して父のあとを追いました。一人にされたら大変だと思い、わたしもいっしょうけんめい走って両親についていきました。ドローンはいったん遠くに離れたように見えましたが、やがて遠くの空を大きく回ってもどってきました。「来た来た！」と父がおびえた声を上げ、四階だてのビルの中に飛びこみました。母とわたしもそのビルの中にかけこみました。入ってすぐに集合ポストがあり、その口からたくさんのチラシがはみ出していて、床にも何枚ものチラシが落ちていました。父が、奥の階段まで行こうとしたのをとちゅうで止めて集合ポストの下にうずくまったので、母とわたしも同じようにしました。そんなわたしたちを、父はけいべつしたような目で見ました。まい上がった砂ぼこりは、カビくさいにおいがしました。耳をすませると、大きくなったり小さくなったりするハチの羽音が聞こえるようでもあり、何も聞こえないような気もして、こんな所でわたしたち家族は何をやっているんだろうと思いました。

ふと床のチラシの一枚が目にとまりました。絵がかいてありました。笑っている子どもたちが、十字かのまわりで輪になっておどっています。その絵の横に「こわがらないで」と書かれているのが、わたしにはとても恐ろしく思えました。すると母が床を見つめながら、犬のようなうなり声を上げました。「やめないか」と父が言いました。「おばあちゃんの所に行こうよ」とわたしが言うと、父は「そんなことをしたら、つかまってしまう。それは直美のわなだ」と言いました。直美とは母のことです。

「何を言うの」母が顔を上げました。

「この町を見ろ。もうずっと前に終わってるじゃないか」

「母も死んだって言うの？」

「ち死量のウイルスだったんだ」

「おまえこそ、わたしたちをおきざりにして女と会おうとしているくせに」

「おまえって言うなバカ」

「その女と待ち合わせをしてるんでしょ」

「何の話だ」

「レナ、何を書いているの！」

わたしは教会のチラシのうらに、ポケットに入れていた短いエンピツを使って両親の会話を記ろくしていました。

「どこまでバカなのこの子は！」

しかしわたしはイモムシのように丸まって、母が言った言葉を最後まで書きとめました。母は「わたしをおきざりにして」ではなく、「わたしたちをおきざりにして」と言ってくれたのです。父に見すてられても、きっと母はわたしといっしょに行動してくれるにちがいありません。この記録はそのしょうこです。母がチラシを取り上げようと手をのばしてきたので、わたしはとっさに立ち上がり、チラシとエンピツをポケットにつっこみました。

すると母が「待て！」と叫びました。

見ると父が、母のカバンを置いてビルの中から飛び出していくではありませんか。

「ホントににげた！」とわたしは声を上げました。しかし母には、追いかけるつもりはないようでした。遠くにはなれていく父の姿を、母とわたしはビルの中につっ立ったまま見送りました。その父のあとを、どこからともなく現れた二機のドローンがぴったりとついていくのを見て、母は「ふん」と鼻から息をふき出しました。

二

父がいなくなって、母の頭は少ししっかりしたようでした。母と二人でいっしょに大きなカバンをさげて歩きながら、わたしたちはおばあちゃんの家をめざしました。

「おばあちゃんはちゃんと生きてるからね」と、母は私に何度も言いました。わたしは、おばあちゃんが生きているか死んでいるかは誰にも分からないと思いましたが、母がそう信じたい気持ちはとてもよく分かりました。しかしわたしたちは、ずっと誰にも出会いませんでしたし、車もオートバイも走っていなくて、町のいたるところで家が壊れていたり壁がくずれていたりしていて、父が言ったようにこの町はほんとうに終わっているのかもしれないと思いました。

「もう少しよ」と母が言いました。

目の前に、わたしにも見覚えのある美容院が姿を現したのでわたしは「あ」と声を上げました。この美容院は曲がりかどに建っていて、アスファルトの上に黒っぽい石があり、そこに白いペンキで「まかりかぼP↓」と書いてあるのです。まかりかぼという変わった名前のひらがなの文字を、わたしはよく覚えていました。

「お母さん、わたしこれ覚えてるわ」と石を指さすと、母はうなずきました。

「まかりかぼ」のかどを曲がって少し歩くと、小さな公園にすべり台と鉄棒があって、昔と変わらないおばあちゃんの家がありました。わたしはおばあちゃんの家にかけよっていって、玄関のベルを押しました。でもベルが鳴らなかったので、ドアをたたきました。

「おばあちゃん、レナよ！　わたしよ、レナ！」

　すると母がわたしをつきとばして、カギ穴にカギを差しこみました。

「開いてるじゃないの」

　カギはかかっていませんでした。ドアを開けて入っていく母に続いて、わたしも家の中に入りました。

「母さん！」母が呼びましたが、返事はありません。家の中はほこりとなまあたたかい空気がたまっていて、すっぱいにおいがしました。母は土足のまま上がりこんでいって、一階の部屋やトイレやお風呂を調べました。そして二階へと上がっていきました。わたしは階段を上っていく母の後ろ姿を見上げながら、母が投げすてたバッグのそばに立っていました。すると外で何か音がしたような気がしたので、玄関から外に出てみました。その時、少しだけ開いていたとなりの家のドアが、ガチャッと音を立てて閉まるのを見ました。

「お母さん！」とわたしは母を呼びました。しかし返事はありません。

　階段の下に残された母のバッグが、死んだ犬のように見えてドキッとしました。

「お母さん！」わたしはもう一度母を呼びました。

　すると階段の上に姿を現した母が「何なの」と答えました。

「となりの家に誰かいるよ！」

「ずっといるのよ」

「おばあちゃんは？」

　母はそれには答えず、ハイヒールをならしながら階段を下りてきました。

　そして一番下までくると、わたしの顔をじっと見ました。五秒ぐらい見ていたと思います。

「直ちゃん」

「え、はい」

「直ちゃん」

「何？」

「今まで何をしていたの？」

　わたしの名前はレナです。

「母さんは病気なのよ」

「分かってる」

「ずっと親を一人にして。それでも娘なの」

「ごめんなさい」

よく見ると、居間のカーテンが少しゆれていました。

「窓ガラスが割れてるわ」とわたしは言いました。

「ずっと前から割れているのよ。こんな家にさびしく一人で住んでいるのよ」

その時母の顔が虫をくわえたトカゲのように見えて怖くなり、わたしは「おなかが痛い」と言ってトイレに走りこみました。ふたを上げると便器の中には水が張っていなくて、変なにおいがしました。わたしはパンツを下げて便座に腰を下ろしました。パンツの中には、しわくちゃになった赤黒いティッシュペーパーがはさまっていました。わたしはティシュペーパーを便器に捨てて、前かがみになっておなかをもみました。じゅっと音がしました。のぞきこむと、便器の中いっぱいに赤い点が星のようにちらばっていました。

台の上に、紙のたばとボールペンが置いてありました。紙はてきとうな大きさに切ったチラシを、うら返しにしたものでした。その内の何枚かに字が書かれていました。わたしはそれを急いでスカートのポケットにねじこみました。そしておしっこをしました。ホルダーの中に、少しだけトイレットペーパーが残っていました。わたしはそれを全部引きぬいて折りたたみ、マタの間にはさみました。パンツを上げた時、となりの家から人の話し声が聞こえたようでしたが、風の音だったかもしれません。水を流すと、茶色の水が便器の中で大きくうずをまいて、なまぐさいにおいがしました。

トイレから出ると、居間のテーブルで母が何か食べています。カステラのようでした。ペットボトルのお茶もあります。それを見て、わたしはとてもおなかがすいていることに気づきました。そういえば、朝、車の中で食べたサンドイッチと缶コーヒー以外何も食べていません。わたしはイスに腰かけ、母の顔をじっと見ました。

「何?」と、カステラのにおいがする息をはきながら母が言いました。

「何でもない」

「となりの家を見ておいで」

「分かった」

カステラはもらえませんでした。これは、長い間母をこの家におきざりにしてきたバツにちがいありませんでした。食べさせてもらえないというバツには、わたしはなれています。あのカステラは母のカバンの中に入っていたものか、この家にあったものかと考えながら玄関から外に出ると、となりの家の前に知らない女の人が立っていました。

わたしは小さくおじきして、じっとしていました。するとその女の人が近づいてきました。

「奥さんですか？」

女の人はそう言うと、私を上から下までじろじろと見ました。

「ご主人さんはいっしょじゃないんですか？」

わたしは首を横にふりました。

「いっしょじゃないの？」

「はい」

「どうして？」

「逃げていったの」

「はあ？」

「ドローンに追いかけられてた」

女の人はわたしをにらみつけ、しばらくの間何かを考えているようすでしたが、やがてこう言いました。

「ここで待ってるからって、ご主人さんにそう伝えてもらえる？」

「はい」

「あなた、ホントに分かってるの？」

「はい」

しかしわたしは、ほんとうはよく分かっていませんでした。女の人は、何度もわたしをふり返りながら家の中にもどっていきました。わたしも家にもどりました。すると居間のテーブルの上のカステラは消えていて、ペットボトルの中はからになっていました。母は窓から（きっとトイレの窓から）見ていたようで、「あの女の人と、何を話していたの？」とききました。

「ここでまってるから、ご主人さんにそう伝えてって言ってた」

「やはりあの女か！」と、母がげんこつでテーブルをたたいて大声を出しました。つまり母が言っていた、父と待ち合わせをしてるという女がその女らしいのです。それにしても、父よりも早く母に見つかってしまうなんて、本当にうっかりさんです。

「お父さんはここに来るかしら」とわたしは母にききました。

「何を言っているの。お父さんは七年前に死んだのよ」

わたしはその時、冷蔵庫のふたが少し開いているのに気づきました。さっきから何かにおうと思っていましたが、きっと冷蔵庫の中のものがくさっているのだと思いました。

「お父さんは、どうして死んだの」

母はため息をついて、「肺がんよ」と答えました。

「おなかがすいた」

「待ちなさい」

母がバッグの中からおかきの袋を取り出して、渡してくれました。わたしは大急ぎで食べたので、のどがつまってセキが出ました。口からおかきの粉をふき出すわたしを見て、母が「直ちゃんの食べ方はあいかわらず汚いわね」と言いました。わたしはレナで母は直子です。「水……」と母に言うと、新しいお茶のペットボトルをくれました。母のバッグには、きっと食べものがたくさん入っているにちがいありません。

三

水道のじゃ口をひねっても最初はココココココと音がするだけでしたが、そのうちに茶色い水が出てきました。ずっと出しっぱなしにしていると、色がだんだんうすまってきました。その水道の音を聞きながら、母とわたしは居間で少し寝ました。二階には寝室があるはずでしたが、母は二階に行ってはいけないと言いました。「どうして?」ときくと、「おばあちゃんが寝ているからよ」という答だったので、やっぱりおばあちゃんは二階で死んでいるんだとわたしは確信しました。この家は、おばあちゃんの死のにおいで満たされているのです。


「直子」

「何?」

「母さんをここからつれ出してね」

「分かった」

「こんな世の中になるなんて」

そんな会話をしながら、二人とも眠りに落ちました。とても疲れていたのです。わたしは、となりの家の女の人に「奥さんですか?」ときかれたことの意味を考えながら、眠りに落ちました。

おなかの痛みで目をさました時母はまだ眠っていて、軽いいびきをかいていました。わたしも母と同じように、こんなふうにいびきをかくのだろうかと思うと、それは将来結こんする相手に対してとてもはずかしいことだと思いました。しかし、昼寝していたおばあちゃんも確かこんないびきをかいていました。とすればこれはい伝です。わたしはおなかを押さえながらトイレに行きました。

トイレの中で、スカートのポケットからおばあちゃんのメモを取り出しました。おばあちゃんが二階で死んでいるとすれば、これはおばあちゃんが最ごにトイレに入った時に残したものにちがいありません。それは、こんなメモでした。

「人人　大こ　小夏菜　ブロッコル」

別のメモには、こう書いてありました。

「デンキ　きたきた」

そして三枚目はこうでした。

「つまらん」

わたしはトイレットペーパーがないことに気づいてあせりましたが、パンツの中のトイレットペーパーがあまり赤くなっていなかったのでホッとしました。その時、ハチの羽音がしたのでわたしはとび上がり、せ伸びをして小さな窓を少し開けてみました。すると、となりの家の玄関の前に父が立っていました。空には十機ぐらいのドローンが浮かんでいます。父がつれてきたにちがいありません。何てドジなんでしょう。

しばらくすると、となりの家の玄関のドアが開きました。すぐに家の中に入ろうとする父を、さっきの女の人が押しとどめています。二人は何か言い合っていました。母の言うように、父とその女の人は待ち合わせをしていたのでしょうか。それにしては、二人は口げんかをしているようにも見えました。そして父は力ずくで女の人を押しこめながら、家の中に入っていきました。わたしはこの時の父を、とてもいやに感じました。しかしもっといやだったのは、最後に父の背中に手を回した女の人が父の肩ごしに見せた、おぼれた人がふっとあきらめたような、とても変な笑顔でした。たぶん母も、この女の人のこういうところが大きらいにちがいないと思いました。そして今父とこの女の人がしていることは、母にとって絶対に許せないことだとわたしは確信しました。もし母がこれを知ったら、母は父と女の人を殺してしまうのではないでしょうか。それを考えると、わたしはとても怖くなりました。しかしその一方で、このチクなら、そんなことをしても誰にも分からないのではないかしら、とも思いました。居間にもどると、母はまだいびきをかいていました。知らないということがどんなに幸せなことか、わたしはこの時理解しました。わたしもこれ以上何も知りたくないと思い、丸まった母の背中にぴったり体を合わせて再び眠りにつきました。

母のスマホの着信音がして、すぐに切れました。それから物音と声がしました。目をさますともう夕方になっていて部屋の中はうす暗く、母は体を起こして玄関の方を向いていました。父が玄関ドアを叩きながら、母の名前を呼んでいるのでした。

「直子、開けてくれ！」

母が立ち上がって玄関に向かっていったので、わたしは父が母に殺されるかもしれないと思ってはね起きました。母が玄関のドアのカギを開け、父が外からドアを引っぱりましたが、ガチャンと音がしてチェーンがつっぱりました。

「あの女と会っていたのね」

「直子！　開けろ！　ケガをしてるんだ！」

「ふん。女とけんかでもしたの」

「わかしませいじという男にやられたんだ」

「誰よそれ」

「会社に出入りしているデザイン事務所の男だ」

「知らないわ」

「見ろ！」父がドアのすき間から手を入れました。母の後ろからのぞきこむと、父は頭を切られているみたいで、手のひらには血がついていました。すると父が私を見て叫びました。「レナ！　レナ！　入れてくれ！」

　わたしは母の背中にかくれました。

「あなた、ズボンはどうしたの？」

「ぬがされたんだ」

「どうして？」

「分からん」

「あなた、ちょっと手をはなしてちょうだい」

　父がすなおにドアから手をはなすと、母は思いっきりドアを閉めてカギをかけてしまいました。父はさかんにドアのとってをガチャガチャしながら母の名を叫びましたが、母はくるっと向きを変えて居間にもどるとふたたび横になりました。わたしはイスに腰かけてテーブルに向かい、わずかな明かりをたよりにして、チラシの裏にいくつかの言葉を書きとめました。わたしがこういうことをするのは、きっとおばあちゃんのい伝だと思いました。

　しばらくすると、父の声が聞こえなくなりました。どこかに行ってしまったんだと思いました。いつか父は、母とわたしを残してどこか遠くに行ってしまうような気がしていましたが、今がその時なのかなと思うと悲しくなりました。するとすぐ近くから「おいレナ」と父の声がしたので、わたしはイスの上で飛び上がりました。居間の割れた窓ガラスから、父の血だらけの顔がのぞいていました。

「レナ、玄関を開けてくれ」父が言いました。

「逃げたくせに」私は言いました。

「違う。お父さんはおとりになったんだ」

「そんなのウソだからね」と、こちらに背を向けて寝ころがったまま、母が言いました。「ウソじゃない。おまえたちを助けるために走ったんだ！」

「だったらあの時、ちゃんとそう言ってくれたらよかったのに」と私は半分ベソをかきながら言いました。

「すまんレナ。あれはとっさの判断だったんだ」

「ふんっ。どうせ女とやってた時に、女のだんなにふみこまれたんだろう！」

「違う。とにかくここの住人は頭がおかしいんだ！　どうしてズボンを脱がされたのか、さっぱり意味が分からないんだよ！」

「何をいいかげんなことを！」

　私は鼻をすすりながら、大急ぎで両親のやりとりをメモしていきました。こんなことでもしないと、悲しくてしょうがなかったのです。

「どうしてあなたの会社の若い女がここにいるわけ？」

「何を言ってるんだ直美。アサミはどこにもいない。入院してるんだ」

「ウソよ。となりの家にいるじゃないの！」

「あれはちがう女だ！　アサミじゃない！」

「おまえ、いけしゃあしゃあとアサミって何だアサミって！」

「おまえって言うな！」

　私はたまらなくなって叫びだしました。

「二人とも早すぎてついていけないわっ！　いけしゃあしゃあってどういう意味なの！」

　すると母が言いました。

「レナ！　何を書いているの！　バカにもほどがあるわよ！」

「自分の娘をバカよばわりか！」

「おまえはすっこんでろ！」

「おまえはやめろバカ！」

「おまえこそバカはやめろバカ！」

　書いているうちに、どっちが父の言葉でどっちが母の言葉なのか分からなくなってきて、イーッとなって思わずエンピツのしんを折ってしまいました。その しゅん間、父の頭が窓ガラスにつっこんで、破片がたくさん飛びちったので私は悲鳴をあげました。窓のカギをつまんでキュッとひねり、もうほとんどガラスのない窓をガラガラと開けた時の父のドヤ顔を見た時、私はそのあまりの子どもっぽさに自分の後頭部をパンッパンッパンッとリズミカルに叩かずにおれませんでした。

銀の波みどりの淡雪

―「私」についての考察I―

三咲光郎

夜の海上にとつぜん花火が開いた。

銀色の光が広がり、鮮やかな青の輝きに変わり、巨大な輪となって、溶け落ちていく。

一輪だけだった。闇が濃くなった。潮風が煙草の火を溶鉱炉の鉄のように明るくした。フェリーのてすりに肘をついて花火の消えた方角を見た。黒い島影がある。

自分の育った島は地元では花火島と呼ばれていて昔から漁をしない花火師たちが暮らしている。ハルがそう教えてくれたことがあった。

葬儀には、ハルの実家からは誰も来なかった。伯父だという男が、千葉の花火大会の準備を抜けてきたとかでせわしなげにあらわれ、焼香だけ済ませてすぐにいなくなってしまった。ハルちゃんの骨だけは実家に帰してやってくれ、と言い残して。

まもなく入港するという放送が流れた。闇の遠く近くに人家の明かりや漁り火が流れていく。エンジン音が大きくなり、フェリーは震えながら減速する。島影はすでに闇に溶けこんでいた。

白く泡立つ海面に吸い殻を投げた。


島は濃い緑に覆われた小山だった。連絡船は朝の九時に船着き場に着いた。作業服を着た男女が五、六人乗っていて、降りるときに、ちらと視線を向けてくる。

桟橋で初老の男が声をかけてきた。

「ハルの父です。この度はお世話になりまして」

背は低いががっしりした体つきで、短く刈った髪は半白髪だった。灰色の小型車のドアを開けた。磯に沿って走り、雑木林の山道を上る。林のなかに空き地と小屋、家屋が点在している。どの家屋も古くて頑丈な造りだった。車は道から折れ、石柱の門を抜けて停まった。広い庭の隅に作業小屋がある。母屋は堂々とした構えの平屋だった。父親について土間に入ると、板敷きの床に家紋入りのついたてがあった。梁が太い。板戸の閉ざされた廊下を進んで仏間に通された。大きな仏壇の前で父親と向き合って座ると、あらためて挨拶を交わし、白木の箱と封筒を渡した。父親は封筒から死亡診断書を取り出して、所見を口のなかで読んだ。

「意識は戻らんかったですか」

「レストランのレジの前で急に倒れて。救急車で病院に運ばれた時にはもう」

紙を折りたたんで丁寧に封筒にしまう。

「今はちょうど花火大会の時期で、島の者は国中に散ってましてなあ。あらためて葬儀ゆうこともできやんし。今日これからお寺さんに来てもろて。明後日が初七日ですな」

「はい」

「明後日、法要を営みます。それまでお仕事のほうは」

「休めます」

「私は新しい花火を作ってる最中でなあ。お構いはできませんけども。ゆっくりしてください」

父親は骨壷を取り出して仏壇の下に置いた。線香を上げるでもなく、手を合わせるでもなく、ただじっと骨壷を見つめていたが、ふっと肩の力が抜けると、振り返った。

「ハルと暮らしとったんですか」

「お互いのアパートを行き来していました。この半年ほど」

会話は続かず、父親は立ち上がり、別の部屋に案内した。座卓に麦茶が用意されていた。ひとり残されて背中を丸めた。畳が新しい。静寂に耳の奥が痺れる。畳の目を見ていた。遠くで人の声がした。ふすまが開き中年の婦人が頭を下げた。

「お寺さんが来られたのでおいでください」

後について仏間に戻った。老住職と父親の後ろに、年寄りと初老の男女が十人ほど、座布団に座っていた。紹介されてその後ろについた。老住職は鉦を打ち、読経した。皆は使い古した経の本を繰って唱和した。なんまんだぶ、なんまんだぶう、と繰り返して経が終わると、住職はこちらに向き直って、ハルさんは我々の知らない土地で短い生涯を終えたが仏の慈愛は時と場所は選ばず衆生をお救いくださるという話をした。幸いなことにお骨はこの島に帰ってきたので西方浄土への旅に出ることができると満足そうに笑った。

法要が済むと皆は立って廊下を歩いていった。影のように音をたてない人たちだった。ハルの東京での暮らしぶりや急な最期のようすを訊くこともなかった。ひとりで部屋に帰り、壁を見つめて座っていた。さっきの婦人が昼食の膳を運んできた。昼食を取り終えると、扇風機の羽根が回るのを眺めた。窓の障子を開けた。硝子窓越しに、裏山の雑木林が迫っているのが見えた。海岸に多かったクロ松がまじっている。廊下に出て、影になったように静かに歩いた。

仏間のふすまが開いていた。仏壇の前に若い女が座り、骨壷を開けてのぞいていた。女は気配に振り返ると骨壷をもとに戻し、立って敷居のそばまで来た。紺のワンピースを着ている。

「妹の鈴子です。花を摘みに行ってて」

母親の違う年の離れた妹がいることはハルに聞いていた。色の白い、目尻のふんわりと柔らかいところはハルと似ておらず、小造りな鼻と口はそっくりだった。仏壇に、セリを挿した小さな花立てがある。白い野草はこの家の影を追い払ってほのかに明るかった。

「ハルはあの花が好きだったんですか」

鈴子は視線を追った。

「姉さんのことはあんまり知らんのです。わたしが小学生の時には、姉さんは町の高校で、下宿してたし。好きな花とかは」

廊下の奥から婦人があらわれて、

「お食事はお済みですか」

と声をかけてきた。鈴子に会釈して部屋に戻った。婦人に、

「こんな島のことですから退屈ですやろねえ。外を歩いてこられたら」

と勧められ、寺へ行く道を尋ねた。

「家の前の坂道を上りつめたら石段の下です。ここから五分も行ったら」

婦人が膳を下げて出ていくと、また扇風機を眺めていたが、スイッチを切って立ちあがった。

玄関まで出て声をかけたが誰も応じない。庭へ出た。陽射しが強かった。作業小屋から火薬の臭いがする。波の音が聞こえない。潮の香りもしない。敷地の三方を高い板塀で囲っている。門を出て雑木林の坂道を上った。木の間に民家が見え、犬が吠えかけてきた。林の湿った臭いに時折り火薬の臭いが混じる。作業小屋や

倉庫がひっそりと佇んでいる。道は苔むした狭い石段に変わり、上りきると相当に古い山門があった。「補陀洛寺」の扁額が掲げてある。境内は小島の頂きだった。本堂の前にまわると、はるかに海が広がっていた。海原は陽光を反射させて銀色に輝いている。漁船のシルエットが幾つも横切っていく。右手に隣りの島が見え、更に右方に本土の海岸線がかすんでいる。

　ハンカチで汗をぬぐい、煙草を吸い、障子戸を開け放った本堂の縁に腰を下ろした。御本尊は千手観音で、頬からあごの線が柔らかく、ゆったりとした表情をしている。庫裏から老住職が姿を見せた。挨拶をすると、

「ハルちゃんの旦那さんやな」

　と並んで腰を下ろした。陽が傾きはじめていた。海がまぶしかった。

「ここから見る夕陽はきれいでしょうね」

「西方浄土の方角です。当寺は補陀洛渡海を信仰の柱にしておりまして。明治の初めまで、代々の住職は補陀洛浄仏とゆうて海の上で亡くなっております」

「渡海といっても、この辺りは海流が東に流れているのではないですか」

「伝説がありまして。潮流のなかに、細いひとすじの逆流があって、それが、ずうっと西まで一本につながる時があるゆうんです」

「由緒のあるお寺なんですね」

「縁起では、こうなっております。戦国の時代に、この地方の海賊、豪族の奈木和義が、本願寺に加勢をしたせいで、織田信長の攻撃を受けて一族もろとも滅ぼされる事件がありました。北の方の頼子様は、追っ手を逃れてこの島に潜んじゃあったんですが、信長方の詮索厳しく、一子富雄様を小舟にお乗せし、逆流に乗せて西方に落としなさった。頼子様は自害しようとするのを捕らえられ、京に連れ去られてしまいました。それから歳月が流れ信長から秀吉へと時代も移り、身の自由を得た頼子様はこの島に戻ってこられましたが、富雄様の行方は杳として知れません。頼子様は後をたずねようとして何度も海に漕ぎだしたが舟は潮に押し返されて戻りよる。終いには、子を思うゆえの心の闇に落ち、年取って亡くなるまで、富雄様がこの島に帰ってくる目印やゆうて緑色の花火を打ち上げつづけたといいます。この寺は、頼子様富雄様母子の菩提を弔うために建立されたものです」

「緑色の花火ですか」

「子別れの時が冬で。泣きすがる我が子に、春になって島が緑になれば戻ってきて会えると約束なされたそうで」

　境内の端から小径が叢を下りている。麦わらの帽子

をかぶった鈴子が上がってきた。土のついた軍手を脱ぎながら縁の前に来て、住職に会釈した。

「お墓を掃除してきました。ハル姉さんはどのお墓に入んのやろか」

「新しいのを建てるゆうとったよ」

鈴子は不服そうにうつむいた。

「姉さんのお母さんと一緒のお墓に入れちゃったらええのに」

「帰ってお父さんにそう話してみ」

鈴子は考えこんだが視線を向けてきた。

「姉さんはここへ来たらちょうど今あなたの座っちゃあるとこに腰かけて海を見てました」

海に向いて水平線を指さした。

「こっちが西の方角になります」

「御住職に教えてもらいました。補陀洛渡海の伝説もね」

「伝説なんかやないし」

鈴子の横顔は、白い額から頬にかけて、遠い海の照り返しを映して光がゆらゆらと揺れている。

「あの島に飛行機の誘導レーダーができたんよ。ほら、山の上に。それから、あっちが本土の海岸線。海に突き出てる辺りがフェリーの入る港です」

鈴子は振り返った。その瞳には、ゆらめく海が宿っている。住職にお辞儀をした。


「帰ります」

鈴子と山門を出た。石段を下りていくと、一匹の緑赤色に輝く小さな虫が道案内するように飛んでは待ち飛んでは待ちした。

「わたしが五つか六つの時でした、境内で姉さんと遊んでたら、木の枝に、タマムシがとまってやって、まるで宝石みたいで。取ろうとしたけど手が届かんで、姉さんに採ってって頼んだら、アミを持っておいでって。わたし家まで走りました。息を切らして戻ったら、タマムシはもうおらんの。タマムシはって訊いたら、もう逃げたわって。えらい醒めた言い方やった」

石段を下りると道に木々の長い影が伸びていて、ヒグラシの声が降り注いだ。

「姉さんが高校に入って島を出ていってから、わたし毎日手紙を送りました。返事もくれたし、いろんなもん送ってきてくれたけど、わたし、姉さんが何の花が好きやったかとか、知らんのよ」

夕飯は鈴子と婦人と一緒に食べた。父親は小屋で仕事を続けているという。鈴子は婦人のことをおばさんと呼んだ。婦人は若い時に東京で暮らしていたそうで、婦人に問われるまま今の東京の街の様子を話した。夕飯が済むと婦人も鈴子も古い家の濃い影のなかに引っ込んでしまった。玄関の外に出た。空気を胸いっぱい吸ってみた。潮騒が夜を包む。波音は頭上から降ってくる。満天の星空に海が重なっている。高い塀で囲われていても海は天から入ってくる。

作業小屋の戸が開いた。父親の影があらわれた。紙包みを持って歩いていく。地面に陶器の皿が何枚か置いてある。紙包みからスプーンで粉を取って皿に乗せた。マッチを擦る。鮮やかな青い炎が輝いた。昨夜フェリーから見た光だった。まっくらになった。またマッチの火。濃い緑が燃えあがった。夏山の厚い葉の重なりの色だった。闇。マッチの火。次の輝きは、涼しげな緑。初夏の若葉の色。暗闇で父親は紙包みをがさがさ鳴らし、足をひきずるようにして小屋へ戻っていく。ふと気づいて近づいてきた。

「ハルの本位牌を頼んじゃあるんやが、町の仏具店まで取りに行かんならん。遣い立てして申しわけないけど、明日、取りに行ってもらえませんかな。家の者にはうちの準備があって」

「わかりました」

「頼みます。初七日には位牌が要るんでな」

翌朝、対岸の港で、ボールペンで書かれた仏具店への略地図を読んだ。地図には「港ヨリ徒歩十分」と記してあった。「戒名ハ誤字ナキヨウオ確カメ願イマス。純徳院釈妙春信女」

国道には乾いた熱気がよどんでいた。アスファルトの照り返しに汗が流れた。仏具店は国道に面して何軒かの民家が並んでいるなかにあった。硝子戸を開け、薄暗い店内に入って奥に声をかけた。丸眼鏡を掛けた白髪の主人が出てきた。用件を伝えると、御用意しております、と奥に引っ込み、位牌を持ってきた。戒名を確かめた。主人に尋ねた。

「釈妙は浄土真宗の号ですね」

「はあ」

「浄土真宗では四十九日の間は本位牌は要らないはずですが」

「いや、そういうことはありません、他所はわかりませんけどあの島は」

位牌を箱にしまい風呂敷で包んでくれた。

「この度は御愁傷様ですなあ。まだお若いのに。ハルさんのお母さんが亡くなった時に、ハルさんがうちへ御戒名を書いた紙を持ってきてくれたのを覚えてます。小学生でした。島に電話が付く前やから、ふた昔になりますか」

主人がその時のようすを取りとめもなく話す間、机上の小さな座布団に鎮座する黒い電話機を眺めていた。仏具店を出ると国道の先に逃げ水が揺れている。港に連絡船の姿はなかった。案内板を見ると夕方の一往復しかない。乗船券売り場は出入り口を施錠して無人だった。小さな魚市場は洗い流された床が黒く濡れている。国道に戻ると一軒だけの食堂に「めし」と染め抜いた暖簾がだらんと垂れ下がっていた。早めの昼定食を食べた。棚の上のテレビに、東京のぎらぎらした空が映っていた。今年は冷夏だが今日の都心は真夏日で節水節電が呼びかけられていると伝えていた。店主が背伸びしてチャンネルを回すと、街頭で賑やかに募金活動をする光景が中継されている。今年からどこかのテレビ局が二十四時間のチャリティー番組を始めていた。港に戻り、乗船券売り場の建物の陰に鉄のベンチを見つけて座った。風呂敷に包んだ位牌を横に置いて、煙草を吸った。入道雲を背景に鳶が漂い、海燕が滑空するのを眺めた。そのままうたた寝をして、目を覚ますと汗をびっしょりかいていた。ベンチも熱を孕んでいた。喉が渇いた。風呂敷包みを提げて岸壁を歩いた。人影はなく、係留された漁船や小舟が波に揺れているだけだった。


島の上を黒い雲が覆っていた。補陀洛寺が見えた。寺から急傾斜の林が落ちていき、真下の海岸に岩門が海水を呑んでいる。岩門の正面を横切る時、船が何かをがくんと乗り越えた。船着き場に着岸すると空気は生あたたかく湿っぽい。仕事を終えて対岸に帰る花火職人たちが乗船した後、桟橋には誰も残っていなかった。磯に沿った道を、風呂敷包みを抱いて歩いた。磯に響く潮騒が頭上に鈍く籠った。道は薄暗い雑木林を上っていく。不意に子供たちの笑う声が響いた。無邪気な歓声だった。林の奥のどこか高いところから聞こえた。樹間の空を見上げながらいくと、生ぬるい雨粒が手や頬に当たり、とたんにざあっと夕立ちが落ちてきた。包みを抱きかかえて小走りになったが、すぐにすっかり濡れてしまったので普段の足取りに戻った。坂道の左手は少し木立ちが切れて、背丈程の草が群生している。その草がざわざわと揺れて、人影がやってくる。鈴子だった。傘の代わりに何か芋の葉に似た大きな葉を頭の上に掲げている。髪もワンピースも濡れている。鈴子は持っていた葉を捨てて道に小さく飛んだ。

「おかえりなさい。えらい濡れて」

そう笑う鈴子の顎から雨水がしたたる。

「港へ車で迎えにいくの忘れたんやね。父さん新しい花火のことしか頭にないよって」

天に閃光が走った。道と木立ちが白く浮かび上がる。雷鳴がとどろいた。鈴子は悠然と先を歩いていく。雷は繰り返し天を走った。

「父さん我慢強い人なんよ」

背中を向けたまま言う。

「姉さんのこと何にも口にせんの。自分の気持ち見せやんのよ。意固地よ」

振り返って後ろ向きに道を上っていく。

「あなたも我慢強いですね。わざわざ東京から来て」

また背中を向けた。木々の葉が震え、涼しい風が渡って、雨脚は弱まった。

「鈴子さんはずっとこの島ですか」

「三つで母とここへ来ました。それからずっと」

「ハルみたいに他所へ行きたいと思わないですか」

「思いません。わたしここにいてます。わたしの母はどっかへ逃げ出してしもたんですけど、わたしはずうっといてます」

雷鳴が遠ざかる。木立ちが途切れて眼下に船着き場と海が見えた。黒い雲が裂けて斜陽の柱がひとすじ伸び、海に達した。銀色の円い輝きとなって海面を移動していく。別の柱が灯浮標の周囲に射し込み、光輪は港内を横切って船着き場に上がる。光の帯になり、コンクリートの地面をなめて林の斜面をこちらに向かってくる。光と陰の境界線はちょうど頭上を通って、鈴子の濡れた全身を照らした。明るさに眩んだ鈴子は顔を伏せ、溺れたように息を吸い込んだ。


家に帰るとすぐに風呂が沸かされた。熱い湯をかぶり、湯船に浸かると、明かり取りの窓から残照の空を眺めた。濃いオレンジ色をしていた。オレンジ色は見るまに暗紫色に変じていった。墨汁が落ちたように宵闇が広がった。夕飯では婦人が給仕をした。婦人に尋ねた。

「補陀洛寺の宗派はどちらですか。真言宗ではなくて、真宗のようでもあるし」

「真宗です」

「真宗で本位牌というのは珍しいですね」

「普通やとねえ、法名軸やったり、真宗は万事簡素に行うのがやり方やけども、この島はちっと違うんよ。元々は真宗やったんが、途中で真言宗になって、いっとき廃寺になって。長い歴史のなかで宗派も何回か入れ替わっちゃあってねえ。いろんな宗派のしきたりが混じったもんよ。明日の法事に立ち会うてくれたら、おわかりになりますわ」

夕飯の後は部屋で過ごした。空気は涼しくて雑木林から虫や鳥の声が響いてくる。家のなかは静まり返り、鈴子も父親もいるのかいないのか、まったく気配がない。夜空の波の音を聞きに、玄関から庭に出た。父親が小屋の外に立っていた。布で包んだ物を両手で持っている。

「昼間はご苦労さんでしたな。新しい花火を試し打ちに行くんやけども、来ますか」

少し疲れた、穏やかな声で誘ってきた。門を出て暗い道を上っていく。

独り言のように言う。坂道は白く滲むように浮き上がっていた。

「夕立ちのおかげで夜空が澄んじゃある」

目の焦点が合わず、雲を踏むようで、一歩一歩踏みしめて進んだ。林を切り開いた空き地に入っていく。太い発射筒の脇に包みをそっと置いた。懐中電灯を点け、包みを解くと、花火の玉があらわれた。表面に墨で「銀波先緑淡雪」と書いてある。父親はつぶやいた。

「ぎんぱさき、みどりのあわゆき」

筒の底に打ち上げ用の火薬を入れ、花火玉を降ろした。木々の葉が、さあっと鳴った。風が島を越えていく。しばらく待つと地虫の鳴く声がよみがえった。着火棒に火を点けて退いた。発射筒が火を吹いた。煙が地面を流れた。夜空を仰いだ。

天頂に光が咲いた。そこから銀色の線が天球を包み込むように広がっていく。爆発音が落ちてきて空気が震えた。放射状の線は銀色にひときわ強く発光し、すうっとその輝きを脱ぎ捨てて、緑色に変じた。はかない、柔らかい緑色だった。春の萌え出づる緑よりも、はかない、かげろうのような。緑の淡雪。潮風に吹き散る光のくず。光は星空に染み入るように消えていった。

朝食を済ませると略礼服に着替えて庭先へ出た。鈴子は喪服姿だった。車に父親と婦人とが乗っていた。鈴子と後部座席に乗り込んだ。助手席の婦人は、絽縮緬の膝の上に白布で包んだ箱を置いている。父親は車を出した。ギアをセカンドに入れたまま坂道を上っていく。鈴子は窓硝子を下ろして林の薄暗がりを眺めていた。朝の蟬は鳴き止んでいる。空き地の小屋は陽射しに打ちひしがれて廃墟のように映った。四、五人の初老の男女が喪服姿で歩いていた。車の音を聞いて道端に寄ったところへ、父親は、お先に、と声をかけて追い抜いた。石段の下の空き地に車を停めた。白布の包みは父親が運んだ。境内を本堂の前にまわると、皆は無言で海に顔を向けた。正面いっぱいに開けた球形の海は水平線の辺りに日光を乱反射させている。本堂に上がると白布の祭壇が設けられていた。父親は包みを解くと、位牌と骨壷とを安置した。千手観音が静かな眼差しで見下ろしている。白毫は西方を向いている。十人余りの人々が集まって、住職が着座した。読経が始まった。鈴子は数珠を指に巻きつけて骨壷を見ていた。皆が焼香を済ませた頃に読経も終わった。

　住職はこちらに向き直って短い法話をした。西方浄土に行けば現世で苦しみ悲しんでいたことなどたちどころに忘れ去って穏やかな状態に入るという話だった。鈴子は嗚咽の声を漏らした。鼻が赤らんで涙がこぼれ落ちた。住職は法話を終えると腕時計を見た。

「そろそろ潮も、ええ頃合でしょう」

　人々は立ち上がって庭に下りた。父親は位牌と骨壷を持って先頭に立った。一昨日鈴子が現れた小径を一列になって下っていく。雑草の生い茂る間を急な石段が続き、やがて林の斜面を下る山道に変わった。喪服の列は木々の合間を縫っていく。波の音が近くなった。湧き水の横切る小径に沢蟹が動いている。灰白色の岩場に出た。大きな岩を回り込むと天然の岩壁に囲まれた墓地があらわれた。狭い平地から奥の岩棚に、墓石と塔婆がひしめいている。法要の列は墓石の間を進み、巨大な岩の裂け目に入っていく。暗さに目が慣れると、洞の内部は左右の岩肌が随分高い所で合わさっているのがわかった。人々は立ち止まった。足元には、黒い海水が湛えられている。水面は洞の口につながり、そこから海が広がっている。昨日連絡船から見た岩門の内側だった。皆は手分けして岩肌にある蠟燭に灯をともした。灯は揺れ人々の影が岩肌に踊った。住職は海に向かって合掌礼拝した。読経の声が流れた。玩具のような木の箱舟が浮かべられた。父親が骨壷からひとつまみの骨を取り出して位牌とともに経文の紙に包み、舟底に積んで蓋をした。静かに舟を押し出した。

　読経の唱和の響きのなかを、舟は暗い鏡のような海面の中央までいくと、何かに引っ張られるように走り出した。人々は読経を続けている。舟は岩門の外の海面に勢いよく出て、道を探すようにくるくると円を描き、また何かに引っ張られるように海上を一直線に沖合へ進んでいった。どんどん遠ざかって、見えなくなってしまった。

　西の水平線をいつまでも見つめていた。光のくずが目を射た。

　気がつくと読経を終えた人々は引き返していくところだった。そばに鈴子が立っていた。満足そうな色を浮かべている。

「ハルはこの場所を知っていたんですか」

　鈴子はもちろんだというふうにうなずいた。

「自分の母さんの舟を見送ったんやもん。それでも、姉さんはここを出ていった。浄土にまっすぐにつながってる島やのに」

「ハルは西の海を見ていたわけじゃない。寺のあの縁に座って、いつも陸を見ていたんだ」

「つまらんわ」

「鈴子さんは、海を見ている」

鈴子の瞳をのぞきこんだ。

「海がありますね」

鈴子は黙ってうつむいてしまった。

私は戯れが過ぎたのを恥じた。


（了）

砦

福田はるか

平成二十九年二月十日、水俣の地母神のような存在であった石牟礼道子さんが亡くなった。彼女が同じ熊本出身の歴史学者高群逸枝の著書『女性の歴史』に出会ったのは、三十七歳の時、一九六四年熊本の徳富蘇峰寄贈の「淇水文庫」であった。本に感動した彼女はすぐに著者に手紙を書いた。逸枝の研究生活のために夫橋本憲三が世田谷に建てた研究所兼住居の「森の家」で高群が亡くなる二ヵ月前のことである。手紙を読んだ逸枝は夫と石牟礼道子のことをよく話題にしていたという。

一九六五年秋、橋本憲三が水俣の道子の家を突然来訪する。彼は「ぜひ逸枝の『森の家』を見てほしい。彼女の勉強した跡を見てほしい」と誘った。夢を見ているような状態で家族を説得して上京し、世田谷の鬱そうと樹木の繁った「森の家」を訪れた。亡き妻逸枝の全集の仕上げにとりかかっていた憲三のその家に六月～十一月まで五ヵ月滞在する。目もからだも翳りはじめた仙人めいた憲三を支えて巫女めいた道子はその家で「熊本風土記」（渡辺京二編）に連載中の「空と海のあいだに」（後「苦海浄土」と改題）の三回～八回までを書く。原稿は憲三に目を通してもらった。逸枝の全集を仕上げ、選別した以外のすべての本を古書店に渡したあと、憲三は世田谷区に「森の家」を譲渡した。

十一月二十四日道子は水俣に帰った。今は児童公園になっている「森の家」のあとを、憲三は「絶対にあなたは来てはいけません」「ぼくが引きあげたあとの森の家のあとを見に来てはいけません」といったという（石牟礼道子著『最後の人』）。だから彼女は行っていない。

私はある時そこを訪れたことがあった。白々としたなにもない児童公園であった。

立山地獄谷

松本　徹

降りて行くに従ひ、緑を残してゐた斜面が、赤茶けた裸の土になり、やがて白つぽくなつた。それとともに道の両側には柵が作られ、先へと続く。

「ガスで死者が出たことがありましてね、こんな厳重な柵が出来たんです、古い話ですが」

先に立つて降りて行くアノラック姿のBさんが振り返り、日焼けした顔を見せて言ふ。

「窮屈ですな、これでは」

思はず、さう答へる。

苦しさうに息をはづませて上がつて来る男があつた。屈強さうだが、若くはない。標高二千四、五百メートルの高地となると、このやうな坂でも応へるのだ。

前日、立山町の古い知人Aさんを見舞つたところ、紹介されたのがBさんで、山へ上がるつもりだと話したところ、案内役を買つて出てくれたのである。わたしは以前に登つたことがあり、おほよその地理は承知してゐたが、なにしろ二十五、六年前のことだし、話し相手がゐてくれたらとも思ひ、同行を頼んだのだ。わたしより二つ三つ年下で、山裾の村で農業を営んでゐるとのことであつた。

勾配が緩やかになり、窪地の底近くなると、辺りの地肌や岩が一段と白くなり、硫黄の匂ひが強くなつた。回りの白さがさらに濃くなり、ところどころ白い泥のやうなものが溜まり、波紋を広げたまま固まり、中央から蒸気を吹き出してゐたりする。

さらに下ると、路面は砂利に変はつた。そして、降りきつたところの正面に、黄色い粉をまぶしたやうな白泥の塔が高々と聳えてゐた。写真で見るアフリカの途轍もない蟻塚のやうで、頂近くなると細くなり、しやくれた形になる。

奇異の念に打たれて、見上げる。

その左、数メートルのところに、黒々とした口が開いてゐて、吠えるやうな音とともに、間歇的に熱気を吐き出す。その度に、あたりがビリビリと震へる。

「鍛冶屋地獄です。タタラ地獄とも言ひます」

Bさんがわたしの耳元に口を寄せて、説明してくれる。

なるほど、鍛冶屋の巨大なフイゴそのものである。塔は溶鉱炉だらう。地底に巨人が蹲つて、肺活量一杯に、吹きつづけてゐるやうだ。

その背後の丸い小山が、煙に霞んでゐる。

「カラダセンです」

Bさんが指差して言ふ。

「カラダセン？」

耳慣れない名に、問ひ返すと、

「地蔵菩薩がをられるところと、聞いてゐます」

文字に書けば、伽羅陀山である。地獄に堕ちて責め苦に苛まれる人々を救はうと、地蔵菩薩が降りて来るといふ山である。かうなると、ここはいよいよもつて地獄といふことになるが、鍛冶屋地獄なりタタラ地獄なるものが仏典に出てゐるかどうか。

「頂に、ぽつんと見えるものがありますね。あれは石塔です。宝篋印塔です」

確かに黒い小さな影が、大気のなか、ゆらゆら動いてゐる。

有毒ガス危険、柵の外へ出ないで下さい、との表示が出てゐる。

柵に囲はれた道は、ここで左右に分かれる。

ひとしきり白泥の塔を見て、左へ足を向けると、湯煙が立ち籠め、両側のあちらこちらでは湯が沸き立つてゐる。

硫黄の臭ひが強く、ふうつと湯煙が晴れたと思ふと、すぐに白い塊となつて襲つて来る。


……かの山に地獄ありといひ伝へたり。その谷に百千の出湯あり。深き穴のなかより涌き出づ。巌をもちて穴を覆へるに、湯荒く涌きて巌の辺より涌き出づるに、大きなる巌揺るぐ。熱気満ちて人近付き見るに極めて恐ろし。

『今昔物語』巻第十四第七からである。同じく平安時代に編纂された『大日本法華験記』にも、ほぼ同文の記述が見られる。立山の地獄谷は、早くから知られ、千年後のいまも「湯荒く涌き出」てゐるのだ。

　柵で劃された通路の先に、湯煙が切れ、真白な砂地が広がつてゐるのが見えて来た。

　そこばかり冷え冷えと白砂の世界である。そのなかに鮮やかな青い水溜があり、そこから通路は左へ折れる。その角から身を乗り出して見ると、白い砂地の向ふを青い水が細く流れてゐる。白皙の肌のひとの静脈でもあるかのやうだ。

　そこに立つてゐると、激しく煮え立つ音が背後ですると、湯煙がわたしを包み、すぐに霧散するかと思ふと、また、包む。その湯煙が消える度に、高地の冷気が襲ふ。

　熱した世界と冷えた世界が、ここを境に向き合つてゐるやうだ。

　ウェルギリウスに導かれてダンテが辿り着いた地獄の底は、凍てついた圏で、亡者たちが苦悩の形相を剥き出しにしながら氷に閉ざされてゐる。もしかしたら、ここはその入口かもしれないと思ふが、ひどく清潔な白砂と青色の水とが不思議なコントラストをなして、巨大な女人が素肌を覗かせ、青い血を滲み出させてゐるのではないか、と思はせる。

「ここはなんと言ふ地獄ですか？」

　横に来たBさんに尋ねた。

　Bさんは首を振つて、

「昔は、名が一つ一つ表示されてゐたやうですが、いまでは取り払はれて、分かりませんねえ」

　さまざまな宗教がさまざまな地獄をつくり出すとともに、日々の地下の変動が地形の変化をもたらし、それに応じさまざまな名が付けられて来たのだが、昨今では宗教的中立が観光行政でも言はれ、かういふことになつたらしい。

　わが国では源信が『往生要集』（寛和元年／九八五成る）で地獄の様相のおほよそを整理したのが知られるが、この白と青の一角はなんと呼ぶのだらう。なにもかもが凍る八寒地獄の一つかもしれないが、源信は、八寒地獄について筆を略してゐる。もしかしたらその中の優鉢羅地獄かもしれない。厳寒ゆゑ身が弾け、青蓮華のやうに裂けるといふ。

　左へ折れて進むと、煮え立つ音が一段と大きくなつた。細い湯の流れの向ふ、大きな丸井戸ほどの穴一杯に、激しく沸き立つものがある。白泥色のどろどろしたものが、幾つも幾つも塊になつて激しく盛り上がつて来たかと思ふと、砕ける。粘りがあるだけに動きが遅く、砕け散る様を目で追ふことができる。幾つも幾つも噴き上がり盛り上がり、頭の丸い柱となると、急速に頭ばかりが膨らみ、柱の部分が細くなつて破裂、崩れ落ちる。そして、波紋をあたりに広げるが、次の瞬間には、波紋を刻んだ表面のまま、再び盛り上がつて来る。

激しい熱気と音とを放出しながら、その運動は果てしなくつづく。それでゐて、その無数の頭の丸い柱は、同じ形になることがない。常に微妙にずれ歪んで立ち上がり、一瞬にして弾け、崩れては、また、立ち上がる。

湯の涌き返る焔

『今昔物語』も巻第十四第八の一節である。そのとほり白泥の湯が炎となつて燃ゑ、弾ける、とも見える。これが絶えることのないわれわれの「煩悩」だ、ここは焦熱地獄だぞ、と説く者が出現しさうだ。

その先の土手のやうな隆起を上がると、目の前は雲が渦巻く奈落と見えた。地獄谷の果てであつた。

「このすぐ下が称名ケ滝です」

Bさんが言ふ。落差三百五十メートルもある、わが国有数な滝で、南無阿弥陀仏と唱へてゐると瀧音を法然が聞いたと伝へられる。耳を澄ましたが、背後の噴湯音が大きく、聞こえない。そして、視界がほとんど閉ざされてゐるので、虚空高く差し挙げられてゐるかのやうだ。

左手、やや視界が開け、赤茶けた裸の斜面を降りて行く小道が見えたが、それを指さしてBさんは言ふ。

「天狗平へ降る道です。富山側から上がつて、弥陀ヶ原を抜け、天狗平からあの道を採ると、こちらへ上がつて来るんですよ」

立山信仰の中心の室堂や雄山の山頂へ向ふのではなく、まづ地獄谷を目指す人々がゐるのだと、Bさんは補足する。『今昔物語』巻第十四第八の、にはかに死んだ母を恋ひ慕ふ三人兄弟が、さうであつた。「いかなる所に生を替へたりとも相見ばや」(どのやうな世界に生まれ替はつたとしても、母に会ひたい)と申し合はせ、「道嶮しくてたやすく人参り難」い「極めてたふとく深き」この山へ分け入り、天狗平から餓鬼田と呼ばれる湿原を過ぎ、畜生原と呼ばれる草原を経て、ここへと攀じ登つて来たのだ。

すると、いきなりこの地獄谷になる。

その道を辿つて来た思ひで振り返ると、半ば噴煙に包まれてゐる地獄谷の全体が一目で見渡せた。

右側は焼け焦げた褐色の砂礫が雪崩れる斜面で、左側は丸い裸の背を見せる伽羅陀山が横たはり、その間の、深く抉れた擂鉢状の白々とした空間は、沸き立つ噴煙と、なびく湯煙によつて満たされてゐる。そして、突き当り奥正面には、緑を失つた広大な斜面が大きく立ち塞がつてゐて、その上、思ひのほかの高さに聳える立山連峰が、噴煙を越えてこちらへとのしかかつて来る。

さてもわれこの立山に来てみれば、目のあたりなる地獄のありさま

立ちすくむやうにして謡曲『善知鳥』の諸国一見の僧が言ふ。かう言ふよりほか、言ひやうがあるまい。

その驚きに耐へて、三人の兄弟は先へと進む。わたしは来た通路を戻るのだが、こちらへ向つて絶えず吐き出されて来る白煙の中へと、改めて突き入つて行くかたちになつた。

すぐに視界がぼやけ、沸き立つ音、蒸気の吹き出す甲高い笛を吹くやうな音が改まつて迫つて来る。そして、募る熱風の音、揺さぶられて石が石を叩く音、さういつた音が、群がり襲つて来る。

わが身に懸かる心地して暑く堪へ難し。

先に引用した『今昔物語』の続きである。その熱さを耐へ難く感じる手前で、いまでは柵が押し止めてくれるが、湯煙の向ふ、沸き返る白泥の噴き上げる蒸気のなかに、しきりに動く影がある。

煮ゆらむ人の苦しび、思ひやるにあはれにかなしく

この世の所業に応じて、熱湯で煮られ、悶え苦しむ人々が、そこにゐる……、と思ふ。もしやわが母ではあるまいか、と兄弟は見詰めるのだ。あるいは、わが妻では、わが夫では、わが子では、わが恋人では、と見る人々が、こちら側にゐたのだ。

見ても恐れぬ人の心は、鬼神よりなほ恐ろしや

謡曲『善知鳥』からである。その影の正体を見定めようと、人はこころを鬼にして見入る。さうするとき、イザナギノミコトの黄泉下りを思ひ出さずにはをれない。死んだ妻イザナミノミコト恋しさのあまりに赴き、一刻も早くこの目で見たいと、制止もきかず、櫛に火をつけてかざした。と、そこに浮かび上がつたのは、腐乱し蛆のたかる女神の姿であつた……。仏教が伝来

してからは、鬼どもに責め苦しめられる姿となつた。死者を激しく恋ひ慕ふ時、さういふところへ踏み込んでしまふのだ。

三兄弟は、それでもなほ「地獄十ばかりを廻りて見る」……。

と、

――太郎、太郎。

岩の間から、三人のうちの長兄の名を呼ぶ声がした、と巻第十四第八は語り進められる。間違ひなく「明け暮れ恋ひ悲しむ母の」声であつたが、恐怖とともに、これが現実であるとは容易に信じられず、返答できない。

すると、その声は「わが母の音聞き知らぬ人やはある」と咎めるのだ。しかし、姿を見せることがないので、イザナギノミコトが襲はれた嫌悪と恐怖には囚はれることなく、法華経千部を書写供養してくれるやうにと言ふ母の願ひを聞くことができた。

その母の声が聞えたといふ岩はどこにあるのだらう?

三人が見て廻つた「十ばかり」の地獄とは、どのやうな地獄であつたのだらう?

仏典では諸説入り乱れ、一向にはつきりせず、源信が整理しなければならなかつたのだが、大まかには八寒地獄に八熱地獄があり、それぞれに十六の別所(別処)があり、それに加へて孤地獄なるものが別にあるらしい。そのため、単純に計算すれば、二百五十六にプラス孤地獄と言ふことにならう……。

いづれにしろ膨大な数の地獄があるのだ。柵のなかの通路をおとなしく歩いてゐては、その何百分の一も目にすることができない。が、柵を乗り越えて求め回つたりすれば、たちどころに足は焼け爛れ、ボロボロになり、骨を露出させることになる……。

柵が導くまま、白砂と青い水の傍らを過ぎて右へ折れ、周囲を見透かし見透かししながら行く。

煙霧は一段と濃くなつて、来た道を戻つてゐるのではなく、別の道へと深く迷ひ込んだやうだ。

立山曼荼羅図を思ひ浮かべた。室町時代(現存する最古の作例は十七世紀)から繰り返し描かれて来てゐるのだが、立山連山を背景にした麓の社寺の佇ひ、そこで催される布橋潅頂会の様子、室堂へ至る道筋、そして、随所に阿弥陀如来や観音菩薩、不動明王の姿が鮮やかな色彩で描かれ、左側には必ず地獄谷がある。そのあちらこちらで挙がる炎のなか、半裸の男女が焼かれ、大鍋で煮られ、臼で搗き潰され、俎の上で切り刻まれ、柱に縛られ舌を抜かれてゐる。血の池では長い黒髪の白い裸体の女たちが浮き沈みしてゐる。閻魔王の前では、浄玻璃の鏡を突き付けられ、亡者の悪業を計る秤が揺れてゐる。

その絵図の地獄のどのあたりを、わたしはいま歩いてゐるのだらう、と考へた。

曼荼羅絵図とともに簡略な絵地図も幾つか残されてゐて、そこには、先ほどの鍛冶屋地獄のほか、団子屋地獄、紺屋地獄、百姓地獄、血の池、無間地獄、叫喚地獄などの名が書き込まれてゐる。

無間地獄、叫喚地獄は、仏典に見えるが、他は、どうであらう。団子屋地獄は、団子屋が団子を捏ねるやうにこの身を捏ねられ、蒸気で蒸される責め苦を受けるところ、紺屋地獄は、紺染めの染料を溶かし込んだやうな壷へ身を突き沈められるところ、であらう。

源信の地獄を初めとしてさまざまな地獄が、ここには折り重なつてゐるらしい。

女の声がした。

と、煙霧の中から赤と青のアノラックの二人づれが現はれた。若い女と男だつた。すれ違ふと、硫黄の臭ひが強く鼻先に来る。

驚いて振り返るわたしの耳元で、

「きれいな子でしたね」

Bさんが囁く。

『今昔物語集』巻第十四第七では、諸国順歴の僧が、ここ地獄谷で、若くて美しい女に出会ふのだ。と、かう声を掛けられた。

「われ鬼神に在らず。更に恐るべからず」

その女は、三兄弟の母と異なつて、この世にあつた折りの姿で出現する。そして、身の上を語るのだが、仏像を造ることで暮らしを立てた木仏師の娘であつた。その所業（仏を我がために利用した）ゆゑに父ばかりか彼女も地獄に堕ち、苦を受けてゐるのだが、毎月十八日、観音菩薩が地獄に現はれ、一昼一夜、代はつて下さる。「その間、われ地獄を出でて息み遊ぶ」ことが許される、と説明する。

薄まつた煙の向ふに、伽羅陀山の丸い輪郭が浮かぶ。地蔵堂とともに観音堂も建てられてゐた時期があつたらしい。その本尊は、観音でも血の池で苦を受ける女人をもつぱら助ける如意輪観音であつた、といふ。ただし、生身の女がここへ踏み入ることは、明治まではなかつた。女人禁制で、身分の上下に変はりなく、麓の芦峅の姥堂に籠つて、この山に向ひ往生を念ずるばかりであつた。それに対して男たちは汗水垂らし、危険を冒し急峻をよじ登り、地獄谷の有様を詳しく見、さらに連山の最高峰雄山の頂に上がらなくてはならなかつた。男の方が罪深いとでもいふのだらうか。

再び鍛冶屋地獄の、大気を震はす音が大きくなつた。時代が下つて文政六年（一八二三）、尾張から訪れた平七と言ふ男が、自ら巡り歩いた個々の地獄名を道中記に書き留めてゐる。

――ほうかん（幇間）ぢごく、いもじや（鋳物師屋）ぢごく、かりうど（狩人）ぢごく、とうくわつ（等活）ぢごく、ちいけ（血池）ぢごく、八万ぢごく、かじ（鍛治）ぢごく、だんご（団子）ぢごく、かざりや（飾屋）ぢごく、こんや（紺屋）ぢごく、油屋ぢごく、百姓ぢごく、うわなり（嫉妬）ぢごく、もうじゃ（亡者）ぢごく、はかりや（秤屋）ぢごく……。

これら名を挙げられてゐる地獄は、いかなる責め苦を死者に課すのか。本来、犯した罪によつて罰が定められてゐて、それに合つたさまざまな地獄が整然と存在し、閻魔大王がそれを統括、運営してゐたはずなのだが、このあたりになると、かなり様子が違ふ。多くは江戸時代の庶民の日々の生業に基づいて、設定されてゐるのだ。それゆゑ却つて身に応へる責め苦となつてゐるやうだ。

鍛冶屋地獄の前を通り過ぎ、分岐点の右手の道を進むと、伽羅陀山が北へ張り出した先を巻くやうにして、正面にそそり立つ崖との間を北へ抜けた。

が、そちらの左脇にも不断に沸き返る湯壺が口を開けてゐた。

しかし、その先は、赤茶けた裸の斜面に囲はれた、こぢんまりした窪地となり、転がつてゐる石の間のあちこちから、蒸気が噴き出し、湯溜りが出来てゐるものの、どこか穏やかな気配となつた。

そして、柵がなくなり、細い溝を隔てるだけとなり、その向ふは平らになつたが、表面は白一色となつた。ただ中央部ばかり薄すらと黄に色づいてゐる。硫黄であらう。その手前、溝近く、ひと塊りの草が丈高く茂つてゐた。緑がひどく生々しい。それでゐて、根元には白い水が溜まつてゐる。何がこの緑を保たせてゐるのだらう。

その先の低い土手の向うから、短い草が地表を覆つてゐる世界になつた。

山小屋があり、リュックサックを背負つた男たちがたむろしてゐる。その先のガレ場が、そのまま立山連山の雷鳥沢の急な斜面に繋がつてゐる。

「地獄谷の外に出ましたね」

さう言ふと、Bさんは笑ひながら、山小屋の向ふのガレ場を指さして、

「賽の河原ですよ。賽の河原も立派な地獄です。地獄谷だけでなく、あちこちに地獄の飛び地があるんですよ」

＊

室堂へ戻るのに台地の上を行くべく、坂道を上がつた。

さほど険しくないのだが、すぐに息が苦しくなる。やはり高地である。立ち止まり立ち止まりして行く。と、その目の前で、ガスが晴れ、峰々の連なりが見えて来た。

淡い緑をまとつて思ひ切り急な角度でそそり立ち、峰は白い岩の鋸の歯となつて遥かな高みを延々と南北に連なり、ところどころ大きく崩れてゐる。上昇しようとする激しい力と、崩れ落ちようとする力、その相反する力がぶつかり合ひ、壮大なドラマをいまなほ演じてゐるかのやうだ。

ただし、地獄谷から仰ぎ見た際の、圧倒的な威圧感は薄れてゐる。

「一番向ふ、ちよつと前へ出てゐるのが浄土山です。薬師岳は、あの後になつて見えません」

Bさんが、まず南の方を指差して説明する。それから指先を移動させながら、

「一の越しの切れ目を隔てて、雄山です。立山の主峰ですね。それから大汝山、そして、富士ノ折立、真砂岳と続いて」

Bさんの手は、ほとんど頭上を指すかたちになり、反対側へと行き、

「別山です。別山のずつと左、稜線の向ふに、雲が群れてゐますが、その切れ目に、わづかに剣岳が見えるでせう」

ほんの一部が覗いてゐるだけだつたが、その山容は、見るからに異様だつた。文字通り峨々として人を寄せ付けず、巖の剣を立て並べたと見える。そして、青い。どうしてその山ばかり、かうも青いのか。かつて別山の頂上から間近かに見た印象が蘇る。立山曼陀羅では剣山地獄とされ、鉄棒を持つ鬼が亡者たちを追ひ上げてゐる。これまた、地獄の飛び地だが、別誂への峻厳さである。

その頂には、「好キ端正厳飾ノ婦女」がゐて、下にゐる男を誘ふ。さうして登り始めると木の葉と見えたものすべてが刃となつて、男の肉を裂き、筋を断つ。さうして膾のやうになりながら頂に達すると、女は地上に所を変へてゐて、言ふ、「汝、今何故ゾ、来リテ我ニ近ヅカザル。ナンゾ我ヲ抱カザル」（『往生要集』）。

連山の峰々には、仏や菩薩、明王たちが宿る、とされてゐる。浄土山には阿弥陀仏、雄山には不動明王、

大汝山には聖観音菩薩、別山には帝釈天、そして、別山の稜線が伸びた先、西に位置する大日岳には大日如来といつた具合ひである。それぞれの頂なり天空に、それらが佇んだり漂つたりしてゐる様子が、曼荼羅図には描かれてゐる。ただし、剣岳の上の天空は青いだけだ。

これら峰々を屏風のやうに背にして、西に向けて開けたこの高地は、日本列島の中央に据ゑられた、巨大な霊的空間なのだ。

「別山の山頂には、明治までは実際に帝釈天像が安置されてゐたさうです。鎌倉時代のものです。剣岳と大日岳の頂からは、平安初期の錫杖頭が見つかつてゐます」

Bさんは丁寧に説明してくれる。平安初期と言へば、『今昔物語』が編纂されるよりも前ではないか。

再び登り始める。足が他人のもののやうに重い。が、騙し騙しして、足を持ち上げ持ち上げしして行く。

出来れば雄山の頂までと思つてゐたが、これでは無理である。まだ二十代だつたから、地獄谷に近い山小屋に泊まり、室堂から雄山へと登り、別山へと縦走、剣岳を眺めて、雷鳥沢を一気に下り、さほど疲れたとも思はなかつた。ただ、太陽に焼かれて、顔から両腕がヒリヒリ痛んだのを記憶してゐる。

ベンチがあつたので、倒れ込むやうに座つた。

Bさんがリュックサックから缶ジュースを取り出して勧めてくれた。

ふと目をやると、伽羅陀山より東側に続く、先程通り過ぎて来た窪地が眼下にあつた。出水が引いた跡のやうな平地が白々と広がり、真ん中あたりがわづかに黄色いのが、確認できる。左手、立山地獄の中央部からは塊になつた白煙が、次々と伽羅陀山を越えて流れて来る。この煙が窪地一帯に白いものを降らせつづけて来てゐるのだ。

もう宿へ戻るだけだから、ゆつくり行きませうと言ふBさんの言葉に、腰を据ゑる気持になつて、缶を口へ運びながら、ぼんやり眼下の風景を眺めつづけた。

全体に白い薄布を敷き詰めたやうになつてゐるが、その薄布の下はどうなつてゐるのだらう、と考へた。そつと持ち上げ、覗いてみたら、どうであらう。また、別の地獄があるのかもしれない。

「あの薄すらと黄色くなつた、そのすぐ右、少し高く、整地されたやうな跡があるでせう。以前、あそこに小屋があつたんです」

わたしの視線の先を察してか、Bさんが指さして、説明する。さう言はれて見ると、なるほどはつきり跡地と分かる。左から階段を数段あがつたところから、きちんと平らに均されて区画を成してゐる。

「若い時、酪農をしてゐたんですが、牛乳の売り込みにこのあたりの小屋を回つたんです。その時、そこにあつた小屋の女主人が、親切に対応してくれたのを覚えてゐますよ」

話すうちに、昔のことを思ひ出したらしく、つづけた。

「亭主はゐたんですが、気がよすぎたんでせうね、現金が入ると、友達と一緒に山を下つて、何日も帰つて来ない。そんなことがしばしばあつて、奥さんが、取り仕切るやうになつてゐたんです」

Bさんは、白い薄布を持ち上げて見入つてゐるのだ。

「山小屋は男の世界じやないんですか」

「さうなんですけど、そこにあつた小屋だけは違つてゐました。なにしろ亭主はちよくちよく売上金を持つて山を降りてしまふんです。男勝りだつたんですね、留守を立派に守つてゐました。きれいな、と言ふよりも魅力的なひとでした。しかし、どこか影がありましたねえ」

「評判になつてゐたでせうね」

「男嫌ひと言ふんですかね。男たちを、てんで寄せ付けなかつたんですよ。男に手厳しくなれるひとでした。それでゐて、ひどく優しい」

記憶にふつと引つかかるものを覚えて、

「いつ頃のことです」

と尋ねた。

「いまから二十五年ほど前にもなりますかね。わたしが農業学校を卒業、酪農を始めて、まだ間のない頃でしたよ」

それなら、わたしが大学を出て五、六年の頃ではないか。五月も末、ひとりここへやつて来て、泊まつたのが、確か地獄谷に近い小屋であつた。もしかしたら、いま目にしてゐる跡に建つてゐた小屋であつたかもしれない。

さう思ひ及ぶと、急に蘇つて来るものがあつた。

五月の連休も終はつた後だつたので、客は、わたしひとりであつた。そして、応対してくれたのは、確かわたしより三つ四つ歳上かと思はれた女性ひとりであつた。

改めて眼下を眺めた。青々と草がひと塊り生へてゐる溝の脇から、道の跡が伸びてゐて、鉤の手に曲がると、建物跡になる。数段上がつたところが入口で、通された奥の部屋からは、赤茶けた小山の丸い背が見え、その向ふから白煙の塊が次々と越えて来た。

粉を薄く降り積もらせた跡地から、まだ真新しかつた木造の小屋の佇まひが、ぼんやりと浮かび上がつて来る。

さうして、山中とは思へない、なにか思ひ屈するものを抱へたやうな細面の、色白の女がゐた……。

「以前に一度、ここへ来たことがあると言ひましたが、ひよつとすると、その頃のことじやあないかな。泊まつたのも、そこの小屋だつたかもしれません」

Bさんは、口許へ持つて行つてゐた缶をぴたりと止めて、わたしを見詰めた。

その表情に、わたしは話をつづけなければならない気持になると、急にあれこれ思ひ出されて来るものがあつた。地獄谷を横切つてすぐ先に小屋があつたこと、窓から間近に小山を越えて来る白煙の塊が見えたこと、そして、若い女性がひとりで対応してくれたこと、その女性はおよそ山小屋の女主人といつたところがなく、初めは、都会から手伝ひに来てゐるのかと思つたことなどを口にした。

「いや、間違ひなくそこにあつた小屋にお泊まりになつたんです。お会ひになつたのも、間違ひなく彼女です」

Bさんは、きつぱり断言した。

「一見、女学生気分の抜けてゐないところもありながら、大人の女と言つた感じで、てきぱきしてゐましたね。小股が切れ上がつた、といふのは、ああいふひとのことでせうか」

思ひ出し思ひ出ししながら、わたしはなほも言ひ添へる。

「そのとほりです。東京のひとだつたんです。東京で、この小屋の持主の男と知り合ひ、結婚して、こちらへ来たんです」

「随分、詳しいんですね」

「いや、牛乳を届けるたびに、お喋りをしたからです」

薄布を持ち上げると、確かに見えて来るものがあるらしい……。

その頃、母が不意に家を出た。父は、地獄に堕ちたんだ、と言つた。わたしは、『今昔物語』の三兄弟のやうに会ひに行かうとは考へなかつたが、地獄といふ言葉が脳裏から容易に消えなかつた。就いた職には馴染めず、心を寄せてゐた女にはつれなくされ、すべてから突き放された思ひに苛まれつづけてゐた。さうして押入からリュックサックを引張り出すと、夜汽車に乗つた。

ケーブルで美女平へ上がり、バスに乗つたが、当時は弥陀ヶ原が終点で、そこから歩かなくてはならなかつた。なだらかな坂を延々と歩いて、室堂へ至り、それから高山植物の咲く一帯を抜け、ミクリガ池を過ぎ、その小屋の傍らから地獄谷へ降りた。しかし、奥まで立ち入ることは避けて、伽羅陀山の横を抜けた……。

「多分、弟のやうに思つてくれたんだらうと思ひますよ」

Bさんは自身のことを言つてゐるのだつた。

「酪農の夢に取り付かれたわたしを、あれこれ助けてくれましたねえ。本当によく気の付くひとでした」

その夜は、他に客がゐなかつた。夜が更けるのを、山の闇に耳をすますやうにしてテーブルを挟んで向ひあつた。そして、なにか訴へかけるやうな表情を女が浮かべるのを、わたしは痛いやうに感じながら見つめてゐた。わたしもまた、訴へかけることができるなら、と思つてゐたのだ。

彼女がおほよそどのやうな絶望を抱いてゐたか、いま、Bさんの話から知つたが、当時、さうしたことは一切分からなかつた。しかし、向き合つてゐて、互ひに響き合ふものを鋭く感じてゐた。さうして、寄り添ふべきなのは、われわれ二人なんだと思つた。が、さう痛切に感じれば感じるほど、身動き出来なくなつて、目の前に置かれた手に、手を重ねることさへもできなかつた。彼女もまた、さう出来ずにゐると思ふことが、一層身動き出来なさに輪を掛けた。さうしてやつとわたしに出来たのは、手をリュックサックの方へ伸ばし、引き寄せると、薄い文庫本を二冊取り出し、彼女の前に置いて、一冊を選び取つてもらふことだつた。そこに記された言葉が、わたしをからうじて生に繋ぎ止めてゐるかのやうに当時は思つてゐたのだ。

「あれから、地獄谷で亜硫酸ガスのため死者が出たり、いろんなことがありました。だけど、彼女は、頑張つてゐました」

手渡した一冊が、いくらか役立つたのだらうか？

小屋の跡地へ至る道の両側には、拳二つ分ほどの石が丹念に並べられてゐるのが、いまも残つてゐるのに気づいた。被せられた白い薄布に守られ、小屋が撤去された後もそのまま保たれて来てゐるのだ。その石一つ一つを置き並べたのは、間違いなく彼女だ、と思つた。あの両の手で抱き上げて、一つ一つ運び、並べたのだ。

「なにしろ、このあたりでは最も古い歴史を持つ小屋でしたからね。それに死者が出たのは、伽羅陀山の反対側でしたが、結局、そちらも危険だから移転せよ、と厳しく言はれてしまつた。くやしかつたと思ひますよ。そして、雷鳥沢の方に移転したのですが、移転してすぐ、雪崩で小屋が潰れました。春になつて来てみると、影も形もなくなつてゐた」

さうして、Bさんは、

「そろそろ行きませうか」

と、腰をあげた。

わたしがリュックサックを担ぎあげてゐると、

「その後、再建はしたのですが、結局、小屋の経営権を手放す羽目になりましたねえ」

と付け足す。

＊

坂は、間もなく終はつて、平坦になつた。右手下、小屋跡は背後に隠れ、フイゴのやうな音が間歇的に聞えて来た。

左側が小さな池になつた。ほとんど草で覆はれてゐるものの、水は澄んでゐて、底の赤土が透かし見える。

「血の池です」

Bさんは言ふ。ここも地獄の飛び地なのだ。岸には黒ずんだ雪が消へ残つてゐる。

彼女が選んだ文庫本は何であつたか、思ひ出さうとしたが、思ひ出せない。街の本屋で再購入出来たが、敢へて求めず、欠けたままにしてゐた。さうして記憶に刻んでゐるつもりであつたが、いまはその題名も忘れてゐる。長い年月が過ぎたのだ。

小さな広場のやうなところに出た。

「閻魔台展望台」と標識が出てゐて、ベンチが並び、地獄谷が真下に見下ろせた。

ここにはかつて閻魔堂があつたのだらう。麓の芦峅寺から三途川を布橋で渡る手前に、いまも閻魔堂があるが、中央に閻魔王像が据ゑられ、左右に幾体もの白衣をまとつた姥像が並んでゐる。多分、ここもさうであつたのではないか。

足元に、「立山曼陀羅の地獄」と題した金属板があり、苛まれる男女の姿が線で刻まれてゐた。一つ一つ説明がついてゐる。竹薮の中で素手で女たちが何かを掘つてゐるのは、石女地獄。臼の中に据ゑられ鬼に杵で叩き潰されてゐるのは、衆合地獄。舌を抜かれてゐるのは、大叫喚地獄。炎に焼かれてゐるのは、焦熱地獄。俎板に釘で打ち付けられ、縦に裂かれてゐるのは黒縄地獄。下帯一つの男が蛇体となつた二人の女に絡まれ、両側に引つ張られ、首を絞められてゐるのは、両婦地獄。そして、武士が斬り合つてゐるのは修羅道。人面の馬とも牛とも見える獣がゐるのが畜生原……。

眼下の地獄谷と線刻画を見比べ見比べしたが、どこがどの地獄に当るのか、よく分からない。立山曼荼羅と言つても、まことに多種多様で、時代や宿坊によつても、違つてゐるらしい。

右手に位置するやうになつた伽羅陀山を見下ろしてゐると、地獄谷で生まれた白煙がつぎつぎと越えて行くのが分かる。

その白煙を、若いわたしは山の向ふ側の小屋の窓から見てゐたのだ。彼女が去つて、窓の外の闇を横切り横切りして行くのを、しばらくの間、呆然と見つめてゐたのだ。あんなに白く鮮やかに見えたのだから、月が出てゐたのだ。

地獄谷に背を向けて、ベンチに座つた。

正面の連峰には白雲が薄く掛かつてゐた。が、わたしがさう座るのを待つてゐたかのやうに、見る間に拭はれて行く。さうして、くつきりと全体が再び現はれ出た。三十年近く、わたしがこの地を訪れようとしなかつた理由も、明らかになるのだらうか。

露はな連峰と向き合つてゐると、仰ぎ見る高みから聖なる存在がこちらを見下ろしてゐる、と思われて来る。

そして、見下ろされてゐるわたしの背後には、ほかならぬ地獄があるのだ。

＊

その翌日、わたしは室堂側から雄山へ上がり、別山へと縦走した。

さうして剣岳と向き合つた別山の小屋の前で、剣岳を間近かに見た。黒々とした無数の岩が錐のやうに鋭く突き立つ集合体が、この山だつた。見てゐるだけでも、痛感を覚え、恐怖感が身内から湧いて来る。それに抗しながら、この小屋に泊まらうか、それとも雷鳥沢を降りてあの小屋で泊まらうかと、しばらく思ひ迷つた。

結局、雷鳥沢を一気に下りた。そして、夕日を浴びて赤く色づいてゐる小屋を目にした時、わたしは自分の身内にあるものが、自づとかたちを取つて現はれたと思つた。

しかし、その夜は、他に客が幾組もあつた。そして、夫と思はれる男もゐて、彼女は、小屋へ入つて行つたわたしを、初めての客のやうに応対した。

湯を浴びると、日焼けした顔や腕がひどく痛んだ。峰や谷に残雪が多かつたせゐであつた。その痛みのなかに閉じ籠るやうな気持で、わたしは食事を採りながら、ひたすら彼女の視線を求めた。が、物乞ひをするやうな自分が嫌になつて、部屋に戻ると寝床に入つた。

さうして、疲れもあつてうつらうつらしてゐると、人の気配がして、いきなり冷たい手が顔に来た。乳液を塗つてくれるのだつた。

「痛むんでしょ」

彼女だつた。思はず手を伸ばし、彼女の腕を掴んだ。が、するりと引き抜かれ、逆に両腕を掴まれると、胸の上に置かれた。その腕にも乳液を塗つてくれた。

「詩集、うれしかつたわ。大切に読みます」

さう小声で口早に言ふと、立つて行つてしまつた。

その夜、どのやうにして過ごしたか、とりとめない想念とも夢ともつかぬものが、顔や腕の痛みと混じり合ひ、魘されるやうであつた。皮膚をずたずたにしながら剣岳を登つてゐたり、谷を滑落、身を膾のやうに傷つけたり、不意に現はれた大男に殴打される、と、冷風が吹いてきて甦る思ひをするが、次の瞬間、氷の刃で胸を突き抜かれる……。間違ひなく、地獄の責め苦を受けてゐるやうであつた。母もこのやうな責め苦を、との思ひも纏はり付く。

が、夜中、彼女がふとやって来たやうな感触があつた。陽に焼かれてゐない唇に、一点、滴るものがあつた……。

傍らのBさんの顔を見て、もしかしたらあの夜、彼女の傍らにゐたのは、夫でなく、若いBさんだつたのではないか、と思つた。

いまや老いた農夫然とした様子だが、当時は酪農に果敢に取り組む若者だつた。売上金を懐に下界の巷を浮かれ歩く夫とは違つてゐた。

その二人が、二十五年経つたいま、初めて顔を突き合はせてゐる……、と思ふと、笑ひが込み上げて来た。事実かどうかはともかく、このやうなことを考へるわたし自身が、奇怪で可笑しかつた。それを押し殺して、問ふた。

「いま、彼女はどうしてゐるんでせう？　もう亡くなつたのかな？」

自分にも分かるわざとらしい声であつた。

Bさんは、冷ややかな目を向けて来て、あつさり答へた。

「元気にしてゐるやうです」

「じやあ、最近、会つたことがあるんですね？」

「いいえ、風の便りに、元気らしいと聞くばかりですよ」

嘘を言つてゐる、と思つた。会つてはゐなくとも、他所目に、その姿を目にしてゐるのだ。その他所目に、と考へたことから、Bさんと彼女の間には、会ひたくても会へない。何事かがあつて、それが今日まで及んでゐる……。

なぜさうまで想像を逞しくするのか、わたし自身を持て余しながらも、これまでと違ふ太々しいとも見えるBさんの態度を突き崩したくなつて、詰問するやうに言つた。

「あなたは、彼女に会ひたくはないのですか？」

Bさんは、黙つて連山の頂きを眺めた。わたしは独言を言ふやうに、

「会へるのなら会つてみたいなあ。もうお婆さんになつてゐるだらうけれど」

「お婆さんになんか、なつてませんよ」

言下にBさんが答へた。

「やはりあなたは、会つてゐるんだ」

打ち返すやうに言ふと、ちよつと身を引くやうにして、

「いや、会つてゐません。会つてゐないけれど、知つてゐるんだ。隣の村のことだから、なにかとわたしの耳には入つて来る」

さう言ひ、わたしの方へ身を乗り出して、

「何があつたんです、あの夜？」

と問ふた。

「あの夜？」

「さう、あの夜」

何を言はうとしてゐるのか、分からなかつた。

「彼女との間に、何かがあつた。わたしは知つてゐる。いまだに覚えてゐる」

「あなたが知つてる？　覚えてゐる？」

「さう。いまだに覚えてゐる。二十五年前のあの夜から、あのひとの様子が変はつたんだ」

「残念ながら、何にもなかつた。何にもなかつたから、いまになつて、会へるなら、会ひたいとわたしは思ひ始めてゐる」

「何のため？」

「あの夜のつづきを、辿りなほすためかな」

「馬鹿々々しい。辿りなほすなんて出来るはずがないじやないか。もう二十五年も前のことだよ」

そして、

「あんたは」

と、腹立たしさうにわたしを呼び、

「何歳になつた？　あんたはご存じない。彼女は、あの夜から、寒冷地獄に堕ちたんだよ。心も身体も冷えきつた、冷酷な女になつた」

「あなたとの間に、何かあつたんですね」

「いいや。あんたとの間に、あつたんだ。あんたが、あの女を寒冷地獄へ突き落としたんだ」

「わたしはその頃、途方に暮れた青二才だつた」

「そんなことは関係ないよ。彼女のこころを奪つた。奪つた上で、二度と……」

さう言ひさし、出かかつた言葉を呑み込むやうにして、つづけた。

「お顔を拝見したのは、Aさん宅で紹介された時が初めてだが、それまでにも多少はあんたのことは聞いてゐましたよ。地獄谷行きに付き合つて、間違ひないと確信したね。彼女をああしたのは、あんただ」

Bさんは、自嘲ともなんともつかぬ奇妙な表情を浮かべて、わたしを指ささんばかりに鋭く見据えた。

そして、口ずさんだ。

「八月の石にすがりて
さち多き蝶ぞ、いま、息たゆる

わが運命《さだめ》を知りしのち、
たれかよくこのはげしき
夏の陽光のなかに生きむ。
運命？　さなり、
あゝわれら自ら孤寂《こせき》なる発光体なり！

彼女は、この詩句をしきりに口ずさむやうになつたんだ。なんといふ詩人の詩ですか、どのやうな意味ですかと、何度もたずねたよ。だけど、答へてくれなかつた。しかし、ある時、帳簿の間に挟まつてゐた薄つぺらな文庫本を見つけた」

わたしは声を挙げさうになつた。彼女が選び取つたのは『伊東静雄詩集』だつたのだ。そして、その「自ら孤寂なる発光体なり」の詩句の傍らにわたしは鉛筆で線を幾本も引いてゐた。それがどういふ意味かもよく分からず、自分はさうなるよりほかない、と思ひ詰めて。

「同じ本を富山市内の本屋で見付けて、暗記したよ。しかし、彼女の前では、決して口にしなかつた。口には出来なかつた。彼女は、本当は『さち多き蝶』になるはずのひとだつたんだよ。それが変はつてしまつたんだ。それ以来、時間も凍り付いてしまつた。彼女は、それ以来、歳をとらない」

さうしてゆつくりと、地獄谷の方を振り向いた。わたしも振り向いた。そこに、彼女が立つてゐるかのやうに。

引用文献
『今昔物語』佐藤謙三校注　角川文庫
『謡曲集』伊藤正義校注　新潮日本古典集成　新潮社
『往生要集』石田瑞麿校注　日本思想大系　岩波書店
『伊東静雄詩集』新潮文庫

季刊文科セレクション

季刊文科編集部　編著　1944円（税込み価格）

ここには八人の作家の八作品が収録できたが、いずれもわれわれ同人雑誌読みには長いあいだ親しく見てきたベテランたちで、新しい試みのシリーズとしてはまことに力強いスタートになった。

（文芸評論家・勝又 浩）

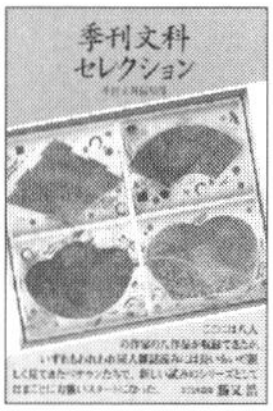

収録作品

いわしの目ン玉　城戸則人

たみ子の人形 ― あの年の夏 ―　渡辺 毅

月の夜は　和田信子

妄想同盟　藤田愛子

紅い造花　難波田節子

淡し柿　井藤 藍

梨の花　斎藤史子

昭和者がたり、ですネン　土井荘平

解説　勝又 浩

呰

各務麗至

桜の季節も過ぎて……。

ふり返れば、自分の書きたいものを自分の書きたいように人とは少々違った挑戦や競争を、と……それなりの「覚悟」が、遠い過日、ある同人雑誌の例会に出席して、つい喧嘩とか勝負という不穏な言葉になりました。

若気の至りの喧嘩や勝負をしての作文ですが、地方では身近に師友の恵まれなかった私は同人雑誌評や転載や信書などを只々頂けないものかとの夢の夢を見ていたのです。

しかし、明らかに自分との闘いでもあるそんな作文姿勢からまでなぜ話さなければわかってもらえないのか。含羞だけでなく真面目な本気が通用しないのは、人は様々でそこまで話しても「それもちょっと違う」と顰蹙を買ったことでした。

常々独り善がり……と切り捨てられ潰されて書いた端から消えてゆく、吹けば飛ぶような愚作駄作の山ですがこれまで築いてきました。

それでも「覚悟」の山は山で、それも表現の修行で勉強で、独り善がりも決して文学として無駄でなかったと、なんだかそう見えて来たりするものもあったりして少しは慰められてもいたのでしたが、

現今、若い頃と違って校正を人に頼むようになりました。一人より二人のやはり人を求めてで、教えを乞える人に出会えるのはそんなにあるものではありませんから自分と違う教えられるものをその人の中に見つける。

私にとって「人を師として信頼する姿勢」と家内は言ってくれます。が、――「その姿勢がやっぱりちょっと違うんよねぇ」

これだけでしかないところでこれだけでしかないのですが、書くだけが取り柄の積み重なりの中で修正や醗酵や発見があって、なんだか、

人に諭されて支えられてが身に沁むようになりました。

あさがおの花

秋尾茉里

住宅街を抜けて山の方へ十分ほど歩くと、廃棄物処理場が見えてくる。窓のない黄土色の建物を、鉄製フェンスに沿って通り過ぎる。さらに坂を上がってしばらく行ったところに、その民家はあった。

施錠されていない玄関扉を横に引いて中に入る。靴を脱ぎ、廊下を進んでいく。冷房が効いていて涼しい。左手に二十畳ほどのリビングがあった。いつものメンバー、五人の「利用者さん」が食卓テーブルについている。皆まだ二十代で、二十三歳の私より少し年上の人たちばかりだった。

右手の台所を見る。誰もいないようだ。

「こんにちは」

声を出す。独り言を言っているみたいだった。もう一度、空中に向かって声を張り上げる。

「三木さん？　岡さんをトイレに連れて行ってくれる？」

二階から返事があった。男性職員の声だった。

ここには女性の利用者さんが二人いる。そのうちの一人、「岡さん」のところに向かう。彼女はいつもいったん座った場所から動くことがなかった。今日は、食卓テーブルの端の席、履き出し窓の近くにいる。妙に椅子とテーブルが離れていた。誰かがそういう風に座らせて、その場を離れたのだろう。

岡さんの手首を持って軽く引っ張る。力をさほど入れなくても、彼女はゆっくり立ち上がる。身長は私の肩の辺りまでしかない。唇が動き続けている。手を引いて廊下を進んだ。

トイレで岡さんのスカートをまくり、下着を下ろす。便座に座ってもらうときは、そっと肩の辺りを押すだけでよかった。いつも通り、少し待つと、水面に尿が落ちる音がし始めた。下着はしばらく替えていないように見えた。今日は、午後から福祉センターに入浴に行くことになっている。前回行ったのは先週の水曜日、ちょうど一週間前だった。汚れの度合いからして、あれから多分一回ぐらいしか取り替えていないのだろう。

トイレットペーパーで股の辺りを拭いて、また手首を軽く引っ張る。汚れた下着を元通り穿かせる。

さっきと同じ席に座ってもらうとき、椅子をすばやくテーブル側に押した。本人は多分どちらでも構わないと思う。

テーブルには男性利用者さんが三人いた。ズボンに片手を突っ込み、股間の辺りで動かし続けている人は、私の顔を見ながら笑みを浮かべていた。こちらに微笑みかけているわけではないので、笑顔を返したり、挨拶したりする必要はなかった。彼は「小久保さん」という人で、家が資産家だと聞いている。

他の人も、それぞれ空中を見たり、体をわずかに揺らしたりしている。

台所に行くと、もう一人の女性利用者さんがいた。さっきテーブルでチラシを折る作業をしていた「吉井さん」という人だ。彼女はこの施設で唯一言葉を喋る人だった。重度の人しか受け入れないはずの場所に特別に通所していると、前に所長が話していた。

彼女はよく職員の仕事を手伝ってくれた。今は流し台に向かって立ちながら、果物ナイフでリンゴの皮剝きをしている。

近寄って手元を覗く。リンゴの断面が少し赤く染まっていた。指を切っているようだ。こういうことはしばしばあった。彼女はいつもそのまま剝き続ける。

「吉井さん、指を切っていますよ」

手首をそっとつかんで、リンゴから離す。

「あ、あ、すいません、あ」

吉井さんは、よく「すいません」と言った。

「痛くないですか」

彼女は私の顔を見た。全身が止まったようになった。

「包丁で切ったところ、痛くないですか」

数秒間、私の目を見てから彼女は答えた。

「痛くないです」

「切ったときは痛いと感じましたか」

背中から男性の声がした。

「吉井さんは感覚の認知に偏りがあるから」

振り向くと男性職員が立っていた。毎日ここで働いている人で、さっき二階から返事をしたのもこの人だった。

「真冬に裸足で過ごしたりもするからね。気を付けて見てあげないと」

その話は以前にも聞いたことがある。大学四回生のとき、私は卒論のため毎週ここに通っていた。卒業してからもボランティアスタッフとして来続けて、もう四か月になる。去年の冬、この家はあらゆるところにホットカーペットが敷かれていた。

男性職員はもともと柔道の選手で、「大きな試合」にも出場していたと所長が言っていた。試合の名前は忘れたが、たしか国際的なものだったと思う。初めてここに来たとき、所長に「マユミくん」と紹介されたので、それが苗字なのだろう。背が高く、頑丈そうな体をしていた。顔には肉がついていないわりに、二の腕が太く、胸の辺りは盛り上がっている。

所長は年齢不詳の男性だった。メガネをかけた丸顔には皺がなく、顔だけだったら三十代ぐらいにも見えたけれど、二十代と思しきマユミさんに対して、だいぶん年上のような接し方をしているので、実際はもっと上なのかもしれない。この家に丸一日いることは滅多になく、いつも、どこかに行ったり戻ってきたりした。

初めて私がここに来たのは、去年の六月だった。岡さんに「こんにちは」と言ったとき、唇が動いていたから、私に何か話そうとしているのかと思った。人のトイレ介助をしたのは、このときが初めてだった。

その日の昼には、宅配業者が人数分のお弁当を持ってきた。

「三木さんも空いている席で食べてね」

マユミさんが言った。

「はい分かりました。何円ですか」

「いや、お金は払わなくていいよ。ボランティアの人の分は負担することになっているから」

そういうお金はどこから出ているのだろう。

お弁当は、ニンジンが葉っぱの形に切られていたり、ウズラの卵にプラスチックの棒が刺してあったりした。野菜が多かった。みんな手助けなしに箸を使って食事をした。

マユミさんは量が足りないのではないかと思ったけれど、黙って皆と同じ弁当を食べていた。咀嚼に合わせてこめかみが動き、次いで喉仏が上下した。私はマユミさんに話しかけてみた。

「普段は何個ぐらいお弁当を食べるのですか」

彼は口の動きを止めて、私を見た。それから、「一個ぐらい」と言った。私は柔道と相撲を混同しているのかもしれなかった。さらに質問した。

「どうして、この仕事に就いたんですか」

「所長の知り合いに紹介されて」

それは理由じゃなくてきっかけなのでは。なぜこの仕事をしようと思ったのだろう。口を開きかけたときに、所長と目が合った。しばらく前から私の顔を見ていたような感じだった。所長は私と目が合うと同時に、「ハ」と、笑い声のような息を吐いた。

「三木さんって、いつもそんな感じなの」

「そんな感じというと」

私がそう言うと、また「ハ」と言った。

以来、毎週水曜日、私は宅配のお弁当をただで食べ続けている。

どういう風にマユミさんの給料が発生するのかも、いまだに分からない。所長に「ハ」と言われてから、私は質問をあまりしないことにしていた。マユミさんに聞いたら、所長は民家型の通所施設を他にもいくつか運営しているということだった。つまり、コンビニの店舗を複数持っているオーナーみたいなものだろうか。この家の利用者さんたちは、全員が高等養護学校を卒業してすぐに通所を始めたそうだ。やめた人はまだ一人もおらず、これ以上増やす予定もないらしい。ということはこの先ずっと、もしかしたら何十年も、同じメンバーで同じ場所に来続けるのか……。

先ほどから吉井さんは、包丁で切った指先を水道水に当てていた。

「水が当たると怪我は痛いですか」

彼女には聞こえていないようだった。

「痛いですか」

顔を上げて何か言いそうになったとき、マユミさんがまた言った。

「絆創膏貼ってあげてくれる？」

痛いと感じているのかどうか、私は知りたかった。いま吉井さんは何を言いかけていたのだろう。マユミさんが邪魔しなければ。

傷は浅くて、皮膚が斜めに削がれたようになっていた。私は丁寧に絆創膏を貼りつけた。「感覚の認知」とはどういうことだろう。その言い回しは日本語としてなんとなくおかしい気がする。マユミさん本人は、どう思って使っているのだろう。

午後からワンボックスカーに全員乗って、福祉センターへお風呂に行った。

女性の脱衣室には私たち以外誰もいなかった。私は岡さんを全裸にしてから服を脱いだ。初めてここに来た時、自分が裸になってから岡さんを脱がそうとしたら、トレーナーを引っ張り上げるとき、自分の乳房を彼女に押し付けるみたいな感じになって変だった。

　私が引き戸を開けて、三人で一緒に広い浴室に入る。浴槽がステンレスでできているところが銭湯とは違っていた。やはり誰もいない。岡さんの体を私が洗う。いつもきちんと洗った。岡さんはお腹や腰回りの肉付きがよかった。とても柔らかくてすべすべしていた。なぜか胸がほとんどなくて、乳首の大きさは男とさして変わらない。乳輪部分は円錐状に膨らんでいて、試しに触るととても柔らかかった。私は時々、吉井さんに見つからないように、岡さんの乳首を指先で押した。吉井さんはいつも一言も喋らないまま、手ぬぐいを泡だらけにして、背中をのこぎりで挽くみたいにいつまでも洗った。

　談話室でマユミさんたちと待ち合わせ、車で帰る。

　五時になったら全員をまた車に乗せて、一人ずつ自宅に送る。誰も家にいない場合は、預かっている鍵で玄関を開けた。

　最後が岡さんの家だった。門扉のインターホンをマユミさんが押す。今日も誰もいないようだ。車にはもう他の利用者さんは残っていなかったから、私とマユミさんと三人で庭を横切って玄関に向かった。扉に鍵はかかっていなかった。全員で家に上がる。玄関脇の和室に入ると、岡さんは隅に行ってしゃがみ込んだ。部屋には掃除機だけが置いてあった。カーテンが引かれた薄暗い部屋の隅で、唇をわずかに動かし続ける。

　去年の冬、ハンドルを操作しながらマユミさんは言った。

「あそこの家の人、岡さんのことは、ほぼ放置しているみたいなんだよね。たぶん今も、奥に誰かはいたと思うよ。前はよく岡さん上り框に座り込んで、次の日に迎えに行ったら、同じ位置に前の日と同じ服でしゃがんでることがあったからね」

「一回脱いで、布団で寝て、また着たんじゃなくてですか」

「いや僕も最初はそうかと思ったけど、和室まで連れて行ったときは翌朝も和室にいたから、多分、一晩中玄関にしゃがんでいたんだと思うよ」

　今日も家の中には誰かがいるのだろうか。物音はしなかったが、廊下の空気はエアコンでわずかに冷やされていた。玄関を出るときに振り返って廊下の奥に目をやる。襖が閉められていて、その向こうは見えない。

　外は蟬がうるさかった。車は最寄り駅に向かった。通り過ぎる住宅は立派なものが多かった。幹の太い松の木や、薔薇のアーチが見える。

岡さんは自分からどこかに移動しようとは思わないのだろうか。施設の他の人たちも、似たような感じかもしれない。偶然かどうかは分からないが、あの家にはそういう人ばっかりが揃っているみたいだった。あそこでは全員が、昼食後にものすごくたくさんの薬を飲んだ。「なんの薬ですか」と、マユミさんに尋ねたことがある。そのときは、所長が横から「発作を予防するための薬」と答えた。「なんの発作ですか」とさらにマユミさんに質問したら、また所長が「てんかんとか、そういうような」と言った。全員がてんかんを患っているのだろうか。薬はとてもよく効いているみたいだった。私はこの通所施設に一年と二か月通っているけれど、誰かがなんらかの発作を起こすところは見たことがなかった。だから、てんかんの発作がどういうものか、いまだに知らない。

駅で私は車から降りた。

「お疲れ様です」

マユミさんが言う。マユミさんは笑顔になることがあまりなかった。表情がないところは動物と似ていてよかった。柔道をしていたため、耳の形が空気でちょっと膨らませたようになっているところもよかった。

アパートに帰り、エアコンを入れる。テレビをつけて、ノートパソコンの電源ボタンも押す。汗をかいていたから、すぐにシャワーを浴びることにした。それから、うどんを煮て食べた。明々後日の土曜日は、不登校の子どもたちの登山イベントにボランティアスタッフとして行く予定になっている。持ち物を準備しなければ。うどんをすすりながら、スケジュール帳を確認する。登山の二日後は、若者サポートセンターでカウンセリングを受ける日だ。その二日後は、また施設に行く。翌日は公民館でやっている手話教室。まだスケジュールは空いている。

大学生のとき、私は就職活動を頑張った。今までしたことのなかった化粧をして、会社の説明会にスーツで出かけ、エントリーシートを出して、筆記試験をたくさん受けた。そこまではよかった。でも、面接はいつも一次で落ちた。一度、面接官に「それで社会に通用すると思っているの」と言われたことがあった。私は「通用するとは、どういうことですか」と質問した。「あーはいはい」と相手は言った。私は少し考えてから、「通用するかどうかについてですが、やはり実際に社会で働いてみて検討することが大事だと思われます。現時点では通用するかどうか、分からないと考えます」とハキハキ答えた。その面接官も「ハ」というような声を出した。

「そういう態度で社会に通用すると思っているなら、やってみたらいいんじゃないの。まあ、頑張って」

「はい。ありがとうございます」

「もういいよ」

面接官は手を払うような動きをした。

「はい」

しばし沈黙が続いた。

横の面接官が「あ、ではこれで」と言い、さらに「面接は終わりましたので、お帰りください」と言ったので、私は立ち上がり、「本日はどうもありがとうございました」と大きな声で挨拶して帰った。

あまりに落ちるので、大学のキャリア支援センターに行って、模擬面接をしてもらった。対応した職員は、エントリーシートの書き方もマンツーマンで教えてくれた。私は何回も相談に行った。四回生の秋ごろ、薄い冊子を渡された。開くと、アンケートみたいに質問がたくさん並んでいた。忘れ物が多いですか、音が気になって集中しにくいことがありますか、人の話を遮って発言してしまうことがありますか、三人以上での会話が苦手ですか……。NHKの番組で、以前「発達障害」のことをやっていた。その内容と共通していた。自分は発達障害なのだろうか。

翌週行ったとき、対応したのは若い女性職員だった。

「あなた自身が何か困っていたら、病院を紹介することができますよ」

彼女は笑顔で言った。

「あなたが希望するかどうかで、決めてもらっていいですよ」

「行ったら、どういういいことがありますか」

「それは人によるんだけど。あなたは、どんなことがあればいいと思う」

「就職が決まればいいと思います」

「就職のことが、あなたにとっては今一番困っていることかな」

「そうです。私は発達障害ですか」

「え……」

一瞬目を逸らせて、またこちらを見た。

「自分で発達障害かなと思うようなことが、これまでにあったのかな」

「はい。先週受けたテストの質問項目が、NHKで見た発達障害の特徴に当てはまっていました。発達障害かどうかを調べるテストですか」

「そういうことも、それ以外のことも、自分を知るきっかけになるといいかな、というような」

「自分のことを知りたいです。テストの結果はどうでしたか」

「診断的なことはお医者さんじゃないと言えないので、発達障害があるとかないとか、そういうのは言えないんだけど、もし、そういうことについて知りたいなと思ったら、家で親御さんと相談してみてもいいのかなって思うよ。どういう医療機関があるのか、紹介っていうんじゃなくて、電話番号なんかの情報提供ができるので」

「はい。それで、テストの結果はどうでしたか」

「診断みたいなのは言えなくて」

「診断じゃなくて、先週やったテストの結果はどうでしたか」

相手の眉間にわずかに皺が寄る。そのまま笑みを浮かべ、「気になるかな」と言った。

「はい。結果はどうでしたか」

「あの、はっきりとした傾向っていうか、そういうのではないんだけれど、わりと、人とのコミュニケーションというのかな、人の気持ちの細かいニュアンスみたいなのを読み取るときなんかに、こう……戸惑ったりというか、そういうことはこれまではどうだったかな」

「つまり、空気を読めないという検査結果だったけど、自覚はあるのかどうかという意味ですか」

「あ、いや空気が読めないとか、うーん……そう言われて、嫌な思いしたことがあるのかな」

どうやらこの人は、自分の言葉の最後を質問形式にすることによって、こちらの質問には答えないようにしているふしがある。なにか理由があるのだろうか。今度別の曜日に出直してみよう。きっと別の職員が対応してくれる。その人も同じ感じであれば、部署全体の方針なのだろう。

後日出てきたのは、四十歳ぐらいの女性職員だった。エジプト壁画の人物みたいにアイラインが太くくっきりしていて、香水の匂いも強かった。

「アンケートの結果からすると、感覚過敏とか、集中の困難とか、そういうので困ることはないみたいね。問題は人とのコミュニケーションだと思う。そこは、もしかしたら独特のぎこちなさがあるかもしれない」

「ぎこちなさとは、どういうことですか」

「多くの人が、なんとなく察し合っているニュアンスとか、暗黙の了解とか、そういうのを察するのが苦手な可能性はあると思う。もっと専門的に調べてほしいとあなたが希望するなら、病院を紹介するけど、どう？　行きたい？」

「行って治って就職が決まるんだったら行きたいです」

「まず第一に、そういう傾向があるかどうか自体が、まだはっきりしないわけだけど、もし仮に傾向があった場合でも、それは治すものではないと思ってほしいのね。自分の持っている特性として理解して、その上で、実際に就職が決まりやすくなるために、なにを工夫したらいいのか、そういうことを探るヒントは、病院で見つけられるかもしれない」

「じゃあ、病院に行きます」

病院を紹介してもらって、私はすぐ電話をした。予約を取ろうとしたけれど、受診は半年待ちということだった。半年後にはもう卒業している。結局予約は取らなかった。就職活動もやめることにした。働かなくても生きていけるからだった。

両親は二十年前に阪神淡路大震災で亡くなった。借家は全壊した上、焼失したそうだ。両親ともに高額な生命保険に加入していた。母が保険会社で働いていたことと関係あるかもしれない。どういう事情かは分からないが、母自身が複数の生命保険に入って、父を受取人にしていた。父は個人で塾を経営していたと聞いている。

全く覚えていないが、三歳だった私は、養護施設からいったん埼玉の母方祖母に引き取られ、祖母に認知症があることが分かって、施設に戻された。元の施設にはすでに空きがなく、結局、東京都の養護施設に入所することになった。祖母は私が中学一年のとき亡くなった。それまでに会ったことはなかった。祖母の弟の判断で告別式は行われなかった。高校を卒業して施設を出るとき、職員が把握していることは全部教えてくれた。

生命保険金の存在は子どもの頃から知っていた。相続した預貯金のある子どもが親戚の誰にも引き取られずに、ずっと施設で育つケースは珍しいみたいだった。誰かにそうはっきりと言われたわけではない。でも、成長するにつれて、周りの子たちには財産がないことは、自然と認識された。

不思議なことに、施設には、親が存在している子が多かった。誕生日やクリスマスに親と面会する約束をしては、しばしばすっぽかされていた。二段ベッドの上段から、落ち着かない様子で寝返りを繰り返す音や、歯を食いしばるようにして泣く声を、私は本当によく聞いた。

中学生になると、みんな次々と彼氏や彼女を作った。学校のクラスメイトと比べて、そういうのが早かった。同室の子たちは彼氏のプリクラを見せてくれた。たいてい、二人で身を寄せ合った写真の上に、「ずっといっしょ」などの手書き文字が重ねられていた。

施設では、小学校の高学年から女子だけ洗濯を自分でする決まりになっていた。ブラジャーをつけ始めるタイミングは互いに筒抜けだった。私は施設職員と相談して、一緒にスーパーの二階で買った。高校三年のとき、これも職員と相談して塾に通い始めた。その年は行きたい大学に受からなかった。浪人の一年間だけ、そのまま施設にいさせてもらえればよかったのだが、そういうわけにはいかなかった。そこで、やはり職員と相談して予備校付近にアパートを探し、三月末に段ボール箱とともに引っ越した。

いったん就職活動を止めてみたら、なぜ自分が就職をしようとしていたのか分からなくなった。私はすでに計算していた。あとだいたい六十年生きるとしたら、使えるお金は年間約百五十万円になる。あの大学職員、私の質問に答えない方の職員が言っていた。「あなた自身が困っていたら」と。三回生の後期、皆が就職活動を始めたから私も始めた。よく考えてみれば、世の中の大半の人は、働かずに結婚もせずに一生を過ごすことはできないのであった。


九月のある日、通所施設の人たちと一緒にブドウ狩りに行った。去年はこういう行事が水曜日に当たったことは一回もなかった。今日は、大学四回生だという女の子も一緒だった。彼女は移動の車中で話しかけてきた。

「あの、初めまして。私、火曜日にいっつも来てて」

「卒論のためですか」

「はいあの、同じゼミですよね。三木さんのこと先生から聞いてて」

その子の今日の担当は、ズボンの中に手をずっと入れている小久保さんだった。彼女はワンレングスの黒い髪をポニーテールにしていた。ピアスの穴があったけれど、今日は何もつけていない。小久保さんはずっと笑顔で、ズボンの中の手をさかんに動かしていた。

「あの、三木さんの卒論読ませていただきました。先生から参考にするよう言われて。私、知的に障害がある方の自我をテーマにしようと思ってるんです。また色々教えてください」

「知的に障害がある方の自我ですか。私はよく分かりません」

「え、でも三木さん、そういう内容で卒論書いてますよね」

「内容はだいたい先生が考えてくれました」

私は四回生のとき、ある本を元に卒論を書いた。教授の研究室で壁の蔵書を眺めているときに、たまたま目に留まったのだ。『自分というものの成り立ち』というのが、その本のタイトルだった。

読んでみると、中身は、知的障害を持った人々の自我について書かれた発達心理学の論文だった。私は滅多に本を読まなかったし、大学に入ってからは勉強もほとんどしなかった。他の本を読むのは面倒だったから、それをそのままテーマにした。先生が実習先として施設を紹介してくれたから毎週通った。休まずきちんと通ったけれど、何を書いたらいいか全然分からなかった。私には、なんらかの問題を提起して、それについて自分なりの考えを論じるということができないようだった。本も、結局のところ何を言っているのか次第に分からなくなっていった。一文字も書かないいま年が明け、先生からメールが来て、最後にはほとんど全部先生が考えてくれた。先生は五十歳ぐらいの女の人だった。

「三木さん、自意識の発生について書いてましたよね。子どもの発達段階にそって……書いてましたよね？定型発達の場合、親からの眼差しがだんだんと心の中に取り入れられていって、自分を見る自分が作られるっていう」

「だいたいそうだったと思います」

「……え、書いてましたよね、三木さん、あの……」

所長が助手席から言った。

「三木さんは、今日は岡さんに付き添ってね」

「はい分かりました」

ブドウ棚の下を皆で歩く。客は他に誰もいなかった。頭上には紙の袋がまばらに下がっていた。

ビニールシートの上に岡さんを座らせる。靴は私が脱がそうと思った。彼女の正面にしゃがんで、靴のマジックテープをバリバリ剝がす。岡さんはじっとしていた。一瞬、笛の音のような細い声が聞こえた気がした。岡さんの顔を見る。私を見ているみたいだった。唇がいつもと同じように動いている。耳を近づける。声は聞こえない。また顔を見る。視線は私に向いていた。私は目を逸らせなかった。ふと、相手の黒目に自分が映っているのに気付いた。岡さんの顔を見る。そこに表情は浮かんでいなかった。黒目を見る。また顔を見る。何度かそれを繰り返した。私は思った。もしかしたら岡さんも、私ではなくて私の眼球を見ているのかもしれない。濡れて光る黒いものを。本当はどうなのだろう。岡さんに質問をして答えを聞くことができない。

うつむいて、靴を脱がす作業に戻ろうと思ったけれど、やっぱりやめてマジックテープを留め直した。自分も隣に腰を下ろす。マユミさんが紙の袋をいくつか持ってやってくる。一つ受け取る。紙を取り除くと、紫色の実が隙間なくついていた。岡さんの膝の上に置く。岡さんは、指先で一粒取って口に入れた。口の中が動いているのが分かる。私は黙って見ていた。彼女は指先を口に入れ、皮を出した。ザルの中に捨てるよう手首を誘導したら、ちゃんとそうした。それから、勢いよく手を行き来させた。

手の動きが速い。どのぐらいの量を食べるのだろうか。私は立ち上がって、近くのブドウを切り取り、岡さんの横に待機した。全部食べたところで、すばやく次の房を差し出す。よく見ると、大きな粒から選んで先に食べているみたいだった。手が口とザルと房の間をぐるぐる回る。私はその動きに見入った。次のをそろそろ取ってこよう。

何度目かに腰を浮かした時、声が掛かった。

「それぐらいにしておこうか、岡さん」

目を上げると、マユミさんだった。

「あまり食べすぎると下痢するかもしれない」

私は岡さんを見た。それから言った。

「それぐらいにしておこうか、岡さん」

彼女の手のスピードは変わらない。

「じゃあ、これ食べたらおしまいにしとこっか」

マユミさんはそう言って立ち去った。

帰りの車で、小久保さんに付き添っていた女の子が、私に身を寄せるようにして小さい声で言った。

「こういう行事をする意味ってなんなんでしょう。利用者さんたち、意味分かってるんでしょうか」

「意味？　なんの意味ですか？」

「あ、いや、なんでもないです」

「行事の意味は何かってことですか」

助手席に座っていた所長が、顔をこちらに向けて言った。

「岡さん、今日すごく楽しそうだったよ。すごくいっぱいブドウ食べて」

「あ、はい、あの」

女の子は掌で左腕を擦りながら、視線をあちこち動かした。所長の目には岡さんが楽しそうに見えたのだろうか。実際、岡さんは楽しかったのだろうか。すごくいっぱいブドウ食べていたのは事実だ。小久保さんも、ズボンの中で、すごくたくさん手を動かしたと思う。ブドウを食べたかどうかは知らない。

翌週、いつものように施設へ行くと、岡さんは、テーブルの端の席に座ってじっとしていた。あのあと下痢したのだろうか。

「今日、岡さん美容院に行くから、付き添ってくれる？」

マユミさんが言った。

「カットとパーマで予約してあるから」

二人で坂道を五分ほど降りていく。岡さんの掌は柔らかかった。私の手を握り返してはいなかった。歯科医院の隣に美容院はあった。施設の人は全員ここを利用している。中年の女性が一人で床を掃いていた。他に客は一人もいない。

女性は私に質問した。

「パーマはどんな風にします?」

まっすぐ私の顔を見ていた。

「どんな風というと……」

「そうですね、全体的にふわっととか、毛先ワンカールとか」

「私は付き添いなので分かりません。施設に電話して聞きましょうか。パーマを予約した人が誰か分かれば、その人に聞けると思います」

「いや……まあ、前にかけたのが少し残っているし、同じ感じにさせてもらいましょうかね」

鏡の前で岡さんはじっとしていた。

岡さんを連れて帰ると、マユミさんが「岡さん、かわいくなったね」と言った。そうだろうか。色々な方向から見る。私はそう思わなかった。頭部が今までよりも膨らんで大きくなっただけだと思った。かわいくなったね……この言葉は岡さんへの話しかけなのだろうか。所長もそうだが、言葉を理解しない人に話しかけるのはどうしてなのだろう。理解する人間が一人でもその場にいることが、彼らを喋らせるのだろうか。もしそうなら、誰もいないときには、無言で利用者さんに接しているのだろうか。岡さんにパーマをかけさせたのは誰の意思なのだろう。前に所長が言っていた。「成人の障害者に子どもみたいな服を着せたり、年齢に合っていない髪型をさせたりする施設がある。そういうのはおかしい」と。ここでは、利用者さんはみんな苗字にさん付けで呼ばれている。岡さんは成人女性だから髪にパーマをかける。成人男性は別にかけなくていいようだ。

十月には遊園地に行った。

遊園地では、別の通所施設の人たちと合流して一緒に遊んだ。「ひまわり」という名の施設だった。私が毎週来ているところが「あさがお」だから、所長が運営する姉妹店みたいなものだろうか。

「元気そう」「髪切ったの」お互いの職員が、相手の施設利用者さんに話しかける。話しかけられた方の職員が、「すごく元気だもんね。この前すごかったんだよね」などと言う。職員は皆笑顔だった。利用者さんたちは皆真顔だった。

ひまわりの利用者さんの中に、色が白くてとてもきれいな顔をした若い男性がいた。時々インターネットで見る球体関節人形によく似ていた。ひまわりの女性職員が二人、男性の両脇で微笑んでいる。男性の髪は茶色くて、全体的にカールしていた。これは美容院でしてもらったのだろうか。これならかわいいと私も思う。

「パーマですか」

私は質問した。

「天然なんですー」

女性職員がニコニコしながら答えた。

「髪の色も元からこうなんですー」

もう一人の職員も笑っていた。嬉しそうだった。

「ねー。タカオ君」

「タカオ」は苗字だろうか。下の名前だろうか。私はまた質問した。苗字とのことだった。やはり姉妹店かもしれない。

ジェットコースターでは、タカオ君は私の一つ後ろの座席に座り、動き出す前から鉄の棒を握っていた。全身が病気みたいに震えているのが分かった。顔は強張っている。隣に座った女性職員が、「震えてる」と目を細めた。

ジェットコースターに上半身を揺さぶられながら、私は体を捩じって何度も後ろを見た。タカオ君が歯を食いしばり、目を見開き、拷問に耐えている人みたいになっている。時々、歯茎と唇の間に空気が入り、唇が広げられた。隣の女性職員は、眉をハの字に下げながら、「タカオくーん」と笑っていた。とても楽しそうだった。タカオ君は、声を持たない人なのか、何も音を発しなかった。

今度はバイキングに乗った。タカオ君は嫌がらなかった。また私の後ろで鉄の棒を握って震えた。皆がタカオ君を見て楽しんだ。

それから全員でフードコートに行った。混んでいたので、私たちはばらばらに座った。あさがおの男性利用者さんの中に、唯一たまに叫ぶ人がいて、私はその人と一緒に座った。名前は「岸田さん」と言った。背が低くて色が黒かった。岸田さんの家も金持ちなのか、家が大きくて、庭に石の灯篭があった。岸田さんは十秒に一回ぐらい立ち上がったとき、短い呻き声を上げ、座って食事を続けた。何度目かに立ち上がったとき、割り箸を一本落とした。絶望みたいな叫び声がフードコートに響いた。私は周囲にグルグル目をやった。お箸が置いてある場所は遠かった。この人から離れて取りに行っても大丈夫なのだろうか。岸田さんは一瞬座って、また立って叫んだ。私はとっさに、残った一本を岸田さんの手から奪って二つに折って戻した。彼はすぐ食事を再開した。うどんはつかみにくそうだった。苦労しながら食べ、さっきよりも頻繁に立ち上がって鋭く叫んだ。周りの人たちは最初だけちらちら見た。視線を感じて私がそちらを見ても、どういうわけか誰とも決して目は合わない。そのうち、誰も岸田さんの叫び声を気にする様子を見せなくなった。

帰りはまたワンボックスカーに乗って、いつもと同じように一人ずつ自宅に送った。利用者さんたちは遊園地は楽しかったのだろうか。タカオ君は間違いなく、これからもあそこに連れて行かれるだろう。私はただで遊具に乗れたから楽しかった。


私は二週間に一度、若者サポートセンターでカウンセリングを受けていた。

担当のカウンセラーは三十歳ぐらいの小柄な女の人だった。

初めて来たとき、カウンセラーは私と一緒に面談室に入り、こちらがソファーに腰かけるのを無言で見ていた。私は自分がどこに座るべきなのか分からなかった。

「どこに座ったらいいですか」

「あなたが座りたいところに座ったらいいですよ」

就職活動のとき学んだことをヒントにして、ドアに近い側に腰掛ける。

カウンセラーは正面に腰を下ろし、面談が五十分間であることと、その間なにを話してもいいことを説明して黙った。やはり自分が何をしたらいいのか分からない。沈黙の中、相手の顔を見る。相手も私の顔を見ていた。

私は言った。

「大学のキャリア支援センターというところで、ここを教えてもらいました。卒業したら申し込んだらいいって言われたので、そうしました」

カウンセラーは頷いた。私の話に続きがあると思っているようだった。

申し込みは十日ほど前に電話でしていた。電話に出た人が「相談ですか」と言ったので、「はい」と答えた。ここには具体的にどんなプログラムがあるのか、私は知らなかった。若者を無料でサポートしてくれる場所だということだけ分かっていた。

大学のキャリア支援センターでは、模擬面接とか、自己アピール文の書き方とか、やることがはっきりしていた。そういえばあそこで、「人の気持ちのニュアンスを読み取るのが苦手」と教えてもらったのだった。苦手ではない人はこういうとき、自分がどう振る舞えばいいのかを即座に読み取るのかもしれない。「五十分間、何を話してもいい」と言われたことをヒントに考えた。何か話してほしいという気持ちを読み取ればいいのだろうか。

私は、大学の時に就職活動がまるでうまくいかなかったことを話題にした。大学の職員にエントリーシートの添削をしてもらい、模擬面接をしてもらったことを詳しく話した。カウンセラーは頷きながら聞いていた。ところどころ、「その会社を受けることにしたのは、なにか思うところがあったのですか」「どうなればいいとあなたは思いましたか」などと、質問を挟んで話を膨らませた。

卓上のデジタル時計が四十七分を表示したとき、「これから続けて来て相談したいですか」と尋ねられた。

「来た方がいいですか」私も質問した。「あなた自身が来たいかどうかによって決めてもらったらと思いますよ」カウンセラーは言って黙った。私は「じゃあ続けて来ます」と答えた。カウンセラーが二週間後の同じ時刻を提案したので、私は「はい分かりました」と答え、五十一分が表示される前に立ち上がった。

いつの間にか毎回の面談は、二週間の活動を報告する場みたいになった。このカウンセラーは検査用紙を出してきたりはしなかった。私の方からも、大学の時になんらかの検査を受けさせられたことは言っていない。ここは就労を支援するための施設のはずだが、就職活動を私が全くしていないことについて指摘されることもない。カウンセラーはただ私の話を聞き続け、時々質問をする。

遊園地に行った翌週、私はそのことを報告した。

「三木さんは、それを見てどう思いましたか」

カウンセラーは尋ねてきた。

「それとは？」

私は聞き返した。

「その男性利用者が震えていて、周りの人が笑っているのを見て、どう感じましたか」

「笑うぐらい面白いんだなと思いました」

次の質問を待つ。

カウンセラーは何も言わなかった。こういう場合、私はいつも話の続きに戻った。面談室のソファーはとても座り心地がよかった。一回五十分のカウンセリングは、まるで「徹子の部屋」にゲスト出演しているみたいだった。

その次の回、カウンセラーは言った。

「三木さんがもし希望したら、ここでやっている同世代のグループを紹介できるけど、どうしますか？」

「グループとはなんですか」

「毎週二回、もう少し広い部屋で何人か集まって、フリートークしたり、一緒にゲームをしたり、そういう活動をしているんです。いきなり就労を目指すよりも、まずは、人と一緒に活動する機会を持ってみて、そういう場に慣れていくというのもいいんじゃないかなと」

　私はもうここに七か月通っていた。障害者の通所施設にボランティアに行っていることも、公民館の手話教室のことも、不登校児の登山イベントのことも話した。前回、施設の皆で遊園地に行った話もしたばかりだった。カウンセラーは私の話に興味を持っているみたいに見えていた。どうして「人と一緒に活動をする機会を持ってみて」などと言い出したのだろう。

「先生は、私がそういう機会を持ってみたらいいんじゃないかと思うのですか」

「あなたが機会を持ちたいかどうかで決めてほしいと思っていますよ。そこが大事だから」

「先生は、私にはそういう経験が足りていないから、そういう場を紹介したいと思ったのですか」

　カウンセラーの目が光った。

「今、グループを紹介されたことで、あなたは自分の経験不足を指摘されたと感じて、恥を掻かされた気持ちなのかもしれませんね」

「経験不足を指摘したんですか」

　カウンセラーは黙って私の顔を見た。

　私もカウンセラーの言葉を待った。しばらくして、何も答えないつもりだということが分かった。それで、私は会話のキャッチボールの順番を飛ばして、また自分が喋ってもいいのだろうと判断した。


「私はこの七か月間、自分がボランティアに行ったり、手話教室に行ったりしていることを話してきました。いま先生は、人と一緒に活動する機会を持ってみて、と言いましたが、もしかして、先生は私が今までしてきた話を記憶していないのではないですか。私の時間の前後にも他の相談者の話を聞いているから、いちいち覚えていないとかですか。五十分間インタビュアーのように振る舞って、その時間が過ぎたら忘れているんじゃないですか」

　カウンセラーは沈黙した後、ゆっくり言った。

「あなたはそう思うんですね」

　それだけだった。私は何か言おうとして口を開いた。でも言葉が出てこなかった。自分が空白になったみたいだった。

　しばらくしてから質問した。

「実際はどうですか」

　カウンセラーは言った。

「私が三木さんのことを大事に思っていないんじゃないかと感じて、傷ついたのでしょうね。私にとって三木さんが、大勢いる相談者の一人に過ぎないんじゃないかと感じて、それが耐え難いのかもしれませんね。きっと、私は三木さんにとって、とても大事な存在なのでしょうね」

「大事な存在かどうかは分かりません。私が今まで話してきたことを先生は覚えていますか」

「三木さんが一生懸命話したことを、私がもしも覚えていないとしたら、それはあなたにとって、とても悲しいことなのでしょうね」

「いま特に悲しさはないように思います。先生は私が過去にした話を覚えていますか」

またカウンセラーは黙って私の顔を見つめた。

時計を見ると、あと二分で自分の時間が終わるのが分かった。私は鞄を摑んだ。この人も相談者からの質問には答えないタイプなのかもしれない。別のカウンセラーに変えてもらった方がいいだろうか。そういえば、さっきの質問、グループを紹介してほしいかという質問に、私はまだ答えていない。ここのプログラムはすべて無料のはずだ。

「さっき、グループを紹介できると先生は言いましたね。紹介してほしいです」

「分かりました。今日の十三時からありますが、さっそく参加しますか」

「はい、します」

「では、十三時にまた来て、受付で初参加だと言ってください。私からは事前に担当者に話しておきます。それではまた二週間後の同じ時間に待っています」

「はい。ありがとうございます」

私はいつも通り、時間ぴったりに部屋を出た。グループに参加するまで二時間ある。建物を出ながら思案した。どこで時間を潰そう。顔を上げるとデパートがあった。

十三時五分前に戻った私は、今まで行ったことのない廊下の奥に案内された。制服を来た女の人が一緒に歩いてくれて、ドアも開けてくれた。

中は広くて、なぜかスタジオみたいに片面が鏡になっていた。板張りの床の上にパイプ椅子がたくさん置かれている。座っている人は数人いた。

一人だけ若くない人がいる。太ったおばさんだった。その人が私に頷きながら微笑みかける。このプログラムの先生だろうか。

時間になると先生が立ってドアを閉める。私と同世代の男女が、私を入れて五人だった。

「今日から新しく入った人がいますので、まずは皆さんが自己紹介をしてください」

皆が私と目を合わせ、微笑みかけながら挨拶をする。大学のときクラスの女子学生に連れて行かれた新興宗教のセミナーに似ていた。私は四人全員に頭を下げて「よろしくお願いします」と言い続けた。

先生はここのルールを説明した。自由に話したいことを話しましょう。黙っていたい人は無理に話さなくても大丈夫です。聞くだけの参加もＯＫです。誰かが話しているときは、途中で遮ったりせずに、皆でその人の話に耳を傾けましょう。どんな考え方、感じ方もその人のものですから、決して否定しないでください。賛成できなくてもいいんです。その人にとってはそうなんだな、という風に受け取って、聞きっぱなしにしてください。それから、ここで聞いたことは、この時間が終わったら、全部ここに置いて帰りましょう。お互いに、ここで聞いたことは秘密です。

　いっぺんに言われて、ルールを覚えきれなかった。先生は私の方を見て言った。

「今日は、聞いているだけでもいいですよ。皆が話しているから自分も話さないといけないということはありません」

　つまり、今日は聞いているだけにしてくださいという意味だろうか。私は声を出さないよう意識しながら頷いた。

　口火を切ったのは、前髪をまっすぐに切り揃えた女の子だった。黒くてフリルの多い服を着ていた。

「あ、あたしから喋っていいですか。昨日、また夜に苦しくなって、切ってしまいました。そういうことをする自分がすごく嫌です。正直、自分はいない方がいいんだろうなと思っています。そういうことを言うと、怒られるので口に出さないようにしていますが、はっきり言って、いつも思っています。ここでも本当は、みんなにうざいと思われていると思います。そう思うなら来なかったらいいのにと思われていると思います。今も、初めて来た人がいるのに、いきなりこういう話して、空気読めよって自分でも思います。でも、はっきり言って、それが自分だし、それが……えっと、なに言ってるのか自分でもよく分からないけど、あ、ちょっと……ごめんなさい、どうしよ、なに言ってるのか、あ……ごめんなさい」

　女の子は自分の顔を手で扇いだ。先生が、「ゆっくり話したらいいですよ」と言ってから、私の方を向いて、「大丈夫かな」と聞いた。

「はい大丈夫です。黙って聞いてるので、どうぞ話してください」

　私が女の子を見て言うと、彼女はスッと頬の肉を下げ、「あ、もう大丈夫です」と言った。彼女は「思う」という言葉を随分たくさん使った。

　すぐ別の人が話し始めた。髪の長い女の子だった。

「いない方がいいっていうのは、私も思ってしまうことがあります。でもそれを口にすると、そんなことないとか、そういうこと言うなとか、励ましてくる人って結構いるけど、たぶん悪気ないと思いますけど、でも、いない方がいいって感じているのは事実なのに、そんなことないの一言で全否定されて、抑えつけられるというか、そんなの人から言われて、そうかって思えるんだったら苦労しないっていうか……なんか皆ほんっとに全然分かってないと思います」

皆、頷きながら黙って聞いていた。私も縦に顔を振った。この人も「思う」という言葉を多めに使う。

何人かが話したあと、先生が、「話したいけど、まだ話せていない人いるかな。三木さんは、どう」と言った。

「私も自分がいない方がいいと思っているかどうかですか」

皆が優しい顔で頷く。

「いない方がいいということはないと思います。いたら、服や食べ物を消費するから経済効果があるし、でも、死んでも葬儀会社の儲けになるから、どちらにしてもプラスになると思います」

全員なにも言わず顔を縦に動かした。

「だから、さっき話してた人、自分なんていない方がいいと言ってた人たちも、いてもいなくても、どっちでもそんなに変わらないと思うから、気にしなくていいと思います」

「他にも話したい人はいるかな」

先生が早口で言った。

声を出したのはメガネをかけた男の子だった。乾燥した皮膚が粉をふいている。

「同世代のやつらが、どんどん進んでいくのに、自分は何やってんだろうとかは思います。社会の役になんにも立たずに、このまま歳を取っていくのかなと思うと……」

また皆が首を縦に振った。私もそうした。私には、こういう男子が家に引きこもっているのはそんなに悪いことではないように思われた。ひきこもりの人が、もしも次々と積極的に社会に出て行ったら、多分、仕事の数が足りなくなる。就職活動のとき、一つの仕事に群がる学生の数はずいぶん多かった。それに、こういう男子の中には、女子に好かれることがなく、性欲を持て余している人がたくさんいるような気がする。そういう人は、できるだけ外に出ないで、どんどんインターネットの動画を見て、ホルスタインの搾乳みたいに、精子をコンスタントに出した方がいいと思う。いずれ歳を取って性欲が衰えるまで、自分を部屋の中に閉じ込めておくことで、社会に貢献していると思う。

私はだんだんこのグループのルールが分かってきた。自分はいない方がいいとか、自分は何をやっているのだろうとか、自分についてダメ出しするような話をしたらいいのだ。話すことでどんないいことがあるのかは分からないけれど、それはまた今度聞いてみよう。

私は毎週月曜日にグループへ行くことにした。カウンセリングは予約の前日に電話でキャンセルした。デパート内をうろうろするのはいいけれど、二時間挟んで午前と午後の両方予定があるのは、ちょっと長くて疲れる。

グループに行く日は、昼にうどんを煮て食べた。帰りはスーパーでパンを買った。私はだいたい毎日うどんを食べる。水道水と濃縮だしを鍋で加熱して、ときどき溶き卵も入れた。飽きたらラーメンにした。大学の時は、学生食堂で昼か晩に定食を頼んだら自然に野菜が摂れたけれど、今はあまり食べていない。

寒くなって、私はユニクロのダウンを着て、あさがおへ行くようになった。手話教室は、教えてくれていた三十代ぐらいの男の人が病気療養のため休止中だった。前に自分で「うつ」だと言っていたから、たぶん、うつが悪くなっているのだろう。冬は登山などの行事が少ないから行くところがあまりない。それで、私は月曜日と木曜日の両方、グループに参加することにした。

ある日、あさがおから帰ったら、アパートのポストに手紙が入っていた。封筒は若者サポートセンターのものだった。

うどんを煮ている間に封を開ける。白い便箋が入っていた。手書きの文字がしたためられている。差出人は、あのカウンセラーだった。

「前にキャンセルされてから二か月経ちますが、いかがお過ごしでしょう。また予約が入るのを待っていましたが、ご連絡がないので、お手紙を送ることにしました。もしよかったらカウンセリングに来なくなった理由を話しに来ませんか？　なにか思うところがあったのではないかと想像しています。たしか、最後に来たとき、私の方からグループへの参加を提案しましたね。もしかしたら、そのことで三木さんは私から見放されたように感じたのではないでしょうか。私が、これからはもうカウンセリングではなくてグループの方に行けばいいと考えているように、三木さんは感じたのではないですか。そういうことについて率直に話していくのがカウンセリングではとても大事です。もし、またカウンセリングを再開しようと思ったら、いつでも予約を取ってください。ただ、申し訳ないのですが、前に三木さんが来ていた時間とは別の時間を取ってもらわなければなりません。そのことについても、思うところがあれば自由に言ってもらえればと思います。それでは、寒い日が続きますのでご自愛ください」

この手紙を普通、人はどう読み解くのだろうか。私は考えた。つまり、あのカウンセラーは私のことを見放そうとしたのだろうか。その後、気が変わったのだろうか。それとも、見放そうなんて思ってないということを言いたくて、わざわざ手紙を書いたのだろうか。それはなぜだろうか。全体的に、あの人のカウンセリングでは、見放すとか、大事に思っているとか、そういうことを話すのが重要みたいだ。グループの場合と少し似ている。グループでは、自分なんていない方がいいということを話すのが重視されているようだから。若者サポートセンターは就労支援のための施設だと思っていた。大学のキャリア支援センターの人が勧めてくれたから。でも実際は、絆とか居場所とかそういうものを供給するための場所なのかもしれない。そういった施設を地方自治体が税金を使って運営する意味はなんなのだろうか。なにかきっと考えがあるはずだ。そういえば、テレビで見たことがある。昔、新興宗教の団体が、居場所のない若者をたくさん勧誘して、使命感を植え付けて、テロや犯罪を起こさせたという。たとえば、性欲を持て余している人々に対して、社会全体が無料の性的コンテンツを絶え間なく供給するのと同じように、誰からも必要とされず、なんの役にも立っていないと感じている人たちに、地方公共団体が居場所を与え続けているのだろうか。そうやって、社会の平和を維持しようとしているのだろうか。

気づくと部屋の中が焦げ臭かった。私は、スプーンでうどんを鍋から剝がすようにして食べた。

グループには少し前から新しい人が入っていた。彼女はクリスマスのことを話題にした。

「ここって、お互いラインとか交換して、外で会ったりするのＮＧなんですか」

その子は左手首にたくさん傷痕があった。冬なのに袖をまくって、掌で傷を揉むようにしながら話す。名前は「野田さん」と言った。今日は、あの黒いフリルの服の子も、半袖ニットを身に着けて、下腕に広がる傷痕を見せていた。彼女は「ミルさん」と呼ばれていた。苗字なのか下の名前なのか、もしくはニックネームなのかは分からない。

「私はそういうのはしたくないです」

ミルさんが眉を下げるような笑みを浮かべて言った。

「ここ以外の時間に立ち入られたくないっていうか、自分のテリトリーに入ってきてほしくないっていうか」

「あーごめんなさい、あなたと交換したいとか一言も言ってないっていうか」

野田さんはすぐ怒るみたいだった。ミルさんの顔が強張る。

先生が言った。

「ここだけで話して、お互いの連絡先なんかは、交換しないでほしいです。ここで話したことは、全部ここに置いていって、外には持って帰らないっていう、そういう場所にしてほしいかな。ごめんなさいね、野田さん。でも、知り合った人とラインでやりとりしたいっていう気持ちを持つこと自体は、とっても大事だと思うよ。それから、ミルさん。いま何か言おうとしていたのに、遮ってしまってごめんなさいね」

皆押し黙った。私が発言した。

「絆とかですか。繋がりがほしいとか思っているのですか」

「や、別に、あなたとも繋がりたいとか思ってないので。ていうか、けっこう空気読めない人だったりしますか。前から思ってたけど」

先生がまた素早く言った。

「人の性格とか人格そのもののことを言うのは無しにしましょう。お互い、そういうのは言わないというのがここのルールだからね」

「自分が空気読めてないいんじゃん」

ミルさんが小さい声で言う。野田さんが被せるように鋭く言った。

「ハア？　聞こえてるんですけど。てか、キモくないですか。ライン交換とかちょっと言っただけで、絆とか。キズナ、ハ。それに、そっちのお姉さん、なんて言ってましたっけ。テリトリー。テリトリー。すごいキモいってか、お前と友だちになりたいやつなんているわけないって自覚しろよ、ブサイクが」

先生が口を開きかけたけれど、他の人の方が早かった。

「てか、もう帰れよお前。邪魔なんだけど」

いつも頷きながら人の話を聞いている髪の長い子だった。野田さんを睨みつけている。

ミルさんの顔がまだらに赤くなっていた。太った男の子が身じろぎし、パイプ椅子の軋む音が響く。

「みなさん、ちょっといったん深呼吸しましょう」

先生が大きな声で言った。

「さて、今起こったことを、みんなでちゃんと受け止めて、ちゃんと解決しましょうね」

ミルさんがブサイクと言われたことについては、受け止めずに流した方がいいと思った。なにか別のことを話せばいいかもしれない。私は言った。

「野田さんは、誰とライン交換して、外で会いたかったんですか」

「ハア？」

「交換して外で会いたかったから、さっき、NGなのかどうか質問したんですよね。誰としたかったんですか」

太った男の子がニヤニヤしながら言った。

「や、いまそれ言う？」

「ミルさんと私とは、したくないんですよね。そしたら、あとの三人の中の誰かですか。恋愛的なあれですか」

ミルさんがまだら顔のまま「キモ」と言った。

「ハア？」

野田さんが、また言った。

先生が立ち上がった。

「今日はここまでにしましょう。時間も来ています。野田さん、ちょっと残れるかな。ミルさんも」

私は見学したかった。でも、残るように言われなかったので、仕方なく帰った。

次にグループに来てみたら、野田さんはいなかった。

私は質問した。

「野田さんはどうしたんですか」

ミルさんがうつむく。先生が言う。

「ミルさん、話してもいいですか？　はい。じゃあ説明しますね。野田さんとミルさんとで、前回あの後、話し合いの場を作りました。そのとき、野田さんから残念な発言があったので、私の判断でグループからは外れてもらいました」

「残念な発言ってなんですか」

「それは……ミルさん、言ってもいいですか」

ミルさんは黙っていた。

「三木さん、ごめんなさいね。気になると思うけれど、ここで言うことはできないです」

「分かりました」

野田さんがいなくなって、グループはまた平和になった。家に帰ってから考えた。あの二人にとって、誰かと友だちになりたいとか、なりたいと思ってくれる人がいるとか、そういうことは、たぶんものすごく大事なのだろう。


クリスマスイブの日、あさがおではパーティーをすることになった。その日は木曜日だったけれど、私も誘われたから行くことにした。グループは電話して休んだ。

午前中、スーパーへ買い出しに行った。今日は会ったことのないボランティアの人が来ている。きっと水曜日以外に来ている人たちなのだろう。遊園地のときみたいに、ひまわりの利用者さんたちも来るのかと思ったけれど、それはないようだった。

私は男性利用者さんの一人に付き添うことになった。ものすごく太っていて身長が百八十センチぐらいある、「佐藤さん」という人だった。今日は男子学生のボランティアが一人いたから、その人がついたらいいのに、と私は思った。でも、所長がその人に、「小久保さんについてくれる？」と言ったので、私は何も言わなかった。小久保さんは相変わらずズボンの中に手を入れていた。岡さんには、彼女と同じぐらい小柄な女の子がついていた。ブドウ狩りのとき小久保さんについていたポニーテールの子は、叫び声を上げる岸田さん担当だった。私は、自分がまた岸田さんの担当にならずにすんでほっとした。佐藤さんは、普段、目の前で右手をひらひら動かす以外、これといった活動のない人だった。

「じゃあレジのところで」

マユミさんが皆に言う。それぞれがペアになって散って行く。マユミさんは吉井さんに向かって「練習した通りに言えばいいからね。分からなくなったら、僕が続きを喋るから」と言いながら、ゆっくり歩いていった。

佐藤さんと私はお菓子担当だった。私がそちらへ歩き出そうとする前に、佐藤さんがフードコートに向かった。食料品売り場からどんどん離れる。私はちらちら後ろを振り返った。

佐藤さんはミスタードーナツのカウンターに真っ直ぐ向かった。若い男性店員がトレイに置こうとしたカフェオレのカップを掴んで　引っ張った。中身がこぼれて店員の手にかかる。

私の喉からは声が出なかった。

店員は、さっとカップを引いて、奥で新しいものを用意し始めた。私は佐藤さんの腕を取ってカウンターから離そうとした。ハムのように固い弾力のある腕は、びくともしなかった。佐藤さんは、店員が持ってきた新しいカップにも指を突っ込んだ。

「すいません。すいません」

声は出たけれど、震えているのが分かった。クリスマスイブのせいか、客は後ろに長い列を作っている。カフェオレを頼んだ客はスーツを来た女性だった。一歩離れて静かに見ている。店員も、口角を上げた表情で私から目をそらし、次のカップを用意しに行った。佐藤さんはトレイのドーナツを掴んで口へ運んだ。口からあふれたドーナツがこぼれる。女性店員が素早く新しい商品を取りに行く。

戻ってきた男性店員が持っている三杯目のカップにも、佐藤さんは手を伸ばした。静止しようと手首をつかむ。佐藤さんの方が強かった。指先がカップの縁にかかり、店員の手ごと大きく揺れる。

「弁償します。弁償します」

涙声になっていた。

「あ、いいです」

店員は私を見ずに早口で言った。もうどうしたらいいか分からなかった。並んでいる人たちが視界に入っていたが、顔を見ることができない。四杯目の用意が進む。

不意に佐藤さんは踵を返した。近くの席に向かうかと思われた。そこに座っている親子が動きを止める。佐藤さんはすぐ脇を通って食料品売り場の方に向かった。私は、ものすごく小さい声で「すいません」と繰り返し、頭を店員の方に向けたけれど、目を上げることができなかった。

佐藤さんの背中を見ながら、マユミさんの携帯に電話をした。指が震えてなかなか通話までたどり着かない。人がたくさんいて、クリスマスの曲がうるさい。

「あっ、マユミさん、あの、佐藤さんがたいへんで。私一人だとどうしたらいいか分からなくて」

「あーじゃあ、精肉店の場所分かるかな。そこに吉井さんと僕がいるから……でも、どうしようかな、連れてくるのは無理だよね」

「いや、なんとか連れていきます」

私は人の間から左手を伸ばし、佐藤さんの服を摑んだ。布地がピンと張る。大きな体が斜めにバランスを崩し、女性とぶつかった。佐藤さんが瞬発的な動きで女性の方に振り返って拳を上げた。女性の頭に当たりかける。

「危ない」

叫び声が響いた。

大柄なパンツスーツの女性が立ち止まっていた。他にも数人が全身を強張らせていた。ぶつかられた人は妊婦さんだった。佐藤さんの口のまわりにはドーナツのかけらがついていた。妊婦さんがよろけながらしゃがみ込む。大柄な女性が突進するように駆け寄った。佐藤さんが後ずさって、私にぶつかる。私は陳列棚に当たって転倒した。尻もちをついたはずみで両脚が宙に上がる。妊婦さんと至近距離で目が合った。眉根を異様に寄せたまま完全に固まっていた。大柄な女性が妊婦さんに覆いかぶさる。

「イー」という声が響く。佐藤さんが背後から羽交い絞めにされていた。顔がどす黒いぐらいに赤かった。背後の人が佐藤さんの手首を摑んで体の前に交差させた。マユミさんだった。

佐藤さんは押さえられたまま激しい呼吸を繰り返し

た。警備員が来て、二人で佐藤さんをしゃがませた。マユミさんの筋肉にものすごい力が入っているのが分かった。警備員も、二人の上から抱きつくようにして、全身で佐藤さんを押さえていた。誰かが私を助け起こそうとした。初老の女性だった。若い男性が鞄を拾ってくれた。「大丈夫？」

私は立ったが声が出なかった。妊婦さんは、大柄な女性に縋りながらすでに立っていた。

所長もいつの間にか来ていた。三人で佐藤さんを押さえ続けた。「あともう少し」マユミさんの声は落ち着いていた。

相撲の取り組みが長引いているみたいな時間が流れる。人だかりの中には、その場を離れる人も出始めた。足元に、崩れ落ちた調味料のビンが散乱している。

しばらくして、三人が一人ずつ時間を置いて立ち上がっていった。佐藤さんは座ったまま陳列棚にもたれ、荒い息をしていた。目は開いていた。

マユミさんは汗をぬぐい、私に「怪我してない？」と言った。私は頷いた。周りを見ると、妊婦さんの姿はなかった。

所長はそんなにペコペコ謝ったりはしなかった。マユミさんが調味料のビンを拾った。側に立っている吉井さんに、「これ、あそこに戻してくれる？」と言ったりした。

車中で私は出来事を反芻し続けた。最初に佐藤さんが腕を振り上げたのは、あの妊婦さんに服を引っ張られたと思ったからに違いない。ものすごくびっくりして振り払おうとしたのだ。

あさがおに帰ってから、私たちは予定通りパーティーをした。私は誰に何を言ったらいいのか分からなかった。マユミさんは、ボランティアの男子学生とバイクの話をしていた。佐藤さんも座って何かを咀嚼していて、いつもと変わらなかった。

翌年も私はあさがおに通い続けた。二月にマユミさんに聞かれた。

「春からは三木さんどうするの？」

「どうするとは、何がですか」

「いや、四月以降も来てもらえるのかなと」

「はい。私は就職も進学もしません」

「や、あ、そうなの」

マユミさんが、困惑したような表情になるのが分かった。

「私は四月以降ここに来ていいですか」

「え、そりゃもちろん。助かるよ」

助かると言われたから、私は四月からも来続けた。

ある夏の朝、朝起きてテレビをつけたら、緊張したレポーターの声が流れた。現場にはまだ被害者が多数残されている模様です。死傷者の数はいまだ不明です……。画面には、どこかの建物が映っていた。たくさんのパトカーが停まって赤色灯を回している。

パソコンを立ち上げる。インターネットのニュースには詳しいことが載っていた。未明、障害者の入所施設に誰かが刃物を持って押し入り、多くの入所者を殺傷したと書かれている。さっきレポーターが言っていたのは、刺されて亡くなった人が施設内にそのまま残されていて、どこにどれだけ遺体があるのか分からないという意味だった。

私は一日何もせず、ノートパソコンのモニター越しにテレビ画面を見て過ごした。時間とともに、インターネットやテレビの情報は変わっていった。

午後、容疑者はすでに出頭し拘束されているというニュースが流れた。テレビ画面に移送される男が映った。車内を撮影したものだった。男がカメラ目線で笑った瞬間、映像が止められる。画面は全体的に、やけに緑色だった。ライトが当たっている部分が白く光っている。容疑者は、以前その施設で働いていた若い男だった。仕事を辞めてしばらくしてから犯行に及んだとニュースキャスターが説明する。刃物を複数用意して施設に侵入し、就寝中の利用者を次々と刺していったという。

時間が経っても、まだ、施設内には遺体がそのままになっているようだった。私はうどんを煮た。ガスレンジの前に立って鍋を見張る。頭の中に、ベッドに横たわったまま目を開けて動かない人たちが想像された。それは岡さんの顔だったり佐藤さんの顔だったりした。遊園地のフードコートで割り箸を落とした岸田さん、股間をいつも触っている小久保さんの顔も浮かんだ。

容疑者は意図的に、意思疎通が図れない人を選別して刺したという。私は思った。吉井さんは急に話しかけられてもすぐに答えられない。「あ、あ」と言いながら男に襲われる場面が何度も浮かぶ。「吉井さんは感覚の認知に偏りがあるから」以前、マユミさんが言っていた。血が滲んだリンゴ。痛くはないのか。ぜんぜん、まったく痛みは感じないのか。たとえ死ぬほど刺されても。

翌日は水曜日だった。私は眠れないまま早朝に起きた。トイレに行くときユニットバスの敷居につまづいた。折り畳み式の扉が外れ、どこかが割れる音がした。いつもより一時間以上早く、あさがおに行った。ガレージから車がゆっくり出てくる。運転しているのはマユミさんだった。私にすぐ気付いて止まる。

「早いね。今から皆迎えに行くけど、一緒に来る？家で待っててもいいけど」

「行きます」

岡さんの家に着くと、マユミさんは門扉のインターホンを押してから敷地に入って行った。玄関扉が中から押し開けられる。中年の女性だった。母親なのだと思った。後ろに岡さんがいた。

女性はマユミさんを見た直後、私に気づき、反射的に「あ」と言いながら会釈した。

私もまた「あ」と言って会釈した。付け足すように「おはようございます」と挨拶する。

「早くしなさいって。早く。皆待ってるのに」

母親は何度も娘に喋りかけた。岡さんの顔を見て、「やっ」と小さい声を上げた。岡さんの目には目ヤニがたくさんついていた。急いで家に入ると、タオルを持って出てきた。母親は娘の頬を片手で摑み、タオルで目頭を強く擦った。乾いていてなかなか取れない。岡さんは顔をしかめ、仰向けにのけぞった。

母親は私の胸の辺りをチラチラ見ていた。

「もう。あんたは顔をちゃんと……」

小声で言いながら、歯を食いしばるような笑みを浮かべていた。乱暴にタオルを使う。私にも分かった。恥ずかしいのだ。娘の顔に目ヤニがついたままなのが。いつもは迎えに来るのがマユミさんだけなのに、今日は岡さんと同じ年頃の私がいて、側に立って見ているからなのか。

マユミさんが母親に声を掛ける。

「また向こうでウェットティッシュとかで取りますよ」

「あっ、ごめんなさい。待っておられるものね、みなさん。ほんと……」

車の中でマユミさんが言った。

「今みたいにお母さんが送り出すときもあって……今日は……」

それ以上言葉は続かなかった。

それから、男性利用者さんたちを順番にピックアップしていった。見送りに出てくるのは父親だったり母親だったりした。

「はい、いってらっしゃい」

「それじゃね」

皆、息子に向けて何か言葉で話しかけた。私のことを「この人は？」などと、マユミさんに訊ねる人はいなかった。私は「おはようございます」と、地面に向けてつぶやくように言い続けた。

最後に吉井さんだった。一人で玄関を開けて出てくる。閉めるとき奥に向かって「お母さん、行くよ」と言った。もう一度「お母さん」と声を出す。聞いたことのない大きな声だった。

「行くよ……うん、分かってる」

扉を閉めて、こちらを向く。

全員が揃い、車は山へ向かった。黄土色の建物が見えてくる。鉄製フェンスの横を車が進む。

一日、いつもと同じだった。ここにはテレビはない。マユミさんは何も言わなかった。所長が午前中に来た。佐藤さんを連れて散歩に出かけた。

アパートに帰ってから、ユニットバスの扉を持ち上げて、敷居の溝に入れ直した。小さい滑車みたいな部品が床に転がっていた。保管しておこうと思い、ベンチチェストの引き出しを開けたら中に手紙があった。前にカウンセラーからもらった手紙だった。取り出して読む。……もし、またカウンセリングを再開しようと思ったら、いつでも予約を取ってください。ただ、申し訳ないのですが、前に三木さんが来ていた時間とは別の時間を取ってもらわなければなりません……。

つまり、私が通っていた時間は、別の誰かの時間になっているという意味だ。養護施設でもそうだった。私の退所が近づくと、それまで私が使っていた窓際のベッドを誰が使うかで、年下の子たちがクジ引きをした。当たった子は「やったー」と言った。大学四回生のとき、本当は卒論提出を一年延ばそうかと思っていた。就職が決まっているわけではなかったので、誰にも迷惑は掛からないはずだった。もう一年、学生のままでいても全然かまわなかった。でも、先生がメールをくれて、毎週私一人のために時間を取ってくれた。私のことをものすごく気に掛けてくれて、卒論の「叩き台」まで書いてくれた。卒業が決まったとき、先生は「本当によかった」と言った。いなくなることで私は誰かを笑顔にできる。

翌日はグループだった。

メガネの男の子がうつむいて言った。名前は「藤井君」と言い、今は皮膚に粉をふいてはいなかった。

「事件のニュース、あれ見て怖くなって……今日もここ来るのに、すごい外に出にくかったです。近所の人にどう思われてんのか。ああいう事件……刃物持ってとか、そういうの起こすんじゃないかとか、そういうこと思われてんじゃないかとか。犯人のことニュースで色々言われてて……周りからしたら、自分も同じような感じだと思う」

沈黙になった。ミルさんが口を開いた。

「なんか、今回の事件って麻薬的なあれだったと思うから、あんまり自分に引き寄せて考えなくても」

「や、ちが、別に、そういうあれじゃなくて。自分もそういうことするかもとかじゃなくて、そういうことじゃなくて、ただ、周りからそう思われているんじゃないか、ってか、人の目が気になる的な」

つまり藤井君は、自分もそういうことをするかもしれないと思っていて、それが周りに見抜かれるのが怖いということだろうか。

私は質問した。

「普段、藤井君は、自分は社会の役に立っていないとよく話していますが、こういう事件のとき、自分も役に立っていないから殺されたらどうしようとは思わなくて、殺す側と同類と思われたらどうしようと思うのはどうしてですか」

皆が私の顔を見た。先生も。何人かが、私から目を逸らして先生の方を見る。

太った男の子が言う。

「犯人は、意思の疎通ができない人を選んで危害を加えたということだから、そういうことは僕は考えませんでした」

「いや、三木さんが言いたいのはそういうことではないですよね」

ミルさんが言う。

「普段、自分はいない方が世のためとかさんざん言っておきながら、本気ではそんなこと思ってなかったんじゃないかってことを言いたいんでしょ」

つまり、ミルさんは本気では思ってなかったということだろうか。

「ミルさんは」

私は声を出していた。また皆が見る。

「ミルさんは、自分はいない方がいいっていつも言ってて、それはつまり、いてほしいとか、必要だとか、そういうことを言ってほしいからですか。藤井君は、自分は世の中の役に立ってないって言ってて……つまり、役に立つと思われたいってことですか。ものすごく役に立つ人間だって、世の中の人みんなに思ってほしくて……だから、自分よりももっと役に立っていなさそうに見える人をこの世から減らすことで、自分は役に立つ人間の側に入れる、みたいに思うのですか」

藤井君が何か言う前に、先生が声を出した。

「他の人が何を思っているかを分析するための場ではなくて、自分がどう思っているかを話す場にしてほしいと思っています。三木さんは、今回の事件で感じていることがあったら自由に話してくださいね」

「はい分かりました」

「で、三木さんはどう思っているんですか」

藤井君が私の目を見て質問する。

「もしかして怒っていますか。さっき私が言ったことのせいですか」

「いや、だから……」

「てか、三木さん、なんでいっつも人に質問ばっかりするんですか」

ミルさんの声だった。

「自分の思いって、まったく何もないんですか。どうして人の心の中のことばっかり、いっつも、いっつも、いーっつも質問するんですか。自分が思ってることって、全然まったく、なんにもないの？」

息が荒かった。

「いまミルさんも質問をたくさんしましたね」

「ハア？　なんなの……」

「私はよく人から、ハとかハアとか言われます」

「いや、なんなの、この人。前から思ってたけど、なんか変じゃない？」

先生が何か言うかと思ったら、やっぱり言った。

「人の性格とか人格とか、そういうことについては言わないでほしいと思っています」

前聞いたのと全く同じセリフかもしれない。

「皆さん、深呼吸しましょう」

そのあとは、私は何も言わなかった。他の人もあまり語らず、沈黙が多くなった。誰かが何か話すときは、ちらっと私の方を見て、言い淀んだ。そういえば、私がこのグループに入ったばかりの頃は、皆もっと自由に話をしていたかもしれない。私はこのグループにいない方がいいかもしれない。

それからも、私は毎週水曜日、あさがおに行った。グループは行くのをやめた。二か月ぐらい経ったけれど、今回は手紙は来なかった。

夏が過ぎ、だんだん日が短くなった。

十月のある日、私は二十五歳になった。朝は食パンを食べ、昼はうどんを食べた。去年の誕生日は、あさがおの皆で遊園地に行った。ひまわりの人たちも一緒だった。あの日、フードコートで岸田さんが割り箸を落として叫んだ。残ったお箸を私が半分に折ってあげた。

夕方スーパーに行ったとき、シュークリームを買った。迷った末、カスタードクリームと生クリームの両方が入っている高級なものにした。

スーパーから帰ってアパートの郵便受けを開けると、宅配ピザの広告が入っていた。水回りのトラブル、不用品処分のチラシも。全部ゴミ箱に捨ててエレベーターに乗る。十八歳で養護施設を出て、生きていく中で私は知った。この世が「センター」で満ち溢れていることを。子ども家庭センター、男女共同参画センター、精神保健センター、福祉センター、若者サポートセンター……。養護施設に施設職員がいたように、大学には大学職員がいて、センターにはセンター職員がいる。面談室があって、相談員がいて、プログラムが実施される。現代の日本に生まれて本当によかったなあ。色々なセンターが私を支援してくれる。

次の水曜日、あさがおの皆と午後からお風呂に行った。岡さんの体を洗い、吉井さんも一緒に三人でお湯に入る。広い湯船だったけれど、なぜか私たちはいつも三人で固まって浸かった。たいてい私が真ん中だった。泡が湧き出て、水面が揺れ続ける。お湯の中で誰も声を発しなかった。私は、岡さんの乳首を何回も押したことを謝ることができなかった。

水曜日以外、私はあまり外に出なくなった。毎日テレビを見た。テレビは私にとって、社会に向かって開いた窓だった。

だんだん殺人事件のことが消えていく。年明け、画面からは「阪神淡路大震災から二十二年」というフレーズが流れるようになった。

一月十七日には、小さな器に火を灯す人たちの映像が映し出された。こたつに入って眺める。私には、震災ドキュメントの中に、とりわけよく覚えているものがあった。孤児になった男の子と女の子が大人になって結婚し、子どもが生まれて親になるという内容だ。二人は子どもの頃からずっと一緒に街頭に立って募金活動をしていた。並んで声を出す彼らの映像もあった。二人とも小学生ぐらいで、女の子の方がより幼かった。どうして、私のところには募金活動の案内は来なかったのだろう。関西から遠く離れた施設に入所したからだろうか。私が阪神淡路大震災について知っていることと言えば、テレビで放送されているような内容が全てだった。

翌朝、インターネットで久しぶりにあの殺人事件のコラムを見つけた。障害を持った人も、作業所でクッキーを焼いたり、自然派レストランで働いたりしているという記事だった。彼らにもこんなにすばらしい社会貢献ができるということを、容疑者が事件を起こす前に知っていたら……。そう文章は続いていた。つまり、これを書いた人は、社会貢献できない人は殺されても仕方がないと思っているのだろうか。

その日は水曜日だったから、あさがおに行った。宅配弁当を吉井さんと岡さんの間で食べながら考えた。

三歳のとき、私はなぜ祖母のところから施設に返却されたのだろう。認知症は本当なのか。祖母が亡くなったのは私が中学一年のときだ。つまり、発症してから十年ぐらい生きていたことになる。それはよくあることなのだろうか。実は、祖母は普通に暮らしていたのでは？　今までに何回も考えたことだった。本当の理由は別にあったんじゃないだろうか。一緒に暮らしてみて、「この子、なんか変じゃない？」と思ったとか。普通、三歳ごろの記憶が全くないなんてことはあるものなんだろうか。私はどうしてなにも覚えていないのだろうか。

テニスの壁打ちみたいに「だろうか」が回る。頭の中のカウンセラーが言う。「あなたはそう思うのですね」。私には、自分のことを聞いても、答えてくれる人が誰もいない。

目を上げると、マユミさんが卵焼きを食べていた。

「マユミさんの名前は、どういう漢字を書くのですか」

私は質問した。

「真実の真に、弓矢の弓だよ」

「そうですか」

私はうつむいてお弁当の続きを食べた。

四月に皆でイチゴ狩りに行った。

長いビニールハウスの中に真っ直ぐ苗が並んでいる。しゃがまなくてもいいように、腰ぐらいの高さに設えてある。お客さんが所々に見えた。だいたいが子ども連れだった。

私は次々実を摘んで、岡さんのところに持っていった。ハウス内の木の椅子に座った岡さんは、赤い粒を無限に口へ運んだ。

所長が言った。

「今のうちにいっぱい食べてよ、岡さん」

「今のうちとはどういうことですか」

「そりゃ、この人たち、親が若くて元気なうちはいいけど、いつかは親も歳を取って、子どもの面倒を見られなくなるときがくるからね。そしたら、ここにいる人たちみんな、施設に入ることになるでしょ。そういう理由でいったん施設に入ったら、こうやって食べ放題に来たり、遊園地で遊んだりすることは、もう一生ないと思うよ。だから、今のうちに色んなところに行っておいた方がいいんだよ」

私は立ち上がってイチゴを取りに行った。ふと思いつき、自分の口に一粒入れた。酸味が広がる。両耳の下が痛くなるほどだった。もう一つ食べる。種の食感を噛みしめる。さらに一つ。これは特別甘かった。強いイチゴの味が溢れる。

目を上げると、急にビニールハウス中に赤が広がって見えた。畝はずっと奥まで続いていた。他のお客さんに交じって、あさがおの人たちがいる。自分で熱心に手と口を動かしていた。私も歩きながら摘み、洗わずに口へ入れる。

　二十二年前の一月十七日、なぜ自分は生き残ったのだろう。私は両親と同じ部屋で寝ていたのだろうか。誰にも話したことはないが、いつからか、考えていることが一つある。もしかしたら、父と母がとっさに私を守ったのかもしれない。「危ない」と叫びながら突進したのかもしれない。覆いかぶさって瓦礫を受け止めたかもしれない。自分が死んでも私のことは守りたいと思って。

「あなたはそう思うのですね」脳内の声をかき消すように、赤を見て口を動かす。溢れた果汁を手で拭う。両親が私を生かした可能性はゼロではない。だから、私はこの世に生きているべきなのだ。

　イチゴは先が甘かった。葉に近い方は歯ごたえがある。「先の方が甘いなあ」誰にも聞こえないように呟く。小さくて柔らかい粒はものすごく味が濃かった。ハウスの端の方にたくさんそういう実があった。いつの間にか佐藤さんが近くに来ていた。私は手に持っていたイチゴを急いで口に突っ込んで、素早く次の粒を取った。ザルを地面に置いて両手を使う。私たちは熱心に手を行き来させた。

　ザルに山盛り取って戻ると、真弓さんが真面目な顔で言った。

「三木さんはブドウぜんぜん食べなかったから、果物嫌いなのかと思っていたけど、イチゴは好きなんだね」

　そういえば、あのとき一つも食べなかった。

「ブドウは食べるのを忘れました」

　どんな味だったのだろう。もし次があったら行こう。今は四月だから、あと一年は、私はあさがおに来ることができる。

　岡さんの横に座り、ザルからこぼれそうな粒の一つを口に入れる。真弓さんもそうした。

　ビニール越しの日差しが明るい。

　気づくと真弓さんが私の顔を見ていた。

「ものすごく食べるね」

　私は笑った。


（了）

（『babel』創刊号より転載）

テレビの誕生とお笑い
——澤田隆治インタビュー後編

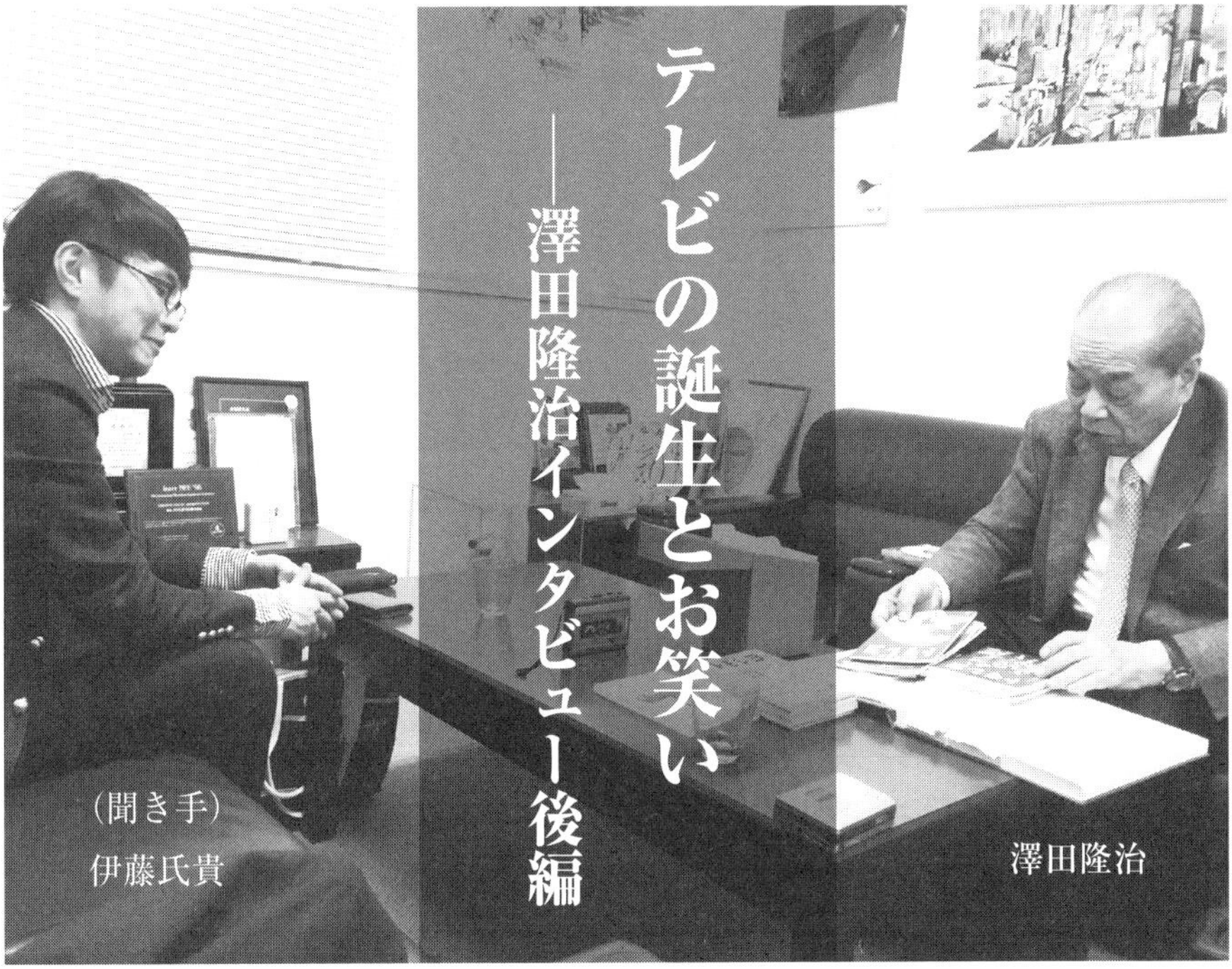

（聞き手）伊藤氏貴　　澤田隆治

伊藤　ＮＨＫの連続テレビ小説『わろてんか』は大阪が舞台のドラマなのに東京でも高視聴率で、モデルとされる吉本興業の創業者・吉本せいさん関連の本がいろいろと出版されました。
澤田　いま東京で制作されるテレビのバラエティ番組で、司会にゲストにお笑いタレントが大活躍ですが、吉本興業所属の芸人さんが多いこともあって、いま、一九八〇年の〝漫才ブーム〟以来の〝わろてんかブーム〟と名づけてもいい状況ですね。
伊藤　大阪の演芸ファンとしては、社名の「北村笑店」はいいとしても、主人公のてんが大阪の商家の娘でなく京都の薬種問屋の娘で、九十二歳までニラミをきかせていた吉本せいの実弟の林正之助さんの役割を、濱田岳が扮する武井風太が演じるなどはツッコミを入れたくなるのではないですか。
澤田　林正之助さんがお元気だったら一言あるでしょうね。山崎豊子さんの『花のれん』については〝あのコブ屋の娘、私からいろいろきいて書いたのに、私はどこにも出とらん〟と私にボヤいてましたからね。でも、実際にあったいろんなエピソードをよくアレンジして大正から昭和初期の〝笑い〟を商売にする演芸会社が巨大化していく姿をうまく描いていて、お笑い芸能史として知られている事件の数々や人物を時代をず

澤田隆治氏

らしたり合体させたりしながら見事に（※）展開していくドラマづくりに感心しながら毎朝みさせてもらっています。（※本インタビューは「わろてんか」放送時に収録）

伊藤　最近でこそお笑いは大阪、つまり吉本が全国を席捲していますが、私の子どもの頃は、テレビでも大阪系の笑いはあまりなくて、このドラマは、大阪の笑いがいかにして全国制覇を成し遂げるかを知る勉強にもなりますね。しかも、なかで演じられるお笑いがうまい。

澤田　芸人でない俳優が高座で演じる芸にも感心していますし、出てくる小道具も当時の雰囲気を出していて、アメリカのブロードウェイのショーチーム『マーチンショウ』のパンフレットも、私が持っている『マーカスショウ』のパンフレットに感じが似たものを作っている凝りようで、みんな頑張ってるんだなァと感心してみています。笑芸を俳優の演技で再現するのはむつかしいものです。『火花』のように修行中の漫才コンビの場合は、俳優でも努力と練習でやれるけど、横山エンタツ・花菱アチャコやミスワカナ・玉松一郎のように観る人にいろんなイメージを持たれているような漫才コンビを俳優で再現するのはむつかしいものです。

でも八十四歳の私ですらこのコンビの戦前の全盛時代の漫才を見たこともないし、映画やレコードと先輩の話で「おもしろかった」と知っているぐらいだから気にしなくていいですが、俳優が再現したネタでエキストラの観客が大笑いしているシーンで同じように笑えるからスゴイですね。『わろてんか』のスタッフもキャストも頑張ってます。

伊藤　東京の「新世紀芸能」が引き抜きの手をのばしてくるという事件は「新興演芸部」との激しい戦いを思わせますが。

澤田　かなり長い間、吉本と松竹とは昭和十四年の新興演芸部による引き抜き事件のしこりが残っていましたが、今はそんなことを知っている人もいなくなりましたし、テレビでもライバルプロダクションの芸人が共演する時代です。スター芸人が支配するテレビ番組には常に話題のスターがキャスティング出来ないとパワーが持続できない時代です。テレビ番組をどれだけ支配できるかでプロダクションの力が判定できます。

明治の演劇新時代を迎えて、支配する劇場の数で演劇会社のパワーを計れた時代に、京都の白井松次郎・大谷竹次郎の双子の兄弟は、明治三十九年、念願の道頓堀の芝居小屋・中座の直営興行を手に入れます。明治四十一年に朝日座、明治四十四年に浪花座、角座を直営で興行します。

次に狙ったのが東京で明治四十三年に新富座を、更に力の象徴として、歌舞伎座の興行権を大正二年に握り、十月に大谷竹次郎経営の第一回興行が行われます。大正五年、道頓堀の弁天座を手に入れ、道頓堀五座の全てを手に握り、東京では明治座を直営で開場、新富座、本郷座、歌舞伎座、横浜座と五つの劇場を経営する大演劇会社になり、残るのは大衆の娯楽街であった浅草への進出でした。

伊藤氏貴氏

伊藤　かつての浅草には、浅草寺だけでなく日本で一番高い十二階の凌雲閣と花屋敷が人を集め、歌舞伎から浅草オペラ、レビューをやっている劇場や、邦画、洋画の新作が上映されている映画館、浪花節の小屋、寄席がひしめいている日本一の盛り場だったんですね。
澤田　『松竹七十年史』に大谷社長が大正六年に浅草を視察した時のことが書かれています。「軒をならべる数十の興行場の大半が、まず活動写真館であること、その他は講談、寄席、あるいは歌劇、連鎖劇、小芝居などで、本格的な舞台を持ち、名題俳優の登場する演劇場が一つもないことを知り、松竹の行き方をひそかに腹の中できめた」と書いています。目をつけたのが日活がもてあましていた「第二国技館」、十二階と呼ばれた凌雲閣の隣りの空地に明治四十二年頃に建てられた浅草で一番大きな劇場で、相撲興行や曲馬団、女相撲などで人を集めていたんですが、次第に客足が落ち、ついには何をかけても当たらず、浪花節で細々とやっていたのを、歌舞伎の大衆興行を試みようと思っていた松竹合名会社が買収して隣りの文楽座も借り受けて、三千人収容の歌舞伎劇場に改装、吾妻座と命名して大宣伝、大阪から名題の中村福圓、浅草宮戸座育ちの吾妻市之丞など東西の人気者を揃え、昼夜二回の興行として大正七年正月に初開場のはこびとなりました。初日の三日前に木戸前に人だかりがする位の人気で、様子をみにきていて期待する人々の声を聞いていた大谷竹次郎は、急遽、猛優として浅草で人気の澤村訥子が盲腸の手術後で休養中なのを口説いて追加します。松竹は費用を惜しまず、浅草の芝居ではみたこともないような豪華な衣裳や道具で飾り立てて大人気、連日観客が押しかけ大きな話題となりました。松竹は更にこの年の十月に連鎖劇をやっていた浅草御国座を手に入れ、片岡松之助一座の連鎖劇で開場し、次々と松竹傘下の一座を投入し、この背景に活動写真応用の連鎖劇が大当り、大入り続きでしたが大正九年十一月に楽屋からの失火で全焼します。一年後、鉄筋の本建築で落成、十二月花々しく開場しますが翌年の九月一日、関東大震災により浅草の興行街は潰滅します。鉄筋の外廓《がいかく》が残っていたので完成を急ぎ十三年四月、浅草松竹座と改称して浅草初出演の五代目中村歌右衛門と初代中村吉右衛門の一座の顔合せという豪華メンバーで柿葺落《こけら》とし、最高四円の低料金と震災復興景気で連日超満員の盛況で浅草に君臨します。松竹の大攻勢に負けじと頑張っていたのは明治二十年に浅草六区に最初の興行場・常盤座を建てたパイオニアの根岸浜吉の根岸興行部で、明治二十九年九月に煉瓦造二階建てに建て替え、四十四年三月に右隣りに金龍館、四十五年二月に左隣りに東京倶楽部を建てます。四十五年五月に根岸浜吉は八十五歳で亡くなり、娘婿の小泉丑治が三館を廊下でつなぎ、三館共通制度を考案して大当り。大正二年に株式会社とし根岸興行部の社長に就任。長男の吉之助が専務となり、公園劇場、観音劇場、富士館の経営権、奥山に木馬館を建てるなど浅草六区の興行街で松竹と対決しますが、関東大震災の被害からは立ち直れず、昭和五年には経営権を松竹に渡し表舞台から消えます。でも浅草の芸能史を調べると、松竹と根岸興行部が激突しながら経営した劇場で、いまにつながるあらゆるジャンルの芸能が誕生したことが判ります。関東大震災と太平洋戦争の大空襲でほとんどの資料が失われましたが、それでも、四十年前にやっと浅草にたどりついた私の手許に戦前のいろんな劇場の番附やプログラムがあります。浅草の芸能を愛した人のひろがりの大きさはスゴイと思います。

伊藤　浅草が松竹王国になった昭和十年に、吉本は浅草六区のド真ん中に四階建ての浅草花月劇場を建てて東京進出しますね。

澤田　去年十月に「吉本興業百五年史」が発刊され、写真資料が豊富な資料価値の高い社史で、吉本泰三・せい夫妻が明治四十五年から天満の寄席「第二文芸館」で寄席経営をスタートさせて、懸命な経営努力で大当りして翌年には端席と呼ばれる二流の寄席ですが四館を経営する席亭になる経緯がよく判りますし、吉本の発展に大きく寄与していた反対派の岡田政太郎についての記述は、創業八十年日に発刊された社史にくらべるとくわしいのですが、東京進出についての記述は大正十年に吉本が反対派の興行権も全て手に入れ、大阪・京都の寄席と芸人は「花月派」に統一される体制になったという記述のあとに、〝また、吉本はこの年の十一月に東京神田の寄席「川竹亭」を六万四千円で買収して「神田花月」とし、東京進出を始めている。続けて、横浜でも新富亭を手に入れ「横浜花月」と改めている〟と書かれているだけです。大正八年には浪曲の常打小屋の堀江と松島の広澤館を手に入れ人気の浪曲興行も出来るようになります。大正九年頃、千日前の興行街で安来節が人気を呼びます。たまたま大阪にいた浅草の根岸吉之助が安来節の舞台をみて、東京でも興行することを思いつき、安来節一座の取り合いになり、吉本は林正之助を安来節のスカウトのため出雲に出張させます。九十歳近くなっていた林正之助会長が、この時に三つ揃いの背広をはじめて仕立ててもらい、出雲で吉本の若旦那としてどれ位大事にされモテモテだったかを私に楽しそうに語ってくれたのを思い出しま

戦前に発行された『大衆娯楽雑誌ヨシモト』の復刻版を手に語る澤田隆治氏

す。落語に浪花節、河内音頭に安来節、萬歳に太神楽など諸芸の手駒を増やした吉本は、大正十年、演劇界の王者・松竹が主だった劇場を押さえた日本一の盛り場・浅草への進出を浪花節興行でトライします。大正八年頃から松竹とは大阪の道頓堀や京都の南座や夷谷座といった大きな劇場を借りて浪花節の興行を打って儲けさせているというつながりもあり、浅草のルナパークという遊園地の中にあって大正七年に松竹の経営になり、澤村源之助・訥子など浅草の人気俳優が活躍した御国座が、大正九年に出火して焼失したあとの仮設の劇場を借りる交流をして浪花節の大合同興行を打ちます。

常盤座の新聞広告
大正 10 年 8 月 17 日付の
読売新聞より

大正十年六月十七日の都新聞に「十九日午後三時より二十六日迄、浅草公園の同座は浪花節大合同大会を開催。楽遊、虎丸、雲月、楽燕、白雲、峰吉、〆友、雪右衛門が出演し覇を競ふ」と桃中軒雲右衛門亡きあとの大看板勢揃いの浪花節大会を伝えています。吉本の浅草進出の第二弾は安来節の渡辺お糸一座で、大正十年十一月二十日から一週間、御国座で昼夜二回の興行です。八月十七日から根岸興行部が常盤座で安来節の大和家三姉妹大一座で大当りしていることもあり、宣伝が行き届いて浅草で安来節の競演となります。一週間日延べのあと、横浜の横浜座で五日間興行、そのあと台湾への巡業です。このスケジュールは梅中軒鶯童師の名著『浪曲旅芸人』の大正十年八月二十七日からの台湾巡業の思い出の中に書かれているんです。

「近年安来節の流行は地方民謡としての域ではなく全国的にもてはやされ、安来節の興行は各地で大当り。しかも渡辺お糸はその家元とあって人気は大変なもの。入場料も二円五十銭で超満員。もっとも台湾では内地の三倍程度の入場料をとっていたから、われわれ一行も桟敷一円五十銭の木戸賃だったが、それにしても安来節が三円五十銭で大入満員なんだから、オドロキである」

安来節の広告に木戸銭がのっていないのでこの記述

は貴重です。このあと安来節の舞台を見たことのない私には鶯童師が舞台の様子を書いてくれているのが有難い。

「舞台正面に大道具の屋形、中央にはもったいらしく見台を前に歌い手が控え、三味線と〆太鼓、鼓が左右に並ぶ。十数名の歌い手が交代に歌い、最後に家元のお糸が現れて三つばかり歌い、〝切り〟がどじょうすくい、私には味噌汁だけをすすって飯を食わなかったような後味だったが、桟敷や平場のマスでは折詰や重箱を開いて、御機嫌の客は舞だの掛け声を一編にアラエッサッサとやっていた。結構愉しめば安価な桟敷だ」

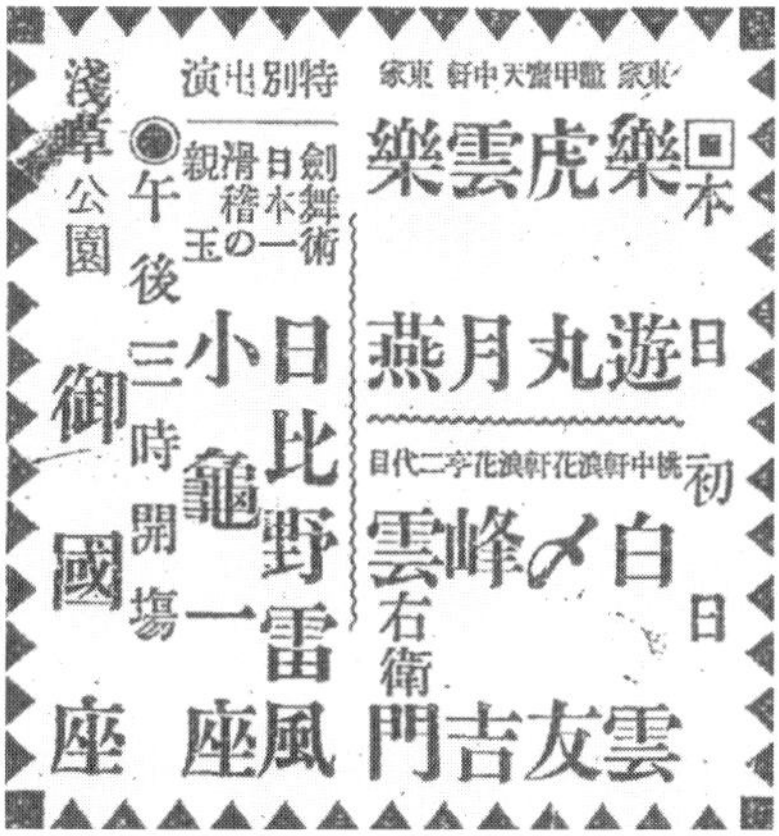

御国座の新聞広告
大正 10 年 6 月 19 日付の
読売新聞より

大阪で大人気の浪花節と安来節という強力なソフトを持って浅草にクサビを打ちこんだ吉本泰三社長は浅草で新たなテーマをみつけて大阪へ戻ります。浅草で流行のきざしが見えはじめた活動写真興行です。日本で最初に活動写真を上映したのは大阪のミナミで、その時十一歳だった泰三社長が大正九年に松竹がキネマ部を設けて活動写真事業に手を染めたことに興味を持たないわけはないと考えると、後に吉本が「キネマ部」を設けて二軒の寄席を活動写真館に変えたり、京都の太秦でトーキー映画の制作に積極的に参加する動きは、この時からはじまっていると私は思います。

伊藤　私が吉本はスゴイと思うのは、大正年間に二十軒以上もある寄席にそれぞれ十五組位の芸人を配置するだけでも大変なのに、それぞれの寄席は出演者を並べたチラシを用意し、全体のPRのために十日毎に『演芸タイムス』を発行し、大正十五年十一月から『笑売往来』十六頁を月に三回各寄席の出番をのせて発行していることですね。

渡辺お糸
大正 12 年 1 月 3 日
付の読売新聞より

澤田　宣伝というのはいつの時代も金がかかりますが、吉本泰三という経営者は当時としては珍らしく宣伝に力を入れていて、ポスターやチラシだけでなく新聞に広告を出したり、機関紙を発行するといった近代的なセンスをもつ稀有な人だったと思います。

伊藤　おせいさんの活躍ぶりがよく知られていますが、おせいさんの役割は？

澤田　財布を握っていたのがおせいさんで、林正之助さんの思い出話で〝若い頃は寄席がハネる前に自転車でその日のアガリを集めて廻って本家に届けるのは私の役割でした〟と語っています。おせいさんは泰三さんとの間に十人の子供を産んでいますが、おせいさんに肺結核の持病があり、産んだ子供を次々と亡くして、育ったのは女の子三人だけ、という家庭の事情ですから、このころはとても現場に顔を出すヒマはなかったと思われます。

伊藤　大正十二年九月一日、関東大震災が起きますね。

澤田　吉本泰三はすぐ大阪で「慈善演芸会」を開催、その利益で毛布二百枚と食糧品などの救援物資を大量に買い求め林正之助に青山督・滝野寿吉両支配人をつけて神戸港から汽船で芝浦港へ上陸します。九月二十五日付の都新聞が「大阪落語家が同情の毛布　吉本花月三友の義挙　罹災落語家へ」の見出しで取り上げていて「睦・会社その他の各派の中罹災者を探し歩き廿二日より毛布配布を始め廿三日に終った」とあります。「睦・会社」というのは東京の落語家の大きなグループのことで、吉本の東京の寄席、神田花月は睦派に番組を組んでもらっていたんですが、困っているのはみんな同じと救援物資を届けていて、このことが神田花月が翌年の五月二十一日に再開された時には各派の大看板が顔を揃えたといいますから苦労は報いられたようです。更に働く場所が当分ないだろうからと大阪の寄席への出演をすすめ、十二月六日から特別出番表に名人といわれた柳家小さん、神田伯山の出演が組まれています。関東大震災のあと、大阪の人口は東京を抜き去ります。建材として鉄筋の製造などの二十四時間・三交替のための大量の労働者が大阪に集まってきたからです。そんな大正十三年二月十三日、吉本泰三社長が急死します。浅草への進出、松竹や日活が競い合い急激に成長している活動写真事業への参入など課題を多く抱えたまま亡くなったのです。葬儀のあと、吉本せいは弟の林正之助と支配人の青山督と滝野寿吉の助けをかりつつ吉本興行部を背負って立つ決意を固めます。七月、泰三社長が強く願っていた活動写真事業のため「キネマ部」をつくり、北大阪の盛り場、福島浄正橋筋の寄席・龍虎館を改築し、キネマ花月を松竹キネマの封切館としてスタートします。更に天神橋筋五丁目の「都座」も改装し天満都館となります。大正十五年一月下席の出番表の一番最後に福島花月・都館の名があって〝松竹キネマ活動写真〟との書きこみが一回だけ載ります。大正十五年十一月上席からは浪花節の劇場・新世界花月、堀江花月、松島広沢館三館と吉田一若・木村友衛と出演する看板スターの名前が記入された囲みと、「ＫＩＮＥＭＡ　福島花月」、天満都館に「松竹キネマ」という囲みが昭和六年まで書き込まれ、昭和十年十一月二十日、東京浅草に東京花月劇場がオープンするまでは、東京浅草への進出で借りうけた遊楽館、浅草公園の萬成座の芸人の出番が神田花月、横浜花月の出番と共にのっていて、この巨大な出番表が吉本傘下の劇場の全てに配られ、事務所に貼られている様子を想像すると〝スゴイ〟というしかないし、いまでもこの情報量に圧倒され、しかもほとんど知らない芸名ばかりが並んでいる出番表の前では無力感に打ちのめされるしかないのです。この巨大になってリーダーを失った集団を動かすために、大正十五年十一月二十一日発行の『笑売往来』の第二十号の「編輯後記」によれば「横浜花月を改築に懸《かか》つてゐるその要務その他で若主人は十五日夜行で東上した。支配人も十六日夜行で修善寺を経由して東上してゐる。何《いず》れも江湖に奉仕せんとする準備のためで

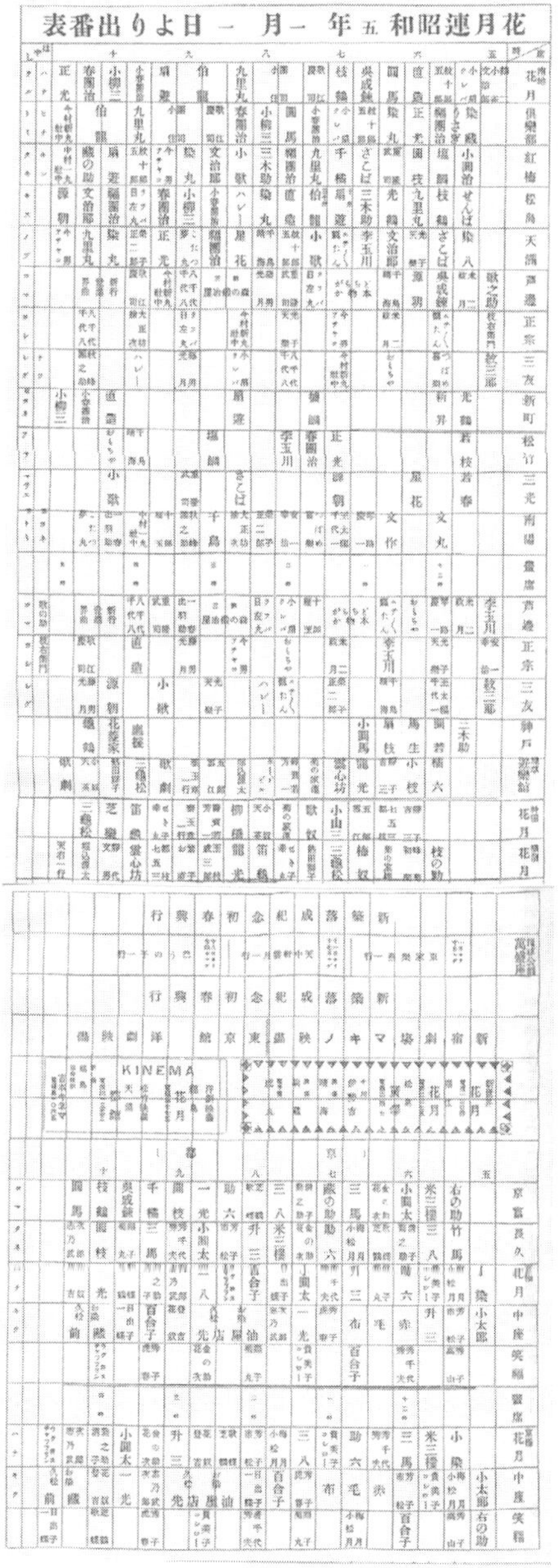

昭和五年一月の吉本の巨大な出番表

ある」と若主人・林正之助の奮斗ぶりが判ります。

大正十五年十二月二十五日、大正天皇が崩御、昭和に元号が変り、七日目に昭和二年になります。音曲停止ということもあり、一月上席の出番が編成されていますが、昭和天皇の崩御の時のことを思い出すと、この通り上演されたとは思われません。社史によれば一月中席からは通常に戻り、後には即位の御大典の祝賀ブームがありますから、興行街は大いに盛り上がります。朝から大阪の街にあふれる労働者の新しい娯楽として林正之助が見つけたのが、河内音頭や安来節のつなぎでうけはじめた萬歳の判りやすさ、落語の数倍も起る笑いのパワーです。林正之助は千日前の南陽館の桟敷をとっぱらって平上間にし、番組は萬歳が六組、珍芸などの色物が四本の十本で編成され、大正十五年一月上席の出番表によれば、午前十時開演で終演は午後十時、四回公演を考えています。落語がメインのプログラムでは考えられなかった興行形態がこの時に生まれたのです。

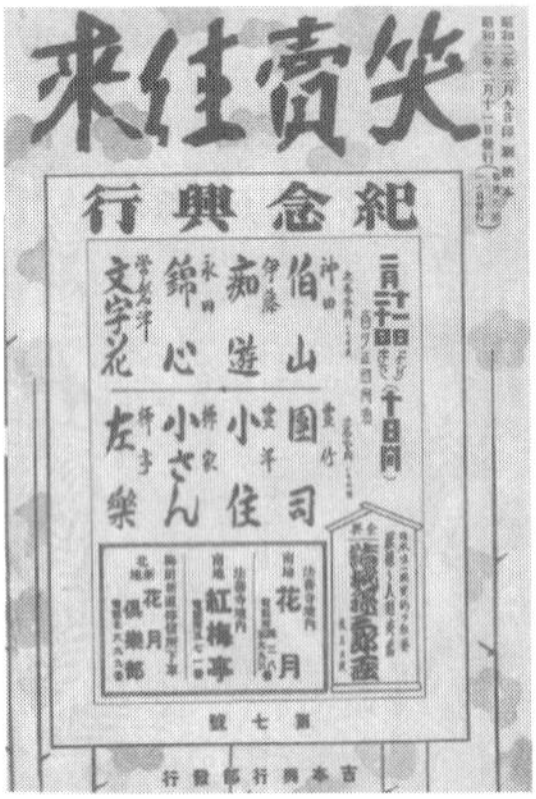

「笑売往来」第７号
昭和２年２月
吉本興行部発行

元号が変った建国記念日に吉本泰三の一周忌興行を南地花月と北新地花月で開催します。『笑売往来』昭和二年二月十一日発行の第七号の巻頭に、林正之助はこの記念興行の意義を高らかにかかげ、「東に西に席温まる暇なき二ヵ月の奔走あって、漸く各師の出演の応諾を得た」と苦労を述べています。神田伯山・柳家小さん・柳亭左楽・伊藤痴遊という明治・大正時代の語り芸の名人に琵琶の永田錦心、女義太夫の豊竹団司、常磐津の文字花、三味線の豊澤小住、糸あやつりの結城孫三郎と〝伝統芸術の最高権威者〟を集めた文字通りの名人会を組んで大阪中を興奮させます。

伊藤　いろんな意味を持つ一周忌興行だったんでしょうね。

澤田　吉本興行部成立に関わる人物の写真がのっている本があります。昭和四年に大阪で出版された月亭春松が編集し発行人となっている『落語系図』という明治・大正の落語界の記録はこれしかないというくらい、貴重な本ですが、反対派の太夫元・岡田政太郎、二代目岡田政雄の紹介と写真の次の頁に「元何々新聞記者後に反対派支配人となり又花月派吉本興行部支配人となり其後故有りて東京浅草公園大盛館にて諸芸の太夫元となる」との説明があって若い頃の青山督の写真がのっています。「故有りて」が気になりますが、浅草大国座での浪花節興行、そのあとの安来節・渡辺お糸一行の浅草・横浜での活動は全て青山督の仕切りだと思われるし、関東大震災での寄席や劇場主、芸人への救援活動を思うと、昭和二年に浅草の遊楽館を借りて改装、七月十五日から「安来節萬歳諸芸競演大会」のタイトルを付けて演芸場として開館、まずは浅草進出の橋頭堡をつくりました。この舞台から柳家金語楼や柳家三亀松が世に出て行きます。

昭和二年八月二十日、道頓堀の弁天座で吉本・松竹提携の萬歳大会を「諸芸名人大会」の看板で開催、好評だったので十二月十五日から二十一日まで萬歳を前面に打ち出して「全国萬歳座長大会」の看板で連日満員となりました。松竹は六月に「松竹専属漫才大会」、七月にも開催する。手駒を増やしたいから吉本の萬歳を引き抜く動きがはじまり、それに気がついた林正之助は歌舞伎座の社長室へ乗り込んで大松竹の創業者である白井松次郎社長に抗議します。この時のシーンを私に仕方噺で語ってくれましたが八十過ぎとは思えない迫力でした。松竹との協定が出来て吉本の浅草進出に拍車がかかります。昭和九年元旦には池の端の高級蕎麦屋・萬盛庵の場所に萬盛座を新築開場、東家楽燕一行の浪花節でこけら落しをしましたが、二月十日に「皿の上の建物は割れやすい」と縁起をかついで〝萬成座〟に改めたそうです。五月から遊楽館とプログラムを入れかえて新しいスタイルのショウを模索します。その先頭に立ったのは吉本せい・林正之助の弟、林弘高です。東京の中央大学専門部に入学し、卒業後就職。二十歳で結婚、二十一歳の時に吉本興行部東京支社に入社しています。青山督は林弘高の教育係の役目もあったのではないかと思います。昭和五年十二月七日、桂春団治の無断ラジオ出演事件が起こり、NHK大阪と吉本興行部は絶縁状態が三年以上続いていましたが、昭和九年五月四日に和解することになった時の写真に、林正之助に口ヒゲをたくわえた林弘高と同じく口ヒゲのある青山督と滝野寿吉の四人が写っているから昭和九年まで

NHK 大阪と吉本の和解会議の様子

は支配人同等の地位で吉本興業の仕事をしていたと思われます。装置が出来たらソフトが必要で、大阪での萬歳のように東京の興行界で勝利するためには東京で通用する芸能が欲しい、大阪弁の笑いは東京では通用しない時代でしたから東京の俳優・金平軍之助をリーダーにコント集団「ピッコロ座」をつくって神戸の寄席でネタづくりをして横浜花月に出しながら浅草で通用するか正之助・弘高兄弟がよく舞台を見にきたとの回想が残っています。永田キング・エロ子の場合は中国・四国地方で動きのおもしろいのがいると聞いて大阪の寄席にあげてテストするとこれが大当り。せまい寄席の高座がこわれんばかりの動きのおもしろさ、デビューしてすぐ評判になりましたが、動きは活字にしにくいしラジオでは面白さが判らないからメディアにのりにくい。東京進出の新兵器として弘高は惚れこんで、スタートしたばかりのトーキー映画の会社、太秦発声を立ち上げて、浪曲映画、柳家金語楼の落語映画、そして永田キングの「キング萬歳」を企画・制作しています。太秦発声のフィルムが現存しているかどうか判らず観ていないので永田キングのおもしろさは想像するしかないですね。

伊藤　昭和六年に浅草花月劇場がオープンしますね。四階建ての大劇場です。

澤田　新しいショーを次々とくり出してたちまちこの劇場が流行をリードする存在になったといいます。ジャズシンガーやブロードウェイ仕込みのタップダンサーの中川三郎、川田義雄とあきれたぼういずと次々にスターが登場します。浅草を象徴していた古川ロッパと榎本健一・エノケンが有楽町の東宝系の興行街に移動します。昭和十四年には新興演芸部による引き抜き騒動があり、松竹座と花月劇場で競い合いますが、長期化する戦争のため盛り上がらず、太平洋戦争に突入、空襲・敗戦により全てが失われてしまいます。いまの浅草には、かつてのショービジネスのメッカだった風景や空気もありません。日本一のお笑いスターになるために浅草で売れることを目指して頑張った永田キングは、一時期、間違いなく浅草を代表するスターだったはずなのに、いま何の記憶も手がかりもありません。長い時間がかかりましたが、事実をひろい集めて永田キングという稀有なコメディアンの姿を再現してみたいと思っています。

　このあと、永田キングについてのお話がつづくが、現在、澤田氏は永田キングに関する本を刊行予定という。詳しくはそちらを期待されたい。

インタビューを終えて

伊藤氏貴

　立て板に水、とはこのことで、吉本興業やテレビの歴史について、何のメモも資料も見ることなく滔々と語る、御年八十四歳の澤田氏の話は圧巻であった。

　インタビューは、主に吉本の東京進出までの歴史、テレビ草創期の番組作り、そして永田キングの三本柱に再構成させてもらったが、それぞれの話は互いに絡みあっており、再構成に当たってわかりやすくするために割愛せざるをえなかった細かな情報も非常に興味深いものであった。

　それぞれの柱について感想を一言ずつ。

　吉本に関しては、山崎豊子『花のれん』の間違いや、そこでは尽くされていない裏事情について、また、お蔵入りになってしまった台本など、まだまだ話は出てきそうだった。もう少し時間がたてば表に出せることもあるだろうと思うので、ぜひこれは澤田氏に書き留めておいていただきたいと思った。

　テレビの草創期について。新しいメディアが勃興するときはこれほど躍動感があるのか、と思わされた。これも澤田氏でなければ残せないものがあると思う。ここだけ独立させて、日本におけるテレビというメディアの歴史として残してほしい。これは広く見れば、メディアの栄枯盛衰を知る上でも役立つはずだ。今、テレビは下降曲線に入ったとも言われるが、映画が生き残ったように、どのような将来を迎えることになるのかもここから予想できよう。

　そして永田キングについて。これは全く私の知らない名前で、学ぶところ大というか、学ぶところしかなかった。当時は非常に名を博しながら、動きで魅せるキングの芸風はラジオにそぐわず、録音もあまり残っていないという。テレビの時代なら大受けしただろうに。早く生まれすぎた天才なのかもしれない。この部分は雑誌の紙幅の関係からほぼ割愛せざるをえなかった。しかし、澤田氏は現在、この、いわば埋もれた天才に関する書籍を上梓予定だと言う。詳しくはぜひそちらを読まれたい。

地蔵千年、花百年

柴田 翔　『されど　われらが日々――』から、約半世紀。三〇年ぶりの最新作。半世紀の時空を描く渾身の長編小説五七〇枚！　読売新聞書評で紹介。（菅野昭正氏との対談収録）
1944円

業苦の恋

関口 彰　男にとって究極の女とは……。青春であればこそ二人の詩人は、激烈な恋に命を懸けた。一人は哀切な思慕の嵐に漂流し続け、一人は愛恋の狂気に殺意を抱く。他に三編を収録。
1728円

海原を越えて〈舞台化作品の原作〉

国府正昭　かつて三重・桑名の赤須賀港から熊野へ米や豆などを運び、熊野から薪や炭などを持ち帰る〝海の百貨店〟赤須賀船の存在があった。歴史の中に消えた赤須賀船の夢とロマン、そして悲恋の物語。
1500円

花笑み

葉山弥世　花笑みは両親の離婚以来会うことのなかった息子と母、そういう不幸な人生の上に咲いた奇跡のような物語だ。こんなに手放しでいい気持になった読書体験は最近では珍しい。（勝又 浩氏）
1620円

緑の国の沙耶〈小島信夫文学賞佳作〉

塚越淑行　樹々の緑のそよぎ、水の流れの透明さ……、アイルランドを舞台にした二人の日本女性の生涯。彼女は未知の男と出逢い、複雑な人間関係の中で30年以上を異郷に暮らす。（青木 健氏）
1620円

チェリーヒルの夜明け

椎名羽津実　主人公の若き日の回想から物語は始まる。女子大文学サークルを率いるリーダーとの確執、奇妙な三角関係、手ひどい復讐……。人の心の脆さと強さ、醜さと優しさをあぶり出す、鮮烈な作品。
1512円

（すべて税込）

鳥影社　〒160-0023 東京都新宿区西新宿3-5-12　トーカン新宿7F
tel 03 5948 6470　fax 03 5948 6471　www.choeisha.com

砦

伊藤氏貴

　昨秋のことになるが、中村文則、中上紀、柴崎友香の三氏とともに、北京と上海とで彼の地の文学者たちとのシンポジウムに出席してきた。

　北京では北京大学が会場で、ギャラリーは大学生たちだったが、満席だった。驚いた。日本の大学に中国の作家たちを招き、同様のシンポジウムをするとして、どれほどの学生が集まるだろうか。出席した中国の作家たちの人気のせいか、日本の文学・文化に対する関心のせいか。

　おそらくそのいずれよりも、「文学」というものそのものの地位の高さのゆえだろう、と思われる。

　シンポジウムの合間に訪れた魯迅文学院というところでは、中国全土の新進作家たちが集められて、数か月の間、寝食を共にしながら当代一流の学者たちの講義を聞き、互いに議論する。その間の宿泊費、食費含めてすべては国が負担する。もちろんそこに、国家に対する恩恵を感じさせる意図がないはずはないが、それでも彼らが書く内容に容喙することはない。

　出版社においても、文学関係の編集者たちが非常に活気に溢れていた。文学は決して日本で言われるような「オワコン」などではないのだ。

　上海では、一般のホールで、テレビ中継まで入れて行われたが、なにより、その瀟洒なホール自体が、文学関係の講演やシンポジウムをするためだけの専用施設だというのだ。

　中国の書店に行けば、日本文学のコーナーは非常に大きい。彼らはともすると日本人以上に日本文学に注目しているかもしれない。

　しかしそれもおそらく今のうち。これだけの物心双方の下支えがあれば、文学の内容としても日本を抜く日が遠からず訪れるだろうことを、一抹の寂しさをかかえながらも認めざるをえなかった。

学界への窓1

「批評」の意味

——批評・研究の同人誌として

永野悟（「群系」編集部）

江藤淳は、『小林秀雄』（一九六一年刊）の冒頭近くで、「小林秀雄の前に批評家がいなかったわけではない。しかし、彼以前に自覚的な批評家はいなかった」として、この「批評」を創め、芸術的な表現に高めると同時に、（追随者にその亜流が続いたという意味で）これをこわした」小林秀雄の問題について、以下のように綴っている。

私見によれば、この問題は二つの側面をもっている。一面からいえば、それは、夏目漱石から志賀直哉に屈折していった日本の近代文学が、ふたたび屈折して小林秀雄において「批評」を生むにいたる過程の意味である。「Xへの手紙」の背後には明らかに「暗夜行路」があるが、そのむこうにはおそらく「明暗」がある。漱石が発見した「他者」を、志賀直哉は抹殺し去ることによって「暗夜行路」を書いた。そこには絶対化された自己があるだけである。小林は、この「自己」を検証するところからはじめた。つまり、彼の批評は、絶対者に魅せられたものが、その不可能を識りつつ自覚的に自己を絶対化しようとする過程から生れる。これが、芸術家の、しかも、きわめて近代的な芸術家のたどるべき道であることはいうまでもない。

日本の近代文学の俯瞰《サーベイ》として、実に端的な評言（表現）であるので引いたのであるが、実際、日本近代文学の問題は、一つには自己であり、その確立であった。その葛藤は、透谷や藤村の「文學界」に始まり、「明星」の晶子や啄木に継がれ、さらに花袋や秋声などの自然主義に継がれていった。だが、その自己の確立を

阻むものとして、家の制度や世間、さらには国家というものが立ちはだかった。大正に至って、一方ではそうして家や世間から逃れた私小説という形式が生まれたが、他方ではその国家に対して闘い、崩壊していったプロレタリア文学の流れもあった。

だが、そうした「他者」から頑なに自己を守ったのが「白樺派」の文学者であろう。中でも武者小路実篤と志賀直哉はその典型であった。特に志賀直哉はその独自の「自分」の感性をそのまま押し当て、自らの文学と実生活を築き上げた。ここには、漱石が対面した「他者」が徹底的に抹殺されていた。「それから」や「門」、「行人」「こころ」や「道草」「明暗」などにみられた「他者」が、初めから排除されることで、そうした文学世界が形成されている。

むろん、志賀直哉に危機がなかったわけではない。よもや自身の死に至るかもしれない危機、あるいは仲居との交渉による妻との危機。「城の崎にて」や「邦子」「痴情」「山科の記憶」「濠端の住まい」などの作品は、しかし、そうした実生活上の危機が芸術的に昇華されて読者は、そこにある小動物の生死の描写、その「神のような無慈悲」(平野謙)の透徹した境地に小説の醍醐味を感じたのであった。

「Xへの手紙」の背後には明らかに「暗夜行路」があるが、そのむこうにはおそらく「明暗」がある。

——江藤がこういうまでもなく、小林秀雄がその初期に、白樺派、中でも志賀直哉の影響を受けていたことは有名だが、その処女作ともいえる「一ツの脳髄」(一九二四年)は、志賀の「城の崎にて」(一九一七年)を意識していたようだ。船や自動車を乗り継いで、湯河原の温泉に泊まり、その夜、自己の神経衰弱や母の病気を回想する一人の知識人の「脳髄」のありようを描いたものだが、舞台・構成とも「城の崎にて」に似ており、その感受性にも、「志賀直哉的な嫌人生」(河上徹太郎)がうかがわれる。

が、志賀なら決して書かぬような一節があると江藤淳は引用している。それは乗り合わせた船の、顔色の悪い、繃帯をした腕を頸から吊るした若者が発する石炭酸の匂いや、膝頭を抱えた二人の洋服の男、柳行李の上にうつ伏した四十くらいの女、これら「醜い奇妙な置物の様な」な周囲の現実に自分も嫌悪を覚えながらも、「自分の身体も勿論、彼らと同じリズムで慄へなければならない」と書いていることで、これはきわめて、批評的だ、というのだ。そこで小林は動いて慄へている現実に不快感を抱き、「それが堪らない」と思いながら、「自分だけ慄へない方法は如何にしても発見出来ない」で、ある滑稽な連帯関係のなかにくりいれられてしまうことをみてとっている。作者は、心ならずも自分の裡にある相対的な感覚を発見してしまった。この相対感覚を江藤は「いわば志賀直哉と夏目漱石の中間の位置にいて、焦燥にかられながらシニカルな視線を現実に投ずるのである」としている。ここに、小林秀雄一流の自意識の胚胎（＝批評家の誕生）をみることもできよう。

ここで、改めて、小林秀雄の志賀直哉讃を観ておくのも意味があろう。小林自身が旧制一中の「白樺派的な文学的雰囲気」に育っていることも大事だが（富永太郎の親炙、その手紙の交流など）、小林はその初期の作家論の最初に「志賀直哉」(一九二九年)を書いている。

「嘗て日本にアントン・チェホフが写真術のように流行した時、志賀氏は屢々チェホフに比された」「チェホフは二七歳で『退屈な話』を書いた時、彼の世界観は固定した。それ以来、死に至るまで彼の歌ったものは追憶であり挽歌であった」――。

「然るに、志賀直哉氏の問題は、言わば一種のウルトラ・エゴイストの問題なのであり、この作家の魔力は、最も個性的な自意識の最も個体的な行動にあるのだ。氏に重要なのは世界観の獲得ではない、行為の獲得だ。氏の歌ったものは常に現在であり、予兆であって、少なくとも本質的な意味では追憶であった例はないのである」――。

「志賀氏は思索する人でもない、感覚する人でもない、何をおいても行動の人である。氏の有するあらゆる能力は実生活から離れて何の意味も持つことができない」。「懐疑と悔恨―。凡そ近代の作家で志賀氏ほど、これらの性格から遠いものは稀である」。

「然し問題は、芸術の問題と実生活の問題とがまことに深く絡み合った氏の如き資質が、無類の表現を完成したという点にある」。

志賀氏の文体の直截精確、これを小林秀雄は、氏の「慧眼」と説いている。これは、単に多様な角度で見る目ではなく、「決して見ようとしていないで見ている眼、どんな角度から眺めるかを必要としない眼」としており、その描写の例として、『和解』における子供が死ぬ箇所を挙げている。ああいう事件の顚末を書く眼、これは意識して書くのではない、「氏の眺める諸風景が表現そのものなのである」――。

なぜ、こうまで志賀直哉を讃するか、この作家を憧憬するか、これは自分たちにはない資質に魅せられたからであろう。志賀直哉のようなエゴティズムをもはや後代は持ち得なかった。ここには、小林が生きた時代の問題もあろう。大正十二年の関東震災を経て、社会も人心も変化していった。そうした〈転換期〉にあって、自分の生きる方向、逡巡が、自意識として作家にからめとられた。そうした自意識の叫びを遺書に書いた芥川龍之介について、小林は、早くも「芥川龍之介の美神と宿命」（一九二七年）を書いた（芥川氏にあるのは、人の言うような理知の情熱ではなく、寧ろ神経の情緒であるとした）。が、その後の梶井基次郎、中島敦も、こうした自意識の展開といえようが、小林秀雄の自意識の開陳、すなわち批評の誕生によって、われわれは問題の所在とともに、表現の方向を知ることが出来たのである。

今日、文学の衰退がいわれる。多様な文化・情報がその理由ともいわれる。だが、今日ほど、そのことを含め、批評意識が求められる時はなかろう。なぜなら自己の定立を含め、意識の混迷が、その表白・表現を求めているだろうからである。

砦

松本　徹

京や大阪の寺にはよく足を運んで来たが、ついぞお目にかかることが出来ずに来た御仏がある。ところがこの春、上野の国立博物館での「仁和寺と御室派のみほとけ」展で、その幾体と間近かに接することが出来た。

例えば道明寺の十一面観音立像。金剛寺の五智如来坐像。そして、葛井寺の千手観音坐像。期せずしていずれも河内の秘仏である。

いまお目にかかったことがないと書いたが、じつは十数年前、道明寺を訪ねた際、たまたまご開帳されていて、厨子の中に収められているのを拝見したのだが、今回は手に届く近さで、周囲を巡りながらじっくりと拝見できた。その肌の豊かな艶やかさ、衣の軽やかさ、そして後姿の美しさは類例がないのではないか。

そして葛井寺の観音像だが、こちらとなると、遥か遠い昔、毎朝、その前で私は般若心経を読んでいたのだ。

正確に言えば昭和十九年初冬から翌二十年春まで、大阪市南部の小学五年生として、葛井寺の庫裏に集団疎開していたのである。薄暗い本堂の中でのことだったから、お姿をしかと見ることはなく、千の手が持つ髑髏や鎌や蛇を不気味に思うばかりだった。

しかし、何ものにも遮られずに見たその麗しさは、想像を超えるものであった。天平仏であるとのことだが、その頂点に座るべき見事さである。これほど堂々と端正さ秀麗さを示し、千本の腕を円として背負った像となると、仰ぎ見るよりほかない。

この像の前に毎朝座っていたわたしは、煎り豆をちびちびと食べ、時には回虫を吐き、重箱に食べ物を詰め親が面会に来るのを待ち焦がれ、三月十四日夜には、大阪の街が真っ赤になって燃えるのを見た……。

帰宅した夜は、いろんな情景が浮かんで来た。

新アカシア林住期　その七

アカシア、なくなる

夫馬基彦

タイトルの意味がいささか分かりにくいかもしれないが、私の家の敷地にたくさんあったアカシアの木が全部なくなったという意味である。

アカシアの本数は全部で十九本、大きさはかなりばらつきはあったが、だいたい高さは十〜十五メートル前後、太さは直径三十センチ程度だったと思う。切り株はむろん残っているから、太さはほぼ間違いない。高さの方はなくなってみると、案外確証はないものだが、他の木で残っているものはまだあるから、それとの類比でだいたいそんなところだろうと思う。

つまり一つの家の敷地の木としては相当多いが、ここは元来、住宅の敷地ではなく、緩やかに続く傾斜地の林の一部だったためだ。現在、敷地の南側は市道及びそれに付設した空き地で、北側は一軒だけある隣家、そして西側は南からぐるっとまわってその隣家に至る舗装のない私道になっている。私道の西側は、市営の「林業小屋」という名の小ぶりの建物があるほかは、北西方面へかけてずっと広い野っ原になっている。野っ原の先は斜面林になり、そのだいぶ先というか下は畑、そしてやがて千曲川へと至る。

千曲川は界隈を蛇行しつつ流れ、文字通りくねくねと幾曲がりもしたのち、長野県から新潟県に入っていく。出発点は信濃と甲斐の国境にあるその名も川上村で、信濃の国にある間は千曲川で、長野市近くで犀川と合流し、やがて越後の国に入ると信濃川と名を変える。信濃の国から流れてきた川という意味であろう。小学校で習った記憶では、確か日本で一番長い川で、当時、一番長い川がなぜ日本海にそそぐのだろう、太平洋の方が遠くないか、などと考えたものだが、要するにそれだけ長野県が南北に長く、かつ日本海寄りだということなのだろう。だいぶくねっているのも川としての長さを増やしていよう。

私は源流を訪ねたりするのは昔から好きだから、長野県に住むようになってからすぐ、この川の源を訪ねた。道路はたいてい川の脇に沿っているし、何しろ有名な川だから道に迷うことはない。それに私の住むようになった小諸市からはさほどの距離ではないし、あまり苦労することもなく、二、三時間で行きつけた気がする。

源流というか源点は、谷奥の小さな泉みたいな場所だった。いや、泉というか、後ろの山から沁み出してきた水がそこに溜まって自然に出来た水場、といった感じだった。

「そうか、これが千曲川の源点か」

私は実際に口に出してそうつぶやき、両手を差し出して水を掬い、じっと眺めてから口に含んだ。

水は冷たかった。澄んで、すぐ飲み込むのが惜しい気がした。私は少し口の中で水を転がしてから、貴重品のようにゆっくり飲み込んだ。

水はやはり冷たく、澄んで、静謐だった。

がぶがぶ飲むものではないような気がし、私は手のひらに残った水をゆっくり口中に流し込み、時間をかけて味わうようにしてから、ごくりと飲み込んだ。

味は特になく、シンと、清澄《せいちょう》な印象のみが伝わった。

私はこの時以外、二度とこの地に行っていない。あの水をまた飲んでみたいと思うことはしばしばあったし、我が家からさほど遠い場所でもないのに、あそこはそう気軽に行く場所ではない、あの最初の時の水の印象は口の中でゆっくり記憶をたどるものだ、といった思いがどういうわけか身に浮んでくるのだ。

千曲川とアカシアの木がどうして私の中で、こんなふうにつながるのかも、よく分らない。

思うに、私の中でその二つは自分にとって「身近で信州の象徴的存在」なのかもしれない。また、川が本能的に好きなのかもしれない。実際、私がこれまで住んだことのある場所はたいてい近くに川があったものだ。幼年時代住んだ愛知県の村の家からは三分行けば青木川というきれいな川があったし、その後引っ越した一宮市の家のすぐ近くにも大江川があった。ちょっと上流に染色業者が数軒あったため、水が色んな色に染って、見るのがある意味で楽しみだった。

高校を出て上京というか東京界隈へ来てからも、都心の街なかだった学生下宿を除けば、最初のマンションは近くに大きな江戸川放水路があり、これは東京近郊ではいわば最大の川であった。向う岸は雨が降ると霞んで見えた。

ついで移った埼玉県のマンションの目の前には柳瀬川という川があった。

それは川幅自体はさほどではなかったが、割合ちゃんとした土堤と河川敷があって、私は毎朝起きるとまず川を見、毎日、土堤を散歩し、ときには新河岸川との合流点あたりまで水に引かれて歩いて行った。水とか流れを見ているのが好きだったのだ。

マンションの最寄り駅の名も「柳瀬川」だった。よって、出かけるときは川の名の駅から電車に乗り、帰りは川の名の駅を目指すのだ。

信州の今の家へ引っ越したのも、場所が町はずれにあって、林の中の家から斜面林を歩いて下ると、かなり大きい川があるのが大きな理由の一つだった。それが千曲川である。

千曲川までの道は森の中を降りてゆき、やがて出る畑脇を歩いてダムまでつごう三、四十分かかる。ダムの脇には東京電力の発電施設などがあって、それまでの田舎びた風情とはだいぶ変わるが、ダムはかなりの大きさであるうえ、上流側には水をたたえたダム湖があり、下流側は視界一転、石や岩の露出した涸れ川がくねっている。

風情というにはちょっと荒々しい風景だが、界隈には桜の木もかなりあり、季節によってはなかなかいい場所でもある。ただし最近はダムの修復工事らしきものが始まり、ダム道も通れないのが残念だ。近所の子供たちは対岸にある小学校へ通うにもだいぶ遠い橋を迂回している様子だ。


アカシアの話に戻ると、伐ったのは一年前そこそこだから、伐り跡がまだ新しく、明るい白茶色の丸い断面をそこここに晒している。私の書斎から見えるだけでそれが六面あり、一階のリビングから南向きに見れば九面加わり、更に東に二面、東北側にも二面で、計一九面となる。伐り跡は新しくて目立つから、つい先だっても通りがかりの御近所衆から、

「たくさん伐りましたねぇ！」

と声をかけられ、

「うーん、ええ、まあ……。アカシアは根が浅くて、まっすぐ上へばかりどんどん伸びるもんですから、ときおり根元からどさっと倒れちゃうんですよ。この前も一本市道上に倒れこんで、道路を塞いじゃったもんですから、大慌てで人を頼んで処理してもらったんです」

と一生懸命説明した。私有地の木とはいえ、近所の人などは長年親しんできているから、残念に思う人もいるのである。が、道路に木が倒れ、大慌てで人を頼

み、処理してもらったのも事実で、数年前にも同じことがあった。いずれも大慌ての上、処理・謝礼に相応に経費がかかったものだ。界隈にもともとあった木とはいえ、今は私有地の木となれば、持ち主が諸事負担せねばならぬのも社会的ルールであろう。

それにアカシアの木を、私は嫌いではなかった。まっすぐ伸びるつやのある木肌も好きだったし、夏に咲く白い花も清楚で好きだった。

私はひとしきりアカシアの花がいっぱいだったころの光景を想いうかべた。

清楚で、やっぱりいい。だが、いつ倒れるかわからない、倒れれば道路や我が家の建物自体に影響が大きい木を、無防備に放置しておくわけにもいかない。それが一九本もあるのだ。やっぱり伐採は必要だし、となれば今はさほど大きくなくとも数年後同じ状況になりそうな木も、ついでにとなるのもやむを得ない。私たち夫婦ももう七〇代だから、出来るうちに早めの処理をと考えたのだ。

だが、なくなったものはやはり惜しい。もの悲しくもある。で、うーむと腕を組み、木も木の歳をとるに任せるわけにはいかないものかと、いささか考えてしまう。

しかし、おのれの年齢を考えると、もうこれで、ひょっとしたら木を伐ることはせずに済むかもしれないと、安堵の気持も少し浮ぶ。

同時に、一、二本でも残しておけば楽しみだったのにと、悔みの気分も少しただよう。むつかしいものだ。

アカシアを伐った跡地には、楓や山法師を植えた。楓はまだ腹のあたりくらいまでの高さ、山法師も一メートル半程度の背だから、一人前の木になるには当分かかるだろう。が、それを毎日眺めていると、なんだか自分の子を見ているような気になってくるから不思議なものだ。

幼児や少年が大人になるまでには一〇年から一五年はかかるだろう。長いが楽しみなものだ。

（この項、了）

「ことば」と「からだ」14

泣く

芹沢俊介

14

前号で紹介したアリョーシャの泣くは、ゾシマ長老の喪失がもたらした悲しみおよび偉大な聖者が死んだにもかかわらず神は小さな奇蹟ひとつ起こさなかったことの無念、それどころか不名誉な腐臭を発生させたことへの憤怒といったものに起因していたのをみた。

以下にアリョーシャの泣くの二つ目の場面を取り上げるのだが、それは、亡きゾシマ長老との再会が生みだしたものなのである。喪失の苦しみは生き存えている者が負うのが世のならいだ。ではそれと対比される死者との再会はどうか。喪失に苦しむ者に無上の喜びをもたらすであろうことは想像に難くない。けれど、誰もが願いながらこの世では決して実現されることのない、絶対的な例外事象でもそれはある。アリョーシャはその起こりえない出来事に遭遇したのである（注1）。

ゾシマ長老の死は、おびただしい涙とともに、弱いひとりの青年を大地に倒した。再会は、その倒れた青年をやはりおびただしい涙とともに、ふたたび、立ち上がらせたのである。今度は大地をしっかりと踏みしめて。

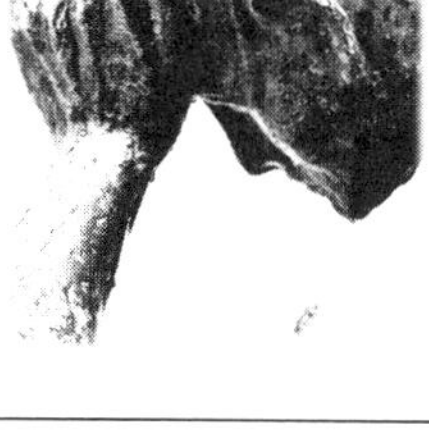

グルーシェンカとラキーチンに別れた後、アリョーシャは、夜遅く、ゾシマ長老の庵室に帰ってくる。すでに昼間の喧騒は去り、静かになった部屋にパイーシイ神父の新約聖書読誦の声だけが響いている。ゾシマ長老の遺体の腐臭がいっそう強くなったのであろう、庵室の窓が開け放されている。アリョーシャは黙って長老の柩のまえにひざまずいた。遺骸は修道僧の法服を着て、その上からマントを巻きつけられ、顔の部分

は黒の聖餐布でおおってある。不思議なことに亡骸を見ても、腐臭をかいでも、アリョーシャの心はもう少しも動じることはなかった。グルーシェンカと会い、彼女に愛に満ちた魂を発見したことにより、自らの魂が生き返ったせいであろう､感覚は混濁しているのに、心はうっとりと甘く、彼の頭と心には喜びが輝いていた。何かに感謝し、何かを愛したくてならなかった。

アリョーシャはこうした自分の内なる多幸状態を抑えようと試みる。だが気持に反して興奮したアリョーシャの内面は、このあと、何ものかによって意想外な方向へと導かれてゆくのである。揺るぎない信に支えられた自己へ向けての変貌が始まるのだ。アリョーシャにますますぴったりと密着した物語の語り手はこの変貌のすべてをくまなく掬い取って描写していく。

アリョーシャは聖物に対するように柩の前に打ち伏し、静かに熱心に祈りをあげはじめた。だが集中できず、心はあちこちさまよった。傍らのパイーシイ神父の聖書読誦の声に耳を傾けてもみた。けれども疲れ切った体は、意識をしだいにまどろみへと引きずり込んでいく。

「三日目にガリラヤのカナに婚礼ありて、イエスの母そこにおり、イエスも弟子たちとその婚礼に招かれ給うた。ぶどう酒が足りなくなりたれば、母はイエスに言う、《ぶどう酒がなくなりました》……」

パイーシイ神父の読誦は「ヨハネ伝」第二章カナの婚礼の場面にさしかかっていた（注2）。このとき微睡状態に入っていたアリョーシャの意識の底で、思念とでもいうべきもう一人のアリョーシャが、目をさまそうとしていた｡この新しく生まれたアリョーシャは、神父の声を追おうとしたが、読誦はもう、大好きな冒頭の場面のずっと先へと進んでいるのだった。聞き落としてしまった。聞き落としたくなかったのにと思ったもう一人のアリョーシャは、今しがた聞き落とした大好きな第二章冒頭へと自然に戻って行ったのである。

「僕はここが大好きだ。これはガリラヤのカナだ、最初の奇蹟だ。……ああ､この奇蹟、大好きなこの奇蹟！はじめて奇蹟を行なわれる時、キリストがお訪ねになったのは、人間の悲しみの場所ではなくて歓びの場所だったのだ。人間の喜びに加勢なさったのだ。……《人間を愛する者は、人間の喜びをも愛する……》これは亡くなった長老がいつも口にされた言葉だった。あの方のいちばん肝心な考えのひとつだった。……すべて真実で美しいものは、つねにすべてを赦す大らかな気持に満ちている、――これもやっぱりあの方の言われた言葉だ」。

「ヨハネ伝」のイエスの最初の奇蹟の場面に立ち返る

ことで、アリョーシャの心は自分ではそれと知らずにゾシマ長老に再会を呼びかけていたのである。

15

話を先へ進める前に、少々、寄り道をしたいところがある。同じカナの婚礼の場面に関して、どうしても気になることが一点あるのだ。「ぶどう酒が足りなくなりたれば、母はイエスに言う、《ぶどう酒がなくなりました》」（葡萄酒つきたれば、母、イエスに言ふ『かれらに葡萄酒なし』）の後に、こう続くのである。「イエス言ひ給ふ『をんなよ、我と汝となにの関係あらんや、我が時は未だ来たらず』母、僕《しもべ》どもに『何にても其の命ずる如くせよ』と言ひおく。」（『改訳新約聖書』）。

アリョーシャは、そしてゾシマ長老も、どういうわけか、この後続部分に触れていないのである。なぜなのか。その理由を知るには、この箇所の意味を摑んでおかなくてはならない。というわけで、繰り返し読んでみた。けれども、私の力量ではこの場面のやりとりをすっきり思い描くことはとてもできそうにない。

台所で祝宴の食べ物や飲み物をととのえるかかりをしていた女が、客が予想以上に大勢になったため、用意したぶどう酒が底をつきそうになっているのに気づいた。手立てを思いつかずに困った女は、座の中にいた息子をこっそり呼び出して、事情を話した。ぶどう酒がなくなってしまったんだよ、なんとかならないだろうかね、というように。——

わかるのは、ここまで。その先がまったく意味不明なのである。いくつか解説書にあたってみた。けれど、しっくりくるものが見つからなかった。困り果てて私は、意味の追求を投げ出し、この場面の両者の、とりわけイエスの感情の動きを探るという途に入った。——母は、自分の息子だと思っているイエスに、思いがけなくも女よと呼ばれた。最初私はここを、母が、イエスの意にそまない話しかけ方をしたせいでイエスが立腹したというように理解しようとした。女よ、の台詞をそういう語調として読めないことはないからだ。だが、すぐに取り下げた。正反対の、イエスは少しも腹を立てておらず、穏やかに語りかけたという読み方もできるからだ。ということは、感情面からの接近はうまくいきそうにないということだ。しばらくするうちに考えが動いた。イエスは腹をたてたのではなく、これは怪訝の気持の表出ではないかという見方が浮び上がってきたのだった。

イエスには息子扱いされる自分がピンとこない、わからない、それが「をんなよ、我と汝となにの関係あらんや」という表現になったのではないかという解釈である。推測の根拠は、「ルカ伝」である。

「ルカ伝」第二章に、まだ十二歳だったイエスをめぐる興味深いエピソードが記されている。家族中で出かけたエルサレムの地で、イエスが行方不明になった。両親は必死に探しまわったあげく、会堂でユダヤ教の教師たちと熱心に論を戦わせている我が子をみつけた。母は寄っていって、「心配して探したんだよ、さあ、家に帰りましょう」と言った。ところが、イエスはこう返したのである。「なぜぼくを探したの、なぜ帰ろうなどと言うの、ここがぼくのお父さまの家、ぼくのほんとうの居場所はここなのに」というふうに。母は息子の言うことがよくわからないままに、この顚末を心に止めておいた。そう、伝記者は記しているのである。

私たちのごく自然な家族感情はこういう場面で、母の言葉に素直に頷き立ち上がる我が子の姿を望むに違いない。だが、イエスの言葉はそうした期待を裏切っているのである。母に向けたイエスの顔を想像してみると、そうした呼びかけに反発しているわけではない、ただ怪訝な表情を見せているだけのように思えるのだ。

「母は言ふ『兒よ、何故かかる事を我らに為しぞ、視よ、汝の父と我と憂ひて尋ねたり』イエス言ひたまふ『何故われを尋ねたるか、我はわが父の家に居るべきを知らぬか』両親はその語りたまふ事を悟らず。……其の母これらの事をことごとく心に蔵む」（改訳新約聖書）

子の母へのいぶかしさと母の息子へのいぶかしい思いが接点を欠いたまま、すれ違った、そのような場面である。

ここを参照すると、「をんなよ、我と汝となにの関係あらんや」という言葉を口にしたときのイエスは、十二歳のとき母に向けたのと同じ怪訝な表情を見せたのではないだろうかという推測が可能になるだろう。理解のポイントは言葉の意味でも語調でもなく、表情なのではないか。母はその顔をみたとき、咄嗟にエルサレムの会堂で我が子が示した不可解な反応を思い起こしたのではないか。あのときと同じだという反省に近い感情が彼女のうちに生じたのではないか。イエスはそれを感じとったゆえに、母の息子扱いを赦した。赦すということは聞き流す、追及しない、咎めないということであり、積極的には、願いを聞き入れるということである。それが「我が時は未だ来たらず」ではなかったか。「我が時は未だ来たらず」を私は、今は喜ばしき婚礼の最中にあるという意味に解釈してみた。イエスにとって「我が時」が来るとは、自分の死が来る時である。「わが心いたく憂ひて死ぬばかりなり」（「マタイ伝」二十六章）という深刻な憂鬱にとらえられ、父に向って、「もし得べくば此の酒杯を我より過ぎ去らせ給へ」と訴える、そのような時である。だが、今は喜ばしき婚礼の祝宴の最中にある。

私釈してみる、「あなたが私を息子のように扱うことがよくわからない。まあでも、今は私にとっても楽しい祝宴のひとときですから、ぶどう酒はなんとかしましょう。安心していいですよ」。（注3）

こういうやりとりがあったからこそ、母は従僕たちに、あの方の言われたとおりにしておくれ、という指示を出せたのだと思うのである。

ところが、アリョーシャは、イエスの母に向けたこうした台詞に無関心であるようなのだ。少しも気にとめるふうもなく通り過ぎているのである。アリョーシャの関心はひたすら、イエスの奇蹟が母の窮地を救い、来客みんなにぶどう酒を存分にふるまうことができた、その一点にのみ注がれているのである。

ゾシマ長老も同様、イエスの言葉に注意を払っていない。「客たちの喜びが尽きはてぬように水をぶどう酒に変えて、新しい客を待ち受けておられる。新しい客をたえず永久に、呼んでおいでになる。見よ、新しいぶどう酒が運ばれて行く。見るがいい、新しい容器が運ばれて行く。……」（注4）

ゾシマ長老＝アリョーシャの「ヨハネ伝」第二章奇蹟解釈があくまで客たちの喜びという実践的な愛の無限性に基礎を置いていることがわかる。その点ではイエスの弟子たちも同じであった。伝記はこの章の末尾に、弟子たちはイエスの奇蹟を目の当たりにしたので、イエスが神の子であることを信じたと記しているのである。

しかし、そうであるとすると、イエスの母へ向けた言葉が宙に浮いてしまう。二義的な意味しかもち得ないことになる。私も、二人の解釈に同調したいと思うものだ。しかし、それでもひっかかるのは、イエスが六つの石甕いっぱいに汲まれた水を上等なぶどう酒に変える最初の奇蹟を行なうのは、右の人を途方に暮れさせるような、イエスの応答の後なのだ。このやりとりがなければ、最初の奇蹟は行なわれなかったのではないか。そういう印象が拭いきれないからである。

16

寄り道を本筋に戻そう。もう一人のアリョーシャは、「ヨハネ伝」のカナの婚礼の場面を反すうし終えた。すると、今度は、実際の祝宴の部屋が現われた。部屋は広がりはじめ、新郎新婦と大勢の客たちの姿が見えてきた。また部屋が広がった。大テーブルがある。驚いたことに、それを囲んでいる中の一人が立ち上がり、嬉しそうな静かな笑顔を見せながらこちらに歩いてくるではないか。ゾシマ長老だ、だが長老は柩の中ではないかといぶかしく思う。これはどうしたことだ。してみると、長老は死んだのではなく、生きていて、婚礼に招かれてここにいるということだろうか。

アリョーシャの不審の思いを読みとった長老が言った。「そうじゃ、せがれよ、わしも呼ばれたのじゃ、呼ばれて招かれたのじゃ」。紛れもなくゾシマ長老の声だ。「わしも」と長老は言った。ということは、自分も、招待されてここにいるのか。

長老はなお呆然と顔を見ているだけで、再会を信じられずにいるアリョーシャに、わしとお前がこの婚礼の祝宴に同席しているのは、イエスが招待してくれたからだと告げる。このたびの再会はイエスのはからいだというのである。はからうにあたってはアリョーシャ個人の再会願望だけではだめで、信仰的な理由がいる。イエスはそれを「一本のねぎ」に求めたとゾシマ長老は説明するのである。

「わしは一本のねぎを与えたために、今ここにおるのじゃ。ここにおる多くの者は、みんなわずか一本のねぎを与えたものばかりじゃ、わずか一本の小さいねぎを……」

奇妙だなと思う。すでに記したとおり「一本のねぎ」とは、グルーシェンカがアリョーシャに話して聞かせた宗教説話であり、具体的には窮地にあるものに差し出された救いの手の喩えである。グルーシェンカとアリョーシャの出会いの場にゾシマ長老はいなかった。すでに亡くなっていた。ところが一本のねぎという言葉をゾシマ長老が使っているのである。それどころかすぐ後でみるように、アリョーシャがグルーシェンカに一本のねぎを与えたことを、まるでその場にいたかのごとくに、知ってもいたのである。

ゾシマ長老が知っていたということは、イエスも知っていたということだ。イエスが知らなければ、カナの婚礼への招待はなかった、そう考えなければ、辻褄が合わない。

ゾシマ長老は、自分の生前の修道僧としての行いについて、どんなに高く見積もっても、神の目から見れば、せいぜいのところ、わずか一本の小さいねぎを与えることができた程度でしかないと言う。だが、神はそれを見ている。どんなにさりげなく、ひっそりと行なわれようと決して見落とすことはない。だから、こうして大勢の人とともに喜ばしき祝宴の席に連なっているのであり、そして何より「わしの静かなおとなしい少年である」アリョーシャよ、お前との再会が可能になったのだと言っているのだ。

　さらに、自分の仕事をするように、そうゾシマ長老はアリョーシャに語りかける。

「時に仕事はどうじゃな？　お前も、――わしの静かなおとなしい少年であるお前も、今日は一本のねぎを餓《かつ》えた女に与えることができたのう。はじめるがよい、おとなしいせがれよ、自分の仕事をはじめるがよい」。

　ゾシマ長老は「仕事」という。愛に餓え、愛を知らず、そのために堕ちた窮地（地獄）を自らの力で脱することができないでいる者に、そこから這い出せるよう、せめて「一本のねぎ」を差し出すことは、仕事なのだ、とゾシマ長老は言う。それは、人々の悲しみを歓びに変えることであって、少しも他者の賞賛を求めるものであってはならない。賞賛は神がしてくれる、その証拠がカナの婚礼への招待なのだ。だから、そのような仕事を、せがれよ、はじめるがよい、とゾシマ長老は諭すのだ。


　最後にゾシマ長老は尋ねる。「お前にはわしらの太陽が見えるかの、あの方が見えるかの？」

　アリョーシャは答える。「恐ろしくて、……目をあげる勇気が在りません。……」

　ゾシマ長老は言う。「恐れることはない。あまりの偉大さゆえに恐ろしくも見えよう、あまりの高さゆえにたまげもしよう。だが、かぎりない慈悲をお持ちじゃ。今も愛ゆえに人の姿をおとりになって、われわれと一緒に楽しんでおられる。見るがいい。」

　こう促されたアリョーシャは「あの方」を見たのだろうか（注5）。作品には見たとも、見ないとも書かれていない。けれど、「あの方」はアリョーシャを見たに違いない。なぜなら、もう一人のアリョーシャの内側で急激な異変が生じたからである。「あの方」がアリョーシャの中に入ったのである。その瞬間の描写。

「何かがアリョーシャの胸のなかで燃えあがって、突然、痛いほど胸にこみあげてきた。歓喜の涙が魂の底からほとばしって出た。……彼は両腕をひろげて、ひと声あっと叫んだと思うと、目をさました。」

17

　目を覚ましたアリョーシャは、自分がもとの長老の柩の前にいることを知った。パイーシイ神父の福音書を読み続ける声も聞こえてきた。なにもかも元通りだ。ただ、先ほどまでひざまずいていたのが、今は両足で立っているのである。アリョーシャは立ったまま、柩にぴったりとよりそい、柩のなかに身じろぎもせずに横たわるゾシマ長老に目を注いだ。今この人の声を聞いたばかりだ。なお耳を澄まし、声を待ち受けた。

アリョーシャは、突然くるりと身をひるがえすと、庵室の外へと出て行った。彼は入口の階段の上にも立ち止まらずに、急ぎ足で庭へおり立った。歓喜に満ちた彼の魂は、自由を、場所を、広い大地を求めていたのだ。

作者はアリョーシャの行動をそう説明する。アリョーシャの泣くの圧倒的な記述が現われるのは、この後である。

「頭上には、静かに輝く星影に満ちた丸い夜空が、ひろびろと、はてしなく広がっている。天心から地平線へかけて、まだおぼろな銀河がふた筋に分かれている。さわやかな、そよりとも動かぬ静かな夜が大地を包んで、教会堂の白い塔や金色の円屋根が、琥珀色の夜空に輝いている。秋の豪華な花々は、建物のまわりの花壇で朝まで眠りにおちている、地上の静寂が天上の静けさと溶け合い、地上の神秘が星の神秘とふれ合っているように思われた。……アリョーシャはたたずんだまましじっと眺めていたが、突然なぎはらわれたようにがばと大地にひれ伏した。

彼は何のために大地を抱き締めたのか、我ながらわからなかった。またなぜ大地を接吻したい、残るくまなく接吻したいという抑えがたい欲求を感じたのかも、はっきりとは理解できずにいた。だが、彼は泣きながら、声をあげて泣きながら、さめざめと涙を流しながら、大地に接吻しつづけた。そうして無我夢中で、自分は大地を愛する、永久に大地を愛すると誓いつづけた。『なんじの喜びの涙もて大地をうるおせ、そしてなんじのその涙を愛せよ。……』と、こんな声が彼の胸のなかに響きわたった。彼はいったい何を泣いたのだろう？　おお、彼は底知れぬ天空から光を投げかけるこれらの星影を眺めてさえ、歓喜にひたって泣いたのだ。そうして《この狂乱を恥ずかしいとも思わなかった》のだ。あたかもこれらの数かぎりない神の世界から投げられた糸が、いっせいに彼の魂のなかに集ったかのような気持だった。そうして彼の魂は、《他界との接触》に打ちふるえていた。彼は一切に対してすべての人々を赦し、自分のほうからも赦しを乞いたいと思った。おお、しかしそれは決して自分のための赦しではなく、万人のため、万物のため、一切のための赦しを乞うのだ。『私のためには他の人々が赦しを乞うてくれるだろう』という声が、またも胸のなかで響いた。

しかしそのあいだにも、彼はあの丸い夜空のように堅固でゆるぎのないものが、しだいに自分の魂のなかへ下り来るのを、刻一刻はっきりと、まるで触知できるかのように感じていた。あの観念とも言うべきものが、彼の知性を支配しつつあった。――しかしそれはもはや一生涯、永久に変ることはないだろう。弱いひとりの青年として大地に倒れ伏した彼は、立ちあがった時は生涯かわらぬ堅固な戦士であった。彼は突然このことを、あの歓喜の一瞬に自覚して感じたのである。そうしてアリョーシャはそののち一生のあいだ、決して決してこの瞬間のことを忘れることができなかった。『あのとき誰かが僕の魂に訪れたのだ』とのちに彼は、この言葉に固い信念をこめてよく語った。」(池田健太郎訳)

(注1) 死んだ妹トシとの再会を激しく希求していた宮澤賢治は、作品『銀河鉄道の夜』の中で、永久の別離をはたした死者との再会を問題にしている。死んだカンパネルラ(トシが投影されている)との再会はどうしたら可能かを問うジョバンニ(賢治)に、ブルカニロ博士は答える。お前が、みんなのほんとうの幸を探し求め、探し出せたときだ、そしてこの再会にはもう別れはない、以後生涯決して離れることはないだろうと。

(注2)「ヨハネ伝」第一章はあまりにもよく知られた書き出しで始められる。

「太初に現あり、言は神とともにあり、言は神なりき。この言は太初に神とともにあり、万の物これによりて成り、成りたる物に一つとして之によらで成りたるはなし。之に生命あり。この生命は人の光なりき。光は暗黒に照る、而して暗黒は之を悟らざりき。」「もろもろの人をてらす真の光ありて、世にきたれり。彼は世にあり、世は彼に由りて成りたるに、世は彼を知らざりき。神より遣されたる人いでたり、その名をヨハネといふ。この人は証のために来れり、光に就きて証をなし、また凡ての人の彼によりて信ぜん為なり。」(『改訳新約聖書』)。

イエスは光、ヨハネは人。ここに記されたヨハネは、伝記作者ヨハネではなく、水にて人々に洗礼をほどこすバプテスマのヨハネである。イエスは聖霊にて洗礼をほどこす(「マタイ伝」は聖霊と火とで、と記す)。ヨハネは、イエスを指して、この人こそが来るべきキリストであり、自分はイエスが登場するまでのつなぎ、前座にすぎないのだと述べる。イエスはヨハネについて、女が産んだ者で彼以上の者はこれまで出てこなかったと讃えている(「マタイ伝」第十一章)。ヨハネはヘロデ王の妹ヘロデヤに憎まれ、首をきられる（「マタイ伝」第十四章）。

ドストエフスキーは『カラマゾフの兄弟』において、ゾシマ長老とアリョーシャの関係を、バプテスマのヨハネとイエスの関係になぞらえて作ったように思えてならない。ということは、私の直感では、アリョーシャは十九世紀ロシアに降り来たったキリストということになる。
（注3）「ヨハネ伝」第二章のこの箇所は、イエスの教えが、自然性を否定したところに成立していることを伝えている。イエスの宗教が父を本質としていることがここに露出した、イエスに母子という関係はありえないのである。そう理解すると、イエスの母へ反応も少しは納得がいくのである。
「誠に汝らに告ぐ、女の産みたる者のうち、バプテスマのヨハネより大なる者は起らざりき。然れど天国にて小さき者も、彼よりは大なり」（「マタイ伝」第十一章。改訳新約聖書）
（注4）「ヨハネ伝」のこの部分は以下である。「彼処にユダヤ人の潔《きよめ》の例にしたがひて四五斗入りの石甕六つならべあり。イエス僕に『水を甕に満せ』といひ給へば、口まで満たす。また言ひ給ふ『いま汲み取りて饗宴長《ふるまひがしら》に持ちゆけ』乃ち持ちゆけり。饗宴長、葡萄酒になりたる水を嘗めて、その何処より来りしかを知らざれば（水を汲みし僕どもは知れり）新郎を呼びて言ふ、『おほよそ人は先《まづ》よき葡萄酒を出し、酔のまはる頃ほひ劣れるものを出すに、汝はよき葡萄酒を今まで留め置きたり』イエス此の第一の徴をガリラヤのカナにて行ひ、その栄光を顕し給ひたれば、弟子たち彼を信じたり。」（『改訳新約聖書』）。
（注5）作者は作品中にイエスという名を出していない。「キリスト」であり「その人」あるいは「あの方」である。

文藝季評24——小さな人生

伊藤氏貴

今季は主人公の人生を見つめる作品が多く目についた。特別大きなことを成し遂げる英雄ではなく、市井の人物がいかに自分の人生を見つめなおすか。

たとえば、森内敏雄『道の向こうの道』では「文学という青春」が振り返られる。

上京したての早稲田大学露文科一年生が、初めての専門科目の講義で開口一番こう言い渡される。「いいかね、きみたち。露文科の学生になったからには、もはや就職はあきらめたまえ」。

大学挙げて就職予備校と化しつつある現在からは考えられないが、一九五六年にはたしかにこういう文学の青春があったのだろう。就職がない？　望むところだと言わんばかりに主人公は文学に耽溺する。そもそも、聖書、『更級日記』、蘇東坡、シェリー、若山牧水、室生犀星を経てのドストエフスキーでありゴーリキーである。以前から詩も書いていた。文学は生活の手段ではなく、生きる目的に関わるものだ。それを考えるための露文科選択だった。

当時の露文科には、主人公同様の文学青年たちが綺羅星のごとくに居並ぶ。すれ違った者たちまで含めれば、李恢成、五木寛之、後藤明生、三木卓…。実名で登場する他の人たちも皆、生きる目的について存分に考えさせてくれるものとして文学を選び、たまたま結果として文学が生きる手段にもなったのだろう。

自らの学生時代をなんの衒いもない口調で懐かしむその語り口のなかに、文学と共にあった、というより文学そのものであった青春が滲むように光を放つ。

森内の青春は、文学そのものにとっての春でもあったのではないか。今の文学部からすれば羨ましいばかりの過ぎにし青春である。

一方、中原清一郎『人の昏れ方』は生の終わりに向かって自らを見つめなおす物語である。

人の一生を色分けするに、たとえば四分割して、青、赤、白、黒とするのが古代中国からの習わしだ。四季と重ね合わせてそれぞれ「青春」「朱夏」「白秋」「玄冬」と言う。本作は、この四つの章題から成る連作で、六十代の主人公・矢崎晃の生涯の四つの季節を描く。

しかし、「人の昏れ方」という書名からして、明るく楽しい「青春」は望めそうにもない。なにしろ第一篇は「悲歌――青春」なのだ。青春にエレジーはつきものと思うかもしれないが、ここでの「悲歌」は淡い初恋に敗れたというような甘ったるいセンチメンタリズムとは全く無縁の厳しい青春である。やっぱりあのときああしておけばよかったかな、などという安っぽい後悔など一切通用しない過去の事実の重荷が、二十歳になったばかりの晃の方に突然のしかかる。

いや、数年前から予兆はあった。母が病死してから、父は少しずつ身辺整理をはじめていた。そして晃が二十歳になったその日に、父は自ら縊れて死んだのだ。それは十分に準備されたものだった。息子が成人しさえすれば。それまでじっと待ち続けたのだ。それほどまでに父にとって過去は重荷だった。

葬式で、父の古い知り合いから聞かされた話は、想像を絶するものだった。晃は一人息子ではなく、父は満州にいたときに母とは別の妻を持ち、晃とは別に三人の子をもうけていた。

しかし、彼の地で敗戦を迎え、日本に引き上げる途次で、家族の全員を失った。その別れは、ここに記すのも憚られるほどに無惨だ。一人生き延びてしまった父の後半生は黒く塗りつぶされていたに違いない。そして、その話を聞かされるとともに天涯孤独になった晃の青春もまた、はやくも昏れかかる。

しかし晃は、それこそ我が身の不幸を嘆く青春のセンチメンタリズムに没することなく、自分自身の人生を歩んでゆく。

「生命の一閃――朱夏」では、新聞社の専属カメラマンとなった晃が、妻と幼い娘との暮らしとの間でバランスをとるのに苦労するさまが描かれる。近所で起きた通り魔事件が晃を変える。

「消えたダークマン――白秋」では、セルビア紛争の取材に身を投じた晃が、現地で見たさまざまな不条理が浮き彫りにされる。父が満州で経験した不条理な死をわずかながらでも追体験できたのではないだろうか。

「邂逅――玄冬」では、日本に戻り、社を辞めて、孤独死した人たちの遺品整理の際に写真を撮るアルバイトをする。そこでもやはり死は不条理だ。

死にまみれた一生を送って来た晃だが、しかし、全体を通して、やはり戦争による死の不条理は際立つ。それは老いや病とは異なり、絶対に避け得ないものではない。そもそも人間が引き起こしたものだ。しかもそこで死ぬのはたいてい戦争を決めた当事者から最も遠い人々だ。

サルトルの「文学は餓えた子どもたちに何ができるか」という詰問は、戦争にもあてはまる。報道写真の方がより早く正確に悲惨な状況を伝えられるのではないか。晃は戦場に身を投じる。そしてそこに自分の生を賭すことで、中国で言う五色の最後の色を手に入れる。人生は必ず昏れるとしても、黄昏の輝きは美しい。黄とは金の色である。晃の生がどれほど不条理な死にまみれようとも、自身の生き方を貫くことで一瞬の輝きを手に入れる。

そして戦争の不条理とそれに苦しみつつ生きる人間を描くことで、作者はサルトルの問に一つの答を与えていると言える。

デビュー作にして芥川賞受賞作となった若竹千佐子『おらおらでひとりいぐも』も、老年を迎え、主人公が自分の人生を振り返る。

東京オリンピックに沸く時代。決まっていた結婚を振り切って東京に逃げ、そこで出会った人と結婚し、専業主婦となって一男一女をもうけたが、今や夫を亡くし、子どもたちも家を出て、近所に話し相手もいない。七十四歳の桃子さんは、今の日本の都会にいる大勢の独居老人の一人にすぎない。その生活上の不如意や孤独を描くだけならば、ルポではあっても、優れた小説とはなりえなかったろう。

作者がこの小説に仕掛けた工夫は数々あるが、まず目を引くのは桃子さんの脳内に鳴り響く岩手弁である。「あいやぁ、おらの頭《あだま》このごろ、なんぼがおかしくなってきたんでねべが」といきなり語り出される冒頭部から、東北とはゆかりのない者さえなんとない郷愁を感じるだろう。

しかし、全体が東北弁というわけではない。二十四歳で上京した桃子さんにとっては、東北弁より東京弁使用歴の方が倍も長い。それでも、いわば古層に属する東北弁が突如頭の中に沸き起こるのである。桃子さんの脳内には層ごとに異なる語りがあり、そしてその桃子さんを外側から語る小説の語り手がいる。その語りの多彩さも読みどころだ。

このように突然「声」が切り替わるのは、実は本書のタイトルの出所である宮沢賢治の詩、「永訣の朝」

の手法でもあった。死にゆく妹に語りかける兄の標準語の文体の中に、妹の岩手弁が他者の声として突然挟み込まれるのである。

しかし、若竹はさらに、その他者性を、桃子さんという一人の人間の頭の中に現出させた。一人になり、もはや自分は誰からも必要とされていないのではないかという重い問題を、しかし、脳内漫才というか脳内コントというか、ユーモラスな語り口によって昇華するその手腕は見事だ。

自分の中にこだまする複数の声には、幼少時代という「古層」の声だけでなく、自分で抑圧してきた「深層」心理の叫びもある。一人になることでほんとうの自分を発見し、さらにはそこからはじめて他者との新たな繋がりを見出す桃子さんの老後は、孤独で悲惨どころか、羨ましくさえある人生だ。

横田創『落とし物』は六編からなる短編集で、それぞれの小さな生が語られる。

一編ずつについて細かく語る紙幅の余裕はないのだが、まとめて語ることを許さない個性に満ちた登場人物たちが跋扈する。あえて暴力的に括るとすれば、ちょっとだけ踏み外してしまった人たちの群像劇ということになろうか。

「お葬式」では、寝たきりの祖母を介護の末、自宅で看取った母が、しかしその葬式にふて寝を決め込んで列席しないという状況が、孫娘を視点人物として描かれる。母と娘との骨肉の葛藤はしばしばとりあげられる話題ではあるが、一歩離れて外から見るとなぜそれほどまでに拘泥するのかわからない。

母は物理的な世話こそするものの、寝たきりの祖母の話し相手は孫娘しかいない。理知的で物知りの祖母と話していても、若いころに母をむやみに抑圧したとは思えない。親子の間のひびはいつどのようにして入ったのか。

孫娘が、はるか昔に母が祖母に宛てた手紙を見つけ、すべての謎は氷解……するならばよく整えられた短編ということになろうが、この手紙を読んでさえ、二人の仲がこじれた真の原因はわからない。少なくとも私にはここに淵源があるとは思えなかった。

おそらくどれほど深刻な葛藤があったとしても、そこに真の原因などはないのだ。ただ、どちらかが、あるいはどちらもが少しだけ踏み外してしまっただけなのである。そしてそのほんの少しの踏み外しが積もり積もるのが親子という切っても切れない近い関係なのだ。

祖母は実のところよくわからないが、手紙を読み、言動から察するに、母の方は少なくともちょくちょく踏み外しがちな人間であることがわかる。そしてそれは孫娘との関係でもいずれ積もってゆくはずだ。孫娘とてまた決して踏み外すことのない人間というわけではないのだから。

つづく表題作「落とし物」では、主人公自身が踏み外してしまうひとである。これは現在の医学で見れば明らかに一種の発達障害に分類されるだろう。しかし、名前をつけたからどうなるというのか。主人公が他人との距離感においてしばしば踏み込みすぎてしまうからといってそれを「障害」として括り出すことが誰の幸せにつながるというのだろうか。

「踏み外し」と言ってはきたが、だれがその境界を決めるのか。たしかに端から見ればいささか常軌を逸しているような人物ばかりが集まってはいるが、彼らの一歩を踏み外しと見るかどうかは、その場に居る当事者だけが決めるべきことだ。少なくともここにいる「踏み外し」の人たちとなら、ちょっとだけこちらが境界を緩めさえすれば仲良くやっていけそうな気がした。いや、あるいはもしかしたら自分がその「踏み外し」の一人で、周りの人たちに赦してもらっているかも、とも。

書肆汽水域という出版元ははじめて知った。本書が、六本の短編の初出である四つの出版社のいずれからでもないところから出されたということにどういう事情があったのかは知らないが、出版界のなんとない閉塞的な状況を感じざるをえない。一方、こうした一見地味な作品を手掛けようという小出版社の心意気に感じ入る。

地味は滋味である。刺戟は控えめだが、ゆっくりと何度も噛みしめるべきもので、その味わいは装幀にも滲み出ているが、やはり手に取って読んでみないことには始まらない。書店で売れ筋の派手な作品の横にそっと置かれるのかもしれないが、まさに本書の登場人物たちさながらに、さほど目立たないが実は味わい深い個性をそこでひっそりと光らせるだろう。

磯﨑憲一郎『鳥獣戯画』はいつものようになんとも不思議な味わいのある作品だ。

近年、長い会社勤めを終えた、芥川賞受賞作家の「私」語りと言えば、これが私小説であると信じて読み進める者も少なくないだろう。なにしろ、「私」は作中で「磯﨑君」と呼ばれもするのだ。その「私」は、古い女友達と待ち合わせた喫茶店で出会った若い女優と京都に行くことになり、というはじまり方からして、往時の自己暴露型私小説を髣髴とさせる。

しかしそれにしては「私」の影が薄すぎる。話はまずその若い女優に移り、京都に行ってからは突然、明恵上人の伝記になって、実にその部分に作品全体の三分の一以上の紙幅が費やされる。やっと「私」に戻ったかと思いきや、三十歳のとき、そして十七歳のときと時代は遡り、現在の「私」との接点はどんどん遠くなる。これが普通のいわゆる私小説でないことは明らかだ。

そもそも、冒頭の一文にはこうあった。「凡庸さは金になる。それがいけない。何とかそれを変えてやりたいと思い悩みながら、何世紀もの時間が無駄に過ぎてしまった」。「何世紀もの時間」を生きる「私」が、一つの肉体に宿る人格のわけがない。

とすれば、この小説の中の「私」は誰なのか。明恵のことを見てきたように描く「私」は、その時代から生きて来たのか。冒頭の「私」と、十七歳のときの思い出を語る「私」は同一人物なのか。

読み終えたあとにさまざまな疑問が湧くが、おそらく明確な答えはない。それはおそらく、タイトルにとられた「鳥獣戯画」が、数世紀にわたって複数の作者によって描き継がれてきたことを踏まえている。近代小説は、「私」ということを最大のテーマとしてきたが、しかし、それ以前は創作する主体としての個人はそれほど重要なものではなかった。作品が面白ければそれでよかったのだ。

本家「鳥獣戯画」が、最初から最後までストーリーを追わなければ楽しめないものではないのと同様、この小説も、おもしろいと思ったところを重点的に読めばいいと「私」は言うに違いない。

〈同人雑誌・会員から〉

合評会風景

岬　龍子

「九州文学」は季刊誌だから合評会は年に四回行われる。初めて参加した日のことはよく覚えている。その良識的な批評、穏やかな物言いにまず驚いた。男性が多く、もっと喧々諤々の談論風発を想像していたが、さにあらん。エリート集団の中に紛れ込んだ雑魚のような気分で終った。

合評会に参加すれば、当然意見を言わなければならない。「読んでいません」は文士の恥と思い二度は読んでいくようにしている。

しかし、九文の冊子は三百ページを有する。

エッセイ、詩、随想、俳句、掌編四、五編、五十から六十枚の短編が常時十編前後の作品が載る。読むだけでも一週間を費やす。そのうえ何がしかの感想を摑み取ろうとすると、毎号容易なことではない。これもすべてが自己鍛錬と励むしかない。

二〇一七年の夏号は偶然にも戦争にまつわる重厚な小説が四編揃った。そこでちょっとした物議を醸した。

「皆さんはお若いのに、（戦争ものだけでなく）もっと他に書くことあるでしょう」と提言したAさん。これに反論がしばし続く。

戦争小説は「九州文学」では戦後から先人がいろんな形で発表してきている。戦争ものがだめというなら、先人が発表した作品はどうなる、といった論法で迫る。議論は二次会の珈琲タイムまで持ち越しとなり、賛否、白黒、右か左かの問題と発展していった。

八十歳を越した女性、Aさんは果敢に応戦していた。後日談からいうと、戦争記を決して否定したわけではないということ。

Aさんは幼少の頃満州にいて、悲惨な戦争のあおりを実体験しているために、暗い話はもう懲り懲りという思いからの発言であったと伺った。

戦後生まれの筆者は、戦争の悲惨さをこの身に掠ってもいない。それゆえ、百人いれば百通りのどんな体験でも、知り得たいと望む。戦争を直に体験しなくともフィクションの力を借りて書き残すことには何らかの意義が付加していないだろうか。書き残し、それを広く伝える事こそが大事な役割だと思う。

一方、書かれたものよりも困難な状況を味わったAさんの、実体験を踏まえたうえで、現代人には現代に蔓延している問題に取り組んで欲しいという思いでもって、一石を投じた発言には大いに共感すると共に、拍手を送りたい。

堂々と意見を出せる場所、雰囲気こそが生きた合評会といえるのではなかろうかと、白熱した議論に耳を傾けていた。

（「九州文学」編集委員）

小川洋子『密やかな結晶』舞台化にふれて

松本和也

小川洋子の長編小説『密やかな結晶』（一九九七）のことが、ずっと気になっていた。気になるゆえんを探りながら、「主題としての〝書くこと〟」という論文を書いた（拙著『現代女性作家の方法』水声社、二〇一八）。書いてみて、気になるポイントが〝小説を書くことの意義を小説それ自体において問うこと〟だと気づいた。『密やかな結晶』は、小説の存在意義を問うというメタフィクション的な一面をもつ。しかも、さまざまなものが次々と消滅していく物語世界では、鳥や本のみならず、身体までもが消滅していく。

昨年、そうした『密やかな結晶』舞台化の情報にふれ、意外に感じつつも、やはり気になった。

それは、率直に素晴らしい舞台だった。透明な印象を残した石原さとみ、プロットを体現しながら作品の背骨を支えた鈴木浩介、エンターテインメントの局面を一手に引き受けた山内圭哉など、俳優陣の好演はもとより、鄭義信《チョン・ウィシン》による脚本・演出も、原作のエッセンスを生かしたテンポのよい場面構成と展開とによって、佳作と称して差し支えない出来に映じた。

以下に、原作者の小川洋子と、脚本・演出を担当した鄭義信による対談「新たな翼で羽ばたく、珠玉の物語世界」（『IN POCKET』二〇一八・一二）を手がかりに、原作『密やかな結晶』が舞台化されたことによって生じた違いについて、少しく考えをめぐらせてみたい。

第一に、秘密警察が大きくとりあげられたこと。『密やかな結晶』の物語世界では、消滅に伴い島の住人はそのことにまつわる記憶も消失していくのだけれど、「わたし」の母やR氏のように、記憶を失わない者《レコーダー》が少なからず存在し、秘密警察はそうした人々を取り締まっていく。秘密警察とその権力の強調によって、ナチスの暴挙／潜伏生活を彷彿とさせる明快かつ悲劇的な対立図式が劇中にもちこまれる。その結果、原作における、小説を書くことを支えに生きる「わたし」の、か細くも力強い、諦めにも似た希望は、舞台化によって不条理な権力（暴力）に抵抗する、本＝文学に託された心＝愛へと変じていくだろう。

第二に、献身的に「わたし」を、そしてR氏の潜伏生活を支えるおじいさんに、若くて美しい俳優・村上虹郎がキャスティングされたこと。観客に戸惑いをもたらすこのギャップについて、鄭は「このおじいさんはものすごく大きな存在なので、普通にやっても伝わらない。あえて若い人が演じることで、何かをプラスできるんじゃないか」と述べていた。このことによって、確かに、「わたし」をめぐるR氏とおじいさんとの三角関係が形成される。ただし、先に他界するおじいさんが恋敵になることはなく、劇の終盤にかけては、心が衰えゆく「わたし」と記憶保持者《レコーダー》のR氏との恋愛がクローズアップされていく。原作では小説家の「わたし」と編集者／読者のR氏という関係だったことを思えば、ここでもやはり、舞台化によってわかりやすい恋愛ドラマへとシフトしたことは明らかである。ちなみに、こうした「わたし」とR氏との関係については、先の対談に次のようなやりとりがみられる。

鄭　僕は、この小説を最初に読んだ時、R氏と「わたし」の変化していく関係性がすごく演劇的だと思いました。逆転していくにつれ、彼女のなかで、愛というものが欠落していきますよね。彼女の愛情はどこに消えて行くのか。

小川　こう言ってしまっては身も蓋もないのですが、結局「心って何だろう」とずっと考えている小説ですね。

つまり、小説と心とが『密やかな結晶』における二つの中心だとすれば、原作においては小説が、舞台においては心が重んじられており、そのウェイトは舞台化によって明らかに変化したのだ。

以上を総合して、第三に「結晶」とは何かについて。小川洋子は「人間は、あらゆるものを奪われたとしても心の中には洞窟みたいなところがあって、そこにひとかけらの結晶を持っているのではないか」、「誰かに見せるものでもないし、誰にも奪えない。そんな「密やかな結晶」を、誰もが隠し持っているというイメージがありました」と述べている。舞台、特にその結末に即せば、「結晶」とは愛の記憶以外のものではない。これに対して、原作の幕切れは「わたし」の消滅で、その「わたし」は、小説の消滅後にもなお、R氏のサポートによって小説を書こうとしてきた小説家であった。だから、『密やかな結晶』とは、書けなくなる小説家の生涯を書いた小説なのだといえる。別のいい方をすれば、原作では、小説がつきつめられている。

単なるよしあしではなく、『密やかな結晶』舞台化をめぐって、上演それ自体を楽しみつつ、原作小説とも再会し、それぞれの特徴がいよいよ明らかに感じられたのである。

船旅

塚越淑行

　四十年以上も前、大学を終えても就職はおろか日本にいることもいやで、さしたる目的もなくロンドンを目指した。飛行機なら安く早くいけるのにその考えは浮かばず、私は四十五日をかけて船でいくことにした。P&Oの客船オロンセイ号、二月末の霙の降る日に横浜埠頭を発った。東京湾から外海へ出るとたちまち船酔いが始まった。

　丸一日ベッドに横たわっていたが、このままだと死んでしまうと脅され私は無理やり甲板に連れ出されてしまった。胃には何もないのに嘔吐感に堪えながら歩かされていると、不思議なことに気分が晴れていった。以後船の揺れなど気にならなくなった。大時化でグワンと船がもちあがり瞬間ドスンと底に落ちる、優に七、八メートルは落差のあると思える上下の揺れが繰り返される。船客は老人が多くいたるところで嘔吐するのでボーイが大変そうだった。テーブルの上のすべてが床に落ちてしまうからまともな食事ができずビュッフェ形式にせざるを得ない、しかし私は揺れもかえって面白いと思いながらたっぷり食べつづけた。

　毎日することは決まっている。紅茶とビスケットをもって朝ボーイが起こしにきてくれる。身支度をして甲板に出、前後左右見渡す限り海しかない中、空を確かめる。青空もいいし灰色の空もいい。胸いっぱいに大気を吸う快さは陸地のそれとは違う。それから朝食。読書あるいは海を眺めてぼんやりし十時にティーと菓子。テーブルテニスをしたり眠気を感じるとデッキチェアーで横になったり、そうこうするうち昼食になり午後も何となくすごして三時の茶、それから夕食、夜はホールで何かしら催しがある。動かないわりに食べてばかりの一日なのだ。親しくなったカナダの老夫婦にいわれてしまった。あんたはよくそんなに食べられるな、と。朝食になど出てこない人のほうが多いのだ。それを私は律義にきちんと出ていたから目についたのだろう。でも船上は空気のいいせいかいくらでも食べられるのだ。それにしても海上の大気は陸上の大気となぜこうも違うのだろう。目に見えなくても車や人や家から濁った物が出ているんだと甲板の手すりにもたれながら考えてしまった。

　ハワイが近づくと空の青さに際限がなくなっていくようだ。もちろん天候によって色は変るのだが青の深さが違う。そうして海の色も空に呼応して変るのかもしれない。どちらも経験のない色合いなのだ。船旅なんて退屈極まりないと想像されるかもしれないが、ぼけっと何時間でも空を眺めていてあきない。ハワイに上陸して街を歩いたらそこにあるのは陸の大気だった。いつの間にか私は無色透明なはずの大気の色に興味を抱いてしまったのに気づいた。これは船旅の醍醐味の一つに違いない。そんな意識で水平線上の朝日や夕日を眺めると赤が濃い。科学的に説明されうるのかもしれないが、私にはそんなの関係ない。知らなかったものを知る新鮮さが魅力だった。

　バンクーバーは真冬の寒さで曇天から氷雨が落ちていたのにアメリカ沿岸を南へ移動するにつれ空は青さを増し、そこに白い雲が浮かんでいると物思いに誘われる。色の対比のせいか、あるいは白雲が何かの形を思わせるのか。日差しと暖かさが強まり船は太平洋から大西洋へ移行する。昼日中のパナマ運河では日がことのほか強く光のきめが一段と細かになった。だがそれは肌を突き刺すというのとは違う。透明にキラキラと輝いているといっても正確でない、いわくいいがたい透明感のある輝きだった。汗をかいていたわけでも光が耐え難かったわけでもないが、私はカミュの「異邦人」を連想した。ムルソーの殺人は太陽のせいだというのが分った気がした。

　その後カリブの島々に寄りながらフロリダ、シェルブール、と寄港し終着の港であるサザンプトンについた。灰色の空が広がっていた。なぜかその色合いが一目で気にいり、それは今につづいている。イギリスやアイルランドが私は好きなのは多分にこの暗澹とした灰色の空のゆえである。ロンドンまでの車窓で目にした赤レンガの建物と芝の緑も鮮やかに残る。緑の野と灰色の空は意外にマッチする。イギリスやアイルランドは冬の味わいが最高だ。

　船旅は、それぞれの土地にはそれぞれの大気がありその大気にはそれぞれの色あいがあり、風景ばかりでなくそこに住む人たちにも影響を及ぼしているのだと私におしえてくれた。もう一つの思い出は船上人たちである。たとえば私が夫婦と見ていたカナダ人の老人と婦人は実は船上の恋人だった。さりげない所作など恋の熱さより落ちつきがまさっていたから見間違えたらしい。バンクーバーで老人のみが下船し婦人は甲板から手を振っていた。無言でハンカチを頬に当てながら静かにたたずんでいた。深いことは知らなくとも私には、それは悲しく切ない別れだった。閉ざされた船中で同じ顔ぶれですごすのだ。また派手な喧嘩もあった。恋に喧嘩に華が咲く。

永遠の書物

村主欣久

「心に残る一冊」というテーマで書かれた文章をよく目にする。青春の途上で不条理な世界の観念にとらわれ、迷いの淵に陥ったとき、一冊の書物が、生きることに肯定的な意味を見出すように導き、その後の人生でもくり返して指針を与える――、そんな「永遠の書物」が存在するという信仰は、この時代においても意外なほどに浸透している。

つまり、猛威を振るう現実に立ち向かうために、書物に代表される知的・精神的世界が確かな基盤を提供する、という信念である。

こういった思想が育まれる背景には、例えば、シベリアのオムスク監獄の囚人小屋でひとり聖書を読んでいるドストエフスキイや、プーシキンと語らいつつラーゲリの日々を送ったシニャフスキイの姿が揺曳しているかもしれない。

筆者の個人的な経験を振り返っても、読もうとする書物の選択に当たって、このような想いが多少なりとも働いていたように思う。少なくとも、二十代の終わりにジャン・アメリーの『罪と罰の彼岸』(池内紀訳、一昨年みすず書房より復刊)に出会うまで、その観点にさしたる疑問を持つことはなかった。

『罪と罰の彼岸』に収められている幾つかのエッセイは、著者自身のアウシュヴィッツ体験を巡る省察だ。冒頭に置かれた『精神の限界』を読み終えたとき、既に、この著作を親しい人に薦めることをためらう気持ちになった。強制収容所の恐怖が詳細に述べられているからではない。その類の書物であれば他に数多く存在する。そうではなくて、我々が素朴に信じ込んでいた精神的な諸価値が、収容所の生活では、決定的な瞬間に役立つこともなければ、生きのびるのを助けもしなかった、という著者の告白のゆえである。

「記憶をまさぐるようにして単調につぶやいてみた。ついで小声で詩句をくり返し、響きに耳をそばだてた。そのリズムを味わいながら何年来というもの、このヘルダーリンの詩に自分がもっていた情熱がよみがえり、精神のおめきが立ちもどるのを切望した。だが、何もよみがえらなかった。何一つ立ちもどりはしなかった。詩はもはや現実を超越してはいないのだった(池内紀訳)」

それでは、なぜアメリーの場合には、ドストエフスキイやシニャフスキイとは異なり、読書と書物が支えにならなかったのか。囚人たちを取り巻く環境の苛酷さという点で、ドストエフスキイの時代の監獄と、第三帝国の絶滅収容所とでは比較にならない、などと考えるのは安易にすぎるであろう。むしろ、会田雄次

〈同人雑誌・会員から〉

『アーロン収容所』の一節に、その事情をさぐる鍵がある。

　壊滅寸前のビルマ戦線で、会田は日本兵の一屍体の手もとに書物が落ちているのを見つけ、そのフランス文学思想に関わる一冊を、懐かしさのあまり持って行く。しかし、行軍中に読もうとしても、一、二分と読み続けられない。パスカル、モンテーニュといった字を見たとたん、著者の眼前には大学の研究室、先生、学友、書斎、茶、たたみなどが、もう現実には味わえない極楽浄土の幻想のように現われ、心を締めつける。

「読書環境までをふくめて二度と帰ってこないであろう世界への郷愁というものは、どうにもならぬほど強いものだったとしか言えないだろう。だから私は、あまり読めない、そして『重い』この本を、捨てるどころか毎日さわってみないと不安だったのである」

　読書が自らの文化的伝統の文脈に位置づけられることで、自己と書物との直接的な関係に止まらない、重層的な意味を担うようになる。つまり、読書という行為が孤立していないのだ。だから、戦場を彷徨する一人の兵士は、書物の内容を読むより、肌身離さず持っている方に支えを見出す。「聖なるロシア」の伝統に帰るべき場所を持っていたドストエフスキイとシニャフスキイにとっても同じことが言えるだろう。

　翻ってドイツで教育をうけたユダヤ知識人であるアメリーにとって「自分がよって立とうとする当の基盤が、ことごとく敵のものだった」という事実が、内面的な抵抗の意志を失わせたことは想像に難くない。併収されている『人はいくつ故里を必要とするのか』でアメリーは書いている――「私たちの郷愁は自己疎外というものだった。（中略）もはや自分のものではない国の歴史、もはや思い出したくない様々な風景」と。会田の語る「郷愁」との相違は明らかだ。

　しかし、アメリーの直面した状況は、日々均質化されて固有の精神的故郷を失いつつある我々に果たして無縁だろうか？

　そのような深刻な問いが含まれているがゆえに、『罪と罰の彼岸』は、今なお筆者にとって、逆説的な意味で「永遠の書物」であり続けている。


（了）

「運ぶ」力

矢内久子

　二〇一七年九月十日、私はついに両神山に登ってしまった。事の発端は、一年前の一六年九月に、小鹿野町教育委員会から、両神出身の作家大谷藤子さんについて話をするようにという依頼を受けたことからだった。そのとき、実は私は、何で今頃？というのが正直な気持だった。大谷さんについては、もう三十年近くも前、県が〝女性史〟を作ることになり、そのための執筆委員として、両神村には何度も足を踏み入れていたのだ。「さいたま女性の歩み」上下巻（埼玉県）が平成五年に発刊されてから十年位の間、私が四十代の終りから五十代位までの間は、県内各地に何度も話に行ったことがあったのだったが、両神村からも小鹿野町からも話はなく、今ではほとんど忘れ去られていると言って良かったのだ。

　秩父には宮沢賢治が二十歳の頃、岩石や地質調査のために一週間程の旅をしている。前田夕暮が父の工場の後を継いで造材業のために何年間か暮らしていて、多くの短歌を詠んでいる。賢治も夕暮も幾つもの詩碑や歌碑が建っている。ああ、ようやく秩父生まれの小説家、生粋の秩父人の女性作家大谷藤子に光が当ってきたのだな、と私は思い、随分長い時間が掛ったことと思いながらも、やはり嬉しく、大谷さんのことなら、これは行かない訳にはいかない、と出かけて行ったのだった。

　昭和の終り頃は女性史のブームで、あちこちの自治体等で刊行が相次いでいたのだけれど、埼玉の場合は、一般女性全体の通史ではあったけれど、詩人歌人、俳人、そして小説家など文学者にも一人の女性として光を当てるという、前例のない方法を採用したのだ。

　私は四十代終りの三〜四年の間、国会図書館や日本近代文学館などに、週に一度のペースで、お弁当持ちで通っては、大谷藤子、平林英子、北川千代の三人の女性について書いたのだった。量的には思うようにはならなかったけれど、様ざまな事を掘り起こせたのだ。

　本当に久しぶりに、大谷藤子さんだった。両神も小鹿野も三十年近く前とはすっかり変っていた。それでも西の空にどっしりと重々しく聳えている両神山は全く変らずに、その不思議な姿を静かに霞ませていた。

「ねえ、あなた、両神山に登ったことありますの？」初対面の小鹿野町教育委員会の山本正美さんに、開口一番にお訊きしたのが、思えば初まりだった。赤茶色の岩石だけでできているような、大きな屏風でも立て掛けたような形をして、両神の西の空にじっと鎮もっている何とも異様な山容を眼にしたとき、この山が、

〈同人雑誌・会員から〉

なぜかとても不思議な山のように思えたのだ。私はもう三十五年も小鹿野に暮らしているのですが、両神山に登ったことはありません。これが山本さんの答えだった。あら、じゃあ、あれに登りましょう？　ご一緒に。

大谷さんがあの山の麓で生まれ、少女時代を過ごし、東京の女学校を卒業して結婚、それから広島の呉で暮らし、東京に帰ってから、世田谷の小さな借家で、生涯に渡って小説を書き続けた間、何回かは故郷の両神に帰省することはあっても、最後まで作家として暮らしたのは東京だったのだ。そして書き続けたものは、ほとんど全てが、故郷の秩父で生きる山村の人々のことだった。あの山は、大谷さんの中で、一体、どういうものであったのだろう、と不意に思ったのだ。ね、登りましょうね、いつか、必ず。そのとき、山本さんは無論のこと、私自身だって、あの両神山に登れるなどということは、多分、思ってはいなかったのだと思う。それでも、一度口に出してしまったら、それはもう決定事項になった。

どこから見ても皆目どのような山なのか見当がつかない。あの山が知りたい。あの山の中が知りたい。見たいのだ。目的は登山ではない。とは言え、登らない訳にはいかない。

私のそれからの一年は、我ながら涙ぐましい努力の日々となった。エレベーター、エスカレーターは無し。両足首に砂袋。毎朝三十分のストレッチ。重い荷物を持って歩く歩く。

それこそ私はやはり恵まれていた。三十年前お世話になった両神教育委員会の高橋稔さんが山歩きのエキスパートで、この私のとんでもない願いを、優しく聞き届けて下さったのだ。この高橋さんと山本さんとに付き添われて、ついに二千メートルの頂上近くの油滝まで、十二時間の行程を、私は自らの足で登って下りて帰ってきたのだった。これはまた随分と長いご滞在でしたねえ、地元の者もあそこまでは行けません。これは凄いことです、自慢していいことです、と心配して待っていてくれた人たちにほめられると、すっかりその気になって、口も利けないほどの恐しかった行程もあっという間に忘れ去った。しかし、本当を言うと、生きて帰れて良かったと、心底思っていたのだった。そして、この山行きで気づいたことや考えたことはたくさんあったけれど、何よりも良かったのは、自分の体重が軽かったことだった。一歩一歩、自らの足でこの自分の体を頂上まで運び上げてゆくことが、どれほど大変なことかしみじみ解ったのだった。どこへどのようにして、自らの体を運び上げ、自らをどこへ向わせるのか。

私たちの「風姿」は創刊十周年、これからの十年に向かって、私と私の小さな舟を運ぶ力が、以前にも増して必要になるだろう。

文芸同人誌について

木下径子

文芸同人誌に書いている人たちが高齢化してきて死亡したり病気になったりして、人数が少なくなってきた。「街道」で言えば三人が茨城県に住んでいて震災の影響もあったのだろう。三人とも心臓発作で亡くなられた。

同人誌に参加している人たちは読むこと書くことが好きで、文学に長くたずさわってきた人たちである。自ら散財しても自分が経てきた人生経験を書き残しておきたい。しかし自分史ではなく文学作品として他人にも読んでもらい共感を得られれば、何よりと思っている。

心を込めて書いた作品をほかの人にも読んでもらい批評してもらえれば、文学に対してどんなに励みになることだろう。

そのような場が現在あまりにも少なくなってきている。週刊読書人の欄さえなくなるという。季刊文科、三田文学、図書新聞の欄以外にはなくなり、それもきわめて少ないページ数でほんの飾り物のようになってきている。同人誌の作品を読むのはさぞ大変なことだろうが、同人誌の作品に意義を感じ興味をもって下さる方が極めて少なくなってしまった。

文学は若い人達のものと言わんばかりに商業雑誌に向いた売れる作品に力を入れて、高齢者の作品は殆ど載せない。

わたしは人生経験をつんだ人たちこそ人生の味を知っていて、奇をてらって読者を引き込み目立つ書き方をしない。自然に深い味わいが滲み出てくるだろう。

だが同人誌に書いているような人は、器用に、上手にフィクションやエンターテイメント向きにはかけないかもしれない。

純文学宣言をしている「季刊文科」は現在の商業主義に、雑誌の中では貴重な存在である。だがもっと宣伝をしてアピールをして、本屋にも置いてもらいたい。本屋で手に取って立ち読みすることは殆どない。見つからないからである。

高齢化社会になって時間が沢山ある人、これまで本を読んできた人たちは、書くことが生き甲斐である人が多々居る。若い人たちの冒険心や奇をてらった作品ばかりではなく、地味でも味わいのある経験者たちの作品も、文学の世界、小説の世界でもっと取り上げてもらいたいと、近頃のウェブばかりの時代に、紙のページの本を大切に扱っていただきたいと、心から願っています。

（「街道」主宰）

〈同人雑誌・会員から〉

読書人口

善積健司

職場近くにある行きつけの古本屋の店主にこんな質問をしたことがある。

「芸人……芸能人が芥川賞を取りましたよね、とうとう。どう思いますか？」

店主はいかにも、どれだけ本を読んだかわからないような、目が本の形になっている様な中年男性で、きっと「これで純文学は終わった」とか「けしからん」とか悲観論や皮肉を述べるだろうなと思っていた。文学を自分だけが分かっているような、昔の文学は良かったみたいなことを言うと思った。

が、意外な答えが返ってきた。

「めちゃくちゃ嬉しいニュースですよね。喜ばしいことです」

「え……どうしてですか」

「これで本を手にとる人が増える。読書人口が一人でも増えてくれれば古本を買いに来る人も増える」

ゆえに、これ以上ない吉報なのであった。

私は文学フリマ大阪の事務局をボランティアで手伝っている。確かに私も喜ぶべきだった。伸び悩む来場者が、増えるぞ！　と。なぜ、私は、したり顔で「芸人がとって、どうなんすか？　どうなんすか！」などと言おうとしていたのか。

文学とは、読書人口の問題であった。中身の問題ではない。とにかく中身はできるだけ多様化して、深いもの、浅いもの、複雑なもの、シンプルなもの、プロのもの、アマチュアならではのもの、タレントのもの、学者のもの、持ち得るすべてを動員して、活字圏を守るどころか、映画やゲームに負けてないし、味わい深いよと、人が文字に目を通す「時間」を奪い取らねばならない。スマホで映像を見るよりは文字を読んだ方が楽しいよという、活字にとっての覇権戦争がとっくに始まっていたのだ。

その認識は、文章を売って食べていかねばならない人間にとっては、大問題であった。

昔、荒川洋治氏が講演で「昔は詩人の前に詩集おじさんが立っていた」と言っていた。詩集おじさんとは何か。荒川洋治氏につきまとうおじさんである。不気味な構図である。おじさんがおじさんを追いかける。「そのおじさんはね、詩人の家をどっからか調べて、いきなり玄関の前に立ってるんです。え、どなたですか？　すると、詩集をよこせ詩集をよこせーと。初版本だな。出たばかりの詩集を待ちかまえて、買っていくんだ。玄関まで押し掛けて。次の本はいつ出るんだって。有名でも何でもない頃だよ」

有名になる前の詩人の詩集を買って、有名になってから売るとかではなく、プレミアになるから、自慢のために買うとか、そういうことでもないらしい。純粋に、詩集を集める謎の人がいたそうだ。それも、何人も。詩を追い求める時代があったのだ。「そういう時代、信じられないでしょ」

無名の詩人の家にやってきて、詩集を買う時代。それこそ、小説やマンガの中でしかないような世界だった。そういえば、文学フリマも、そのほとんどが、通常の流通に乗らない本ばかりで、「本に対する期待」によって成り立つマーケットである。

今、バンドSEKAI NO OWARIの藤崎彩織氏が直木賞をとるかどうかで話題になっているが、もし受賞したら色々な声が上がることだろうと思う。それらは嫉妬と皮肉に終始するかもしれないし、古本屋の店主は「本を買う層が、音楽しか聞かない層にまで進出したぞ！　みんなどんどん頑張れ！」と喜ぶだろう。これから、玄関先まで本を買いに行っていた層がどんどん亡くなっていき、生まれたときからスマホとともに生きてきた層と入れ替わっていく。その時、活字はどうなるだろうか。おそらく、スマホで本の宣伝を目にして、通販や文学フリマ等の即売会に出かけて購入しにいくので、昔は云々というけれど、今も熱いと言えば熱いのだ。

古本屋の店主から始まった芥川賞の話に、一応オチらしいものをつけてみる。

後日、私はとあるバーで若松英輔氏の講演を聴きに行った。

若松氏の話は、キリスト教をベースにした「知」への情熱にあふれていて、自分は一介のハーブ売りに過ぎないと述べる、とても謙虚な人で、いつも文章を書く時は小林秀雄を隣に立たせて、ちゃんと小林先生が頷いてくれるかどうか、どきどきしながら執筆しているという。

その講演が終わった後、質疑応答になり、誰か一人が、芸人の芥川賞受賞についてどう思いますか？　と質問した。会場が和やかな笑いにつつまれた。若松氏はこれ以上ない真剣な顔で答えた。

「私は、彼が芥川賞をとったことについて、とても喜ばしいことだし、芸人とか何とかそういうことについても、なにも良いも悪いもありません。ただ……彼は太宰治が大好きなんです。太宰が好きで、文学をやっているというところもある。太宰を誰よりも読んでいるかも知れない。太宰をどんな人よりも愛しているかも知れない。耽溺しているかもしれない。

みなさんご存知だと思いますが、太宰は芥川賞が欲しくてしかたがなかった。青森にある太宰治記念館に行ってみてください。川端康成宛に、巻物で、芥川賞をくださいという嘆願書が展示されています。これ以上ない正式な文章で、すさまじいものです。もてる最大の礼節をもって、全力で書状をしたためています。……それでも太宰は取れなかった。渾身の書状です。

私は、彼が芥川賞を受賞したことについて、特になにも言うことはありませんが、ただ一つだけ言えることがあります。それは、彼が二度と、芥川賞を取れなかった太宰の絶望を知ることができなくなったということです。彼がもし、渾身の作品で、取れるかもしれないというところで、芥川賞を落ちていたのならば、太宰の苦しみともがきが、ああこういうことだったか！　と彼にしかわからない形でわかったかもしれない。しかし、彼は受賞してしまった。私だったら落としていたとかそういう話ではありません。落として成長させるべきだったとかそういう話でもありません。繰り返しになりますが、ただ一つ言えることは、彼は二度と、あの太宰の絶望を知ることができない、それだけです」

活字がこれからどうなっていくか、スマホが文学にどんな影響を与えているか。批評家は色々と書いていくだろうと思うし、私も懸命にそれを読むと思う。そして、移りゆく社会で変わらない何かがあるとするならば、古本屋の店主の喜びや荒川氏の詩集おじさん、そして「彼は二度と、あの太宰の絶望を知ることができない」という一言だと思う。

（大阪「あるかいど」編集委員）

同人誌経験から

新名規明

現在私は、二つの文芸同人誌に加入しています。一つは福岡市で発行している『ガランス』、もう一つは、長崎市で発行している『ら・めえる』です。

私は長崎市在住で、昨年から『ら・めえる』の編集人となっています。

私の同人誌経験は、五十年ほどになります。同人誌作品の批評は、以前は『文學界』に掲載されていました。それがなくなり、少し寂しい感じがしていましたが、最近は、インターネットを通じての情報など、多種多彩な形で同人誌の紹介がなされています。同人誌の作品の中には、芥川賞や直木賞を凌駕する作品もあることは、同人誌の状況に詳しい方々の感想ではないかと思います。同人誌で活躍しておられる作家の方々の作品が広く世間に知られるようになることを願っています。

（「ら・めえる」編集人）

結成10年を迎えた吉村昭研究会

桑原文明

季刊研究誌「吉村昭研究」は、毎月一日の発行で第四十一号を発行している。毎年、三、六、九、十二月の刊行を堅持している。勿論、全て順調に推移したわけではなく、ある号など、私のミスによって全巻を回収し、発行し直すということもあった。発行日に余裕を持って作業していたため、その時も一日発行の大原則はかろうじて破られなかった。

初期に原稿を寄せて頂いた作家の吉住侑子氏、吉村氏の友人、荘司賢太郎氏、両氏共に今は居られない。

特に、荘司氏には一方ならぬお世話になった。荘司氏は、吉村氏と同じ病気で同じ手術を受けられ、肋骨を六本切除されていた。私が、「吉村先生が五本ですから、これは荘司さんの勝ちですね」と言うと、苦笑いをされていた。

学習院時代の友人であるだけに、昭和二十年代の貴重な資料を何点も寄贈していただいた。「ジュリアンデュヴィヴィエについて」（新生4号、昭22・11・23）はコピーであるが、「放送劇雑感」（たつのおとしご、創刊号、昭25・12・1）「尻切れトンボ」（学習院国劇部創立四周年パンフレット、昭26）の二点は共に原本である。

中でも珍しいのは、吉村氏の自筆原稿である。と言っても単なる自筆ではない。

「学生時代私が体調をくずしたとき、吉村さんが私の原稿を清書してくれたものです。／私が間違って書いた字をそのまま直さずに写しているところなど、いかにも吉村さんらしいですね。／題名が抜けていますが、確か「学習院文芸」第二号に掲載した、山百合という私の作品です。

／荘司」

日章製の四百字の原稿用紙十五枚に清書され、右側に三箇所穴が開けられ、赤い糸で和綴じされている。その掌編小説は実際に学習院文芸第二号に載せられている。恐らく津村節子氏もご存じないのではないだろうか。

研究会のもう一つの柱は、イベント「悠遠忌」である。氏の命日（七月三十一日）前後に地元荒川区で開催している。

イベント内容が定まらず、危うく流会になりかけたこともあったが、今夏は第九回となった。新潮社、岩波書店、講談社、文藝春秋、筑摩書房と、主要な出版社の編集者をお迎えして、講師になって頂いた。皆、「お車代」ならぬ「電車代」程度で、ほとんどボランティアであった。

和田宏氏（文藝春秋）は、その後も何度も原稿を寄稿され、その分かりやすい評論は好評であった。『余談ばっかり』（文春文庫）が刊行される直前に亡くなられたのは残念であった。東日本大震災にあわれた田野畑村（岩手県）からは、職員の方に状況説明をしていただいたが、その方は今は村長である。

単行本も何冊か刊行している。『吉村昭資料集1（創作解題・著書一覧）』『吉村昭資料集2（著作年表・初出一覧）』に引き続いて、昨秋には『吉村昭3000（アイウエオ順吉村昭辞典）』を刊行した。

人名（四二三名）を含む、全ての創作（三六八編）、随筆、対談など、約3000項目を採録したのでこの題名とした。なお、この辞典には付録としてA4版10ページの「吉村昭創作年表」を付けている。習作を除く三五九作品をジャンル別に分け、年代順・月毎に置き、氏の関心の流れを、一目で見える形としている。

よくライバル視される司馬遼太郎氏と比べると、大衆的人気度は大きな差がある（松山市には「坂の上の雲ミュージアム」がある。何と一編の作品で一館が出来上がるのである）のは事実だが、吉村昭研究会も、日々、活動の手を休めていないことをお伝えしたい。

（『吉村昭研究』編集発行人）

なぜ書くのか?

高城　紹

同人たちとときどき話すことですが、同人雑誌であるなしにかかわらず、だれが読むのか定かでない作品を、いったいなぜ苦しんでまで書こうとするのだろう、と見方によれば素朴すぎる疑問を抱くことがあります。その疑問が解けたからと言ってどうだというわけではないのですが、ときに同人のあいだからは「書きたいから書くのだ」と、これまた素朴な答えが返ってきたり、「自分のなかの詩人を完成させるために」などと、芥川龍之介みたいな答えが返ってくることもあります。文芸に限らず、たとえば美術や書芸術などもおなじように、つまり街角のギャラリーなどで、個展やグループ展などが、たしかにだれに、と言ってではなくとも開催され賑わっていります。それらのギャラリー展を観るように、同人雑誌の諸作品もつれづれに読んでいただければ、同人雑誌で作品を発表している者には喜びなのです。

「なぜ書くのか」という問いに関して言えば、ひとつのおもしろいアネクドートがあります。いつの時代だったか、フランスのとある文芸雑誌がいろいろな作家たちにとったアンケートで、やはり「あなたはなぜ書きますか?」という設問がありました。それに対して答えたひとりに有名な老詩人がいました。彼は「弱いがゆえに書く」と答えたのですが、それを読んだ若き小説家は「書かないことが弱さなのではないか」と異見を述べたのです。この両者がその後、どうおたがいの立つ位置を確め合い、これを生かしていったのかは定かでありませんが、老詩人がいう「弱さ」と若き小説家のいわゆる「弱さ」とのあいだに若干の意味の相違があるとすれば、後世の我々はその違いを考慮に入れて読まなければなりませんが、しかしいま、平成日本のプロ・アマ問わず物を書きつづけている作家たちが、自分自身の作品を書く動機、また自身の内面部分についてどう考えているのか、そしてそれはいまの世の動きや将来、風潮や方向性などとどうかかわるのか、おもしろいテーマであるかもしれません。

同人雑誌は現在、一部から「老人雑誌」などと揶揄されているほどに高年齢化している、とある同人雑誌の主催者に言われたのを思い出します。その是非はしばらく措くとしまして、いま同人雑誌、つまりアマチュア作家は何を求めて作品を書き、またすくないながらこれらの作品に触れてくださる方々は何を求めておられるのか、僕たち同人雑誌に拠る作者たちには関心のあるところです。昭和五十年代であったと記憶します

〈同人雑誌・会員から〉

が、ある大型文学賞の選考委員をしていた評論家が、その選考会で述べていたことがあります。「最近のこの文学賞の傾向として、確かにうまいとうなずける作品がならび諸作家の技術も上がってきているには違いないが、これまでのように粗削りながらも作者の『これを書かずにはいられない』という思いが伝わってくる、技術的にはまだまだ未熟だと思っても読ませる力のある作品はあまりみられなくなった」というのです。

なにも同人雑誌の作家たちに「下手になれ」というのではありません。文芸はうまいに越したことはないのでしょうが、「自分自身の詩人を完成する」とは、平成日本の作家たちにはもしかすると大げさすぎるかもしれませんが、同人雑誌は商業誌と違い読者も限られてはいますが自由に自分自身を描ける場ではないかと思っています。小さくとも世の中に出すものなので読まれてはじめて価値が出るものではありますが、あまりにそれに偏してしまうのは売れる売れないとか現代の流行や風潮などに沿う・沿わないなどの制約にみずからとらわれてしまうのではないかと思います。同人雑誌は、「これを書かずにはいられない」という強い思いを発動させるにはよい場所だと思っています。

（「楽雅鬼」同人）

「文芸中部」一〇七号
――書くことの意味と意欲

三田村博史

「季刊文科」前号（73号）の対談「特集　楊逸」で楊さんの「今年でデビューからも十年になります」という発言を受け佐藤洋二郎さんが感心し「言いにくいですが、芥川賞の作家はほとんどの方が潰れていってしまってるでしょう。文章修業をしていないし、かいわれ大根のように促成栽培のようですよね」と応じています。それでいえば、「文芸中部」は六十年以上の人から最低、小説教室をも含め、全員が十年以上の修業をしています。以下の作品概略紹介でいくらかお解りかと思いますが、個が持っているナニカに現代社会をも取り込んで書こうという意欲を持ち、楽しみを越え苦しんで書いてる集団です。

一〇七号には小説七編、連載小説一編、詩は四人による六編、ずいひつ二つ、それに「同人発言」を二人が書き、資料一編、重なって書いてる人もいますので十四人が参加、総ページ一九二に奥付けの「あとがき」。気ままな投稿で成り立ってるのとはちがう正統な定期刊行文芸同人雑誌です。

今号の巻頭は三十四ページ、四百字詰め原稿用紙にすると百枚を越す力作小説です。

その**大西真紀「ジャングルまんだら」**の舞台はインド洋に浮かぶ島国。ここへ「ゴンドナワ共和国十日間ツアー」客がやってきます。夫は求職中、長女が幼い子二人を連れて出戻ってきている五十八歳の万年大学准教授・御手洗小絵は、女癖の悪い夫の一族が貿易業を営んでいる関係でこの島の穴場景勝地を知っている蜂谷多喜の案内申し出に応じます。テーブルで一緒になった皆川蕗子、井筒奈海の女性ばかりが加わり観光向けにまず開発されている国立公園へ入ります。蕗子は子どものいない裕福な未亡人、奈海は「信念を通すと他人とぶつかることは避けられないんだよね。正しいことが必ずしも大衆に受け入れられるとは限らない」といってはばからない動物愛護活動家でベジタリアンより厳しい食事制限するビーガンと次第にわかってきます。観光気分で楽しむ気なのに、商業用地区からはぐれジャングルの奥へ奥へと迷いこみます。するとこれまでわずらわしい生活から解放されたと思っていた女性たちも、それぞれ背負ってきたものが気になる。同時に個性が露骨に現われても来て、出先の見えない不安に陥って行く。九日間、蚊や蛇に襲われ飢餓と戦い彷徨、精根果てたどり着いて洞窟に潜み、狼煙をあげているとやって来たのは迷彩服の男たち。どうやらこりゃこの地の独立を求めている少数民族のゲリラじゃないか。下手するとスパイと間違われる危険もある。

　これらマジックリアリズムともいうべき手法は現実を映すなどという安易さからではなく、独立した創作への意欲からと読めます。少数民族のボートにより救出されるも「行き先がどこであろうともなるようにしかならない」。実はこの救出もジャングルの象徴である神聖な猿ファビーを愛する井筒奈海の強いビーガン主義と、救出者たちの開発の名のもとジャングルをも破壊する力への抵抗との共鳴に依ると読めそうです。

　次の**和田知子「脳の虫」**は、タイトルがいい。青春物語とは思わないでしょう。老人雑誌と揶揄される同人雑誌に多い青春回顧譚でもありませんよ。作者は若者とはいえませんが、現代の学生風俗の中に入り込み、共に空気を吸う姿勢と視線が作品を活きいきさせています。

　高校までスクールカーストに悩まされてきた僕（拓人）は「くれぐれも登山部なんかに入るなよ」といった父親へのあてつけもあって、大学へ入学すると登山部に入る。リーダーはスペイン文学の講師、サブリーダーの僕と同学年の健太、武美（女）で出来るだけ原始的なルートをと探りながら上佐山へと籔漕ぎして行きます。この籔漕ぎの描写が秀逸ですが、そして長い時間一緒だと互いに妙に気を使い、誰かが見つけたルートが採用されるとライバル意識も生まれる。僕は枯葉を父親の顔だと思って踏みつけても行く。

　細部を紹介する余裕はありませんが、ムカデに刺されると腫れるだけじゃなくって「耳の虫」が残るんだって。僕は頭の中でＲＡＤＷＩＭＰＳの「前前前世」――君の前前前世から僕は君を探し始めたよーに共鳴し「これで人生終わっちまうんじゃないだろうか。」が耳の中で鳴り響きつづけてる。帰ってから、マダニに噛みつかれ入院した健太を見舞いに行ったら武美が先に来ていて僕の「脳」の奥でまた「前前前世」と『脳の虫』が相変わらず暴れていた。」武美へのほのかな恋心が健太に先を越され心に傷を負うのですね。改めて小説は観察力とディティールをいかに描くかだと感じさせられた好短編でした。

　実は以上の二人は、共に「文芸中部」に発表は二作目。規定により同人に格上げしたばかりですが、もちろんこれまで文章修業は充分してきています。

　吉岡学の**「里山」**はほとんど改行なし。会話のカッコも省いた文章は、字面が真黒で合評会でも好評価ばかりじゃありませんでした。わたしは将棋の藤井聡太くんの活躍に触発されて書いたんだと読みました。それも、ひと晩で書いたというのですから、驚きです。改行がないとはいえ、読むと、うん、文章は深みがある。なんせアメリカで個人貿易業で、あちこち営業しまわってきた人ですからフォークナーとて原書で読むし、俗語にも通じている。小説もよく知ってるゆえ構成も凝っている。だから誤読もしそうですが……豪邸へ侵入、十五万円入りの財布から一万円だけ盗み、以後前科三犯なのに高木の下のベンチでいつもThe Human Comedyを読んでる「男」がいる。父は刑務所、母は死んで学校へは国語と数学の授業のある日だけ行く将棋好きの「ぼく」のこの「男」との交流が中心らしいが……「おっちゃん」と「ぼく」が呼んでた先の「男」は将棋の木月五段でもあるのか。いや、最後、あてずっぽに開いた辞書の千四百九十ページに「『ねい(感)応答の声、はい。』に始まって『ねごゑ(名)寝聲、ねぼけごゑ』で終わってる。そうだ、明日考えよう。」と読者を突き放す、飄逸さこそが作者の狙いでしょうね。

西澤しのぶ「ゴーレム・ゴーレム」は小学生のころ、同級生がマンガを盗むところを見てしまい、先生に言いつけたのは姉でしょうが、以後「カナブン」と呼ばれいじめられ、今、三十五歳で独身の派遣社員の金崎文人がカフカに興味を持ってプラハを訪れる話です。悪質両替屋に騙されおどされ、といったところまではまあまあですが、親切なタクシー運転手に屋根裏部屋に案内されてから一挙に作者独自の世界を展開します。そこには「プラハ最大の秘密」ゴーレムが眠っている。ゴーレムとは十六世紀の「偉大なラビ・レヴ」がヴルタヴァ川の大量の粘土をこねて造った人造人間。ラビは羊皮紙に「真理」という意味のヘブライ語、アレフ、メム、タウを書きゴーレムの額に貼り付ける。すると粘土人形は当時迫害を受けていたユダヤ人を守り、迫害者を撃退した。そのうち泥人形は次第に凶暴になり、ついにラビは「ヘブライ語の最初の文字、アレフ」をちぎって捨てる。すると残ったメム、タウは「死ぬ」の意味となりゴーレムはただの粘土に戻って屋根裏に存在している。

いやはや、他の同人雑誌にはあまりない物語でしょう。カナブンはこのゴーレムを再生させ、日本へ連れ帰りいじめた者、嫌な上司、罵った中年男、失敗を部下に押しつける卑怯者を思い知らせようと夢想するのですが……それより何よりわたしはイスラエルに長く住み、英語はもちろんヘブライ語にも通じているこの作者にはプラハへのカフカ探しよりイスラエル、なかんずく現地在住日本人とキブツで生活する彼の国の人々の生態を基とした、複雑な宗教情勢下で暮らす人々の物語をずーっと待っているのです。彼女にはそれだけの力がある。今、百五十枚に挑んでるそうですが、期待に応えるのか、いや、急ぐことはないが、でもちょっと急いで、充分に練った大作となれば……評価しない方がおかしいはずです。

文芸中部

107

　小説四編の後は詩で、**名村和実**の、**「かしこい猫」**と**「葉と花二題」**の二編。「ガニメデ」にも発表してた作者の後者の「葉が三枚降ってきたので／やぁ、と手を挙げたら／風がふわっと出てきて」という節が気にいっています。**「見ておればよい」**の**堀江光雄**には「樹木の幹に近づいてはいけない／汗が涙のように変形する／／みんな樹木の根に吸い込まれる・・葉と葉の間に経典の種が見える」とあります。わたしは**「箱から出た人形」**を書きましたが、**北川朱実**は近刊の詩集『夜明けをぜんぶ知っているよ』(思潮社)から**「窓」**、**「夏の音」**を発表。詩歌文学館賞を受賞し、二〇一五年十二月号の「すばる」に小説「タカハシ先生」をも発表した作者は次は「文芸中部」にも比較的長いモノを準備してる模様です。

　連載八回目を迎えた**佐久間和宏**「**影法師、火を焚く**」。

　定時制高校から出発し連綿と続くこの連作はこの先どちらへ向かうのかな、本人にもわからないというのですから……始末におえません。中上健次の「千年の愉楽」登場の「オリュウのオバ」を思わせる「産婆ぁ」の生前葬を軸に展開すると思って読んできてたのですが……今回は白毫寺住職の座を息子の泰山夫婦に譲った懐山和尚こと「三六九さんが瞑想三昧にふけっていた天界は、モビール宇宙の最上界、目と目を見交わすだけで性愛が成就する他化自在天宮であった。すでにして『華厳経』的な世界である。」と飛躍しますから。いや、はや、壮大な文学世界を構築しつつあるというより言葉がありません。古岡さんと前後しての入会ですが、もともと二人は北川透の「あんかるわ」同人だったはずですから、文学的素養は半端じゃないのは確かです。この残党たちの読書会に誘われ時々顔を出しますが、とにかく一人では読めないモノをとプルーストを一年がかりでとか、野賢いまだ在りの感を強くしつつ、浅学なわたしは恥じ専ら拝聴してるばかりですが。

　「同人発言」は今号には書かないけど、出来るだけ多くの人の参加をとの企画で、**佐藤和恵**「**重吉という男**」は先にわたしが出した『漂い果てつ』(風媒社)に触発されアングラ劇団ＰＨ７が「石の舟」として上演してくれました。その脚本を担当した記録です。この座付き作者は顔師（俳優の髪や化粧担当）の仕事をする一方、前衛短歌誌「核」同人ではなかったか。多彩、多才な人の集まりは雑誌の域も広げると思っています。**蒲生一三「老々介護」**は「俺八十九歳、女房九十二歳」の実態報告。

ずいひつは**堀井清**の「**音楽を聴く**」の77回目。今回は「**ベーラ・バルトーク『ピアノ協奏曲』第三番**」から恩田陸の「蜜蜂と遠雷」に及んでいます。わたしはこの地方の文化施設の貧困を嘆き「**続・文学館のこと**」。

後半にも小説が三篇、まずは**朝岡明美「思い出の九月」**。高校時代、長身でイケメン、いつも上から目線で鼻持ちならなかった野球部の倉木は卒業後、プロ野球へ。プロにいたのは三年ほど。その後消息不明で不惑を過ぎた高校同級のわたし（野沢容子）はバツイチで学園のあった地から離れて病院の給食室で栄養士として働いている。入院して来たこれまたバツイチの倉木に偶然出会う。興味ない男だったはずが、いつのまにか同棲。「身はゆるしても気は許していない」つもりだったわたしの許から倉木は金を無心して姿を消します。と、概略説明すると何となく通俗な感じもしますが、しかしこの作品のタイトルの原題〈トライ・トゥー・リメンバー〉に寄せる、かつてのヒーローへの哀愁に共感を覚えます。神戸へ移った倉木はその後結婚し起業し社長にまでなってたらしい。しかしあの地震以後、連絡を絶っていたが、かつてのプロ野球選手ゆえ全国紙に載った訃報では、死んだのは盛岡か。還暦を迎えた今、わたしは倉木を想い、かつてのブラザーズフォーを口ずさんでオマージュとします。結果、安心して読めるこれも好短編に仕上がってる。この作者は「季刊文科」64号に「モウさんの嫁」が転載された実力派。

堀井清はこのところ毎号八十枚ほどのものを発表、一口でいえば「年金遊民の在り方」を追求しつづけてきました。今号の「**家族のみち**」はレストラン・カルメンに勤めている自分（木崎裕介）と隠居している元調理師の八十歳の父、それに二十三歳でラーメン屋勤めの息子（ミツル）と若者も登場するのが新機軸。しかも男ばかりの家庭。妻・茜は友人経営の洋装店に勤め八十歳の実の母親もとに二十五歳の娘・ミホと住んでいる。夫婦関係が破綻してるんです。

二十年前、自分（裕介）は友人の矢野高志と市長夫人を誘拐しようと企てたり、初老浮浪者から二万円奪ったといった挿話もありますが、久しぶりに茜と会うと、友人の鈴村与志子と援助交際で体を売ったという。いやしくも夫にそんな報告？ するかとの疑問もわくのですが……現代は思いもかけぬ現象が平然とまかり通っているからなあという気もします。同居の父親が死に、ミツルは「ラーメン屋の中吉」の店長として出て行く。ミホは留学。所詮、妻・茜に義母とともに一緒に戻って来てくれといわざるを得ないのですが……。そう、妻はすでに自活してますし。今回は中年（でしょう）の男の在りようが中心でしょうが、それにしても生業はあるはずなのに、一向に生活感がない。いつもそんな点を指摘をするのですが、そんなことは作者にとってはどうでもいいのでしょう、観念小説なのです。

最後の小説は**本興寺更「幻の戯作」**。この作者は江戸期の出版界を各方面から書いてきてまして巧みです。今作も誠文堂を舞台に番頭の千吉が店主の治兵衛に内緒で武上家の隠居の許に新刊を届けさせる場面から始まります。その使いの小僧・浅吉はなぜ、自分がこの老人の許に行かされるのか合点がいかない。購入本を届けるのならいざ知らず、隠居は新刊を読むと返し、次の新本を待ってるだけだからです。ところが二歳上の磯吉が貸本屋から「杏葉記」を求めて来る。この本の作者・霞亭霧雨はどうやら隠居の筆名らしく、出版元も誠文堂。

誠文堂先代存命中、御書院番与力だった隠居は武士に禁じられているのにも関わらず趣味で唐国の話を翻案し誠文堂から出した。それがバレお役御免、減禄。嫡男まで同心に格下げ。それらの事情を知っている番頭は店主をさしおいても、隠居には新しい本が出る度に小僧に届けさせていたのです。それだけならあふれた時代小説ともいえますが、作者はこの隠居がまたもや密かに禁制を冒し「戯作者として市井に生き」る覚悟をして書くという。

翻って考えるに、当今、「覚悟」を持った物書きがどれほどいるのでしょう。書き手は売れる本だけ書き、出版社もどこかに遠慮し自主規制して出すべきものを出さず、巡りめぐって出版不況を招いてるのじゃないか。

そんな読後感を持つのはわたしだけでしょうか。同人雑誌もまた、自らの金で出すのだからと、手遊びに書きすぎ、集まった作品だけ活字化する堕落の危険を自覚せねばとも思っています。それにしてもこの作者はタイトルが下手で損してますね。今回も「杏葉記」とでもしたら、おお、どういう内容だろうと思うのでしょうのに。「文芸中部」93号に「蔵の中」と、良いタイトルを付け読書好きの坪内逍遥少年をモデルにした作品は一月、早稲田小劇場・どらま館で直木賞作家の木内昇さんの作品「てのひら」と共に朗読されました。うん、見てる人は見てるんだとも信じてます。

ところで「文芸中部」はもっと広く注目されてしかるべきとの自負がありますが、今号発表者に限って挙げれば大西、和田、朝岡のみなさん、そして実は時代小説を超えてる本興寺作品、更にイスラエルを本格的に書いた時の西澤作品ならどの商業誌が載せても恥ずかしくないでしょう。むしろ目を付けない出版社はどこを見てるんだとも思っています。みな女性？　いや若い人を挙げました。なーに　わたしより年下はみんな若手。

　なお、わたしは巻末三十三ページを費やし「杉浦明平・初期作品（愛知縣豊橋中學校時代）」を発表しました。ミンペイといっても知らず、民平と書いてくれればいい方の昨今ですが、渥美半島の先に生れ、一高、東京帝大時代を除きほぼ生涯をこの辺境の地で過ごし戦後「ノリソダ騒動記」に代表されるルポルタージュ作家の先駆けです。また「小説　渡辺崋山」に代表される歴史小説、「レオナルド・ダヴィンチの手記」の翻訳など自らの思うことを思うように書いて全国に発信、国家からの栄誉は受けず筆一本で生活しえた愛知県では唯一の存在です。余り好きなことばではない「反骨者」とも表現されますが、わたしは後に立原道造とも親交を持つ若き日の豊かな杉浦明平の感性を愛し、中学校時代の「校友会誌」の復刻と、当然一冊しかない手書き回覧雑誌「白塔」の作品を初めて活字にしました。中から短歌三首だけ掲出しておきます。旧制中学校三年、ペンネーム・櫻町露雄での作品です。長女の岩田ミナさんの許しを得て発表しました。

・恋といふ悲しみの酒飲むべくは
　余りに我は早かりしかな
・父のなき子供のありにき
　裸にて筍盗みて追はれて去《ィ》にき。
・海底の小さき真珠を食むと言ふ
　鷗の羽は眞白かりけり

（「文芸中部」は一九八二年四月創刊、年三回発行を厳守してきました。朝岡明美、名村和実、堀井清、本興寺更、三田村博史の五人の編集委員が輪番で責任編集をしています。西澤しのぶ、北川朱実とともに全員、中部ペンクラブ文学賞受賞者。「文芸中部」は富士正晴全国同人雑誌賞・特別賞〈徳島県三好市主催〉を二度受賞しました。一〇七号の編集は三田村です）

表紙カット　兄・三田村畯右
（筑波大学名誉教授）

発行元
〒477―0032
愛知県東海市加木屋町泡池一一―三一八　三田村方「文芸中部の会」

「文芸中部」一〇七号は残部僅少。出版社、個人でぜひ手に入れたい方は送料込み一〇〇〇円封入されれば折り返し先着三名まで送付します。

分断と断絶

谷村順一

「発達障害者の自立及び社会参加のためのその生活全般にわたる支援」を行い、「全ての国民が、障害の有無によって分け隔てられることなく、相互に人格と個性を尊重し合いながら共生する社会の実現に資すること」を目的とした発達障害者支援法が施行されたのは二〇〇四（平成一六）年四月。それから十年以上が経った二〇一七（平成二九）年に総務省が発表した「発達障害者支援に関する行政評価・監視結果報告書」によれば、発達障害者の数は二〇一五（平成二七）年度では四万一九八六人で、二〇〇六（平成一八）年の約六倍となっている。十年間に六倍も増加したと聞けば穏やかではないが、しかしこれは法律によって発達障害というものが世間に認知されることで、これまで潜在的存在だった障害者が顕在化したからに他ならず、むしろその数が実態に沿ったものに近づいてきたということになろう。なにより通常学級に在籍する「学習面又は行動面で著しい困難を示すとされた児童生徒の割合」が約六・五パーセント（文部科学省調べ）であることを知れば、障害を持つ人の存在がより身近にもなる。

東京でのオリンピック開催を二年後に控え、ダイバーシティやユニバーサルデザインといった言葉が巷間に溢れているが、しかし、実態はどうだろうか？

秋尾茉里「あさがおの花」（『babel』創刊号　大阪府）の主人公は三歳のときに阪神淡路大震災で両親を亡くし、唯一の肉親であった祖母のもとに引き取られることなく養護施設で育った。そして大学三年生になって始めた就職活動を通して、うまくかみ合わない企業の面接官とのやりとりや、大学のキャリアセンター職員からの指摘で自身が発達障害ではないかと自覚するのだが、「空気が読めない」ことで就職活動がうまく進まない主人公は、しかし両親の多額の保険金によって働かなくても生きていけるということに気づき、あっさりと就職活動をやめてしまう。「なぜ自分が就職をしようとしていたのか」、その理由も分からない。

そもそも主人公にとって自分の居場所は曖昧だ。養護施設の生活では常に自分の代わりの「誰か」がいたし、祖母によって施設に送り返されたことも、何か自分に理由があったのではないかと思う。そして知的障害者の通所施設で利用者の挙動に戸惑いながらもボランティアスタッフとして通い、また若者サポートセンターでのカウンセリングの一環として参加した同世代のグループのメンバー（彼らもまた自傷行為やひきこもりなどのトラブルを抱えている）

を冷静に観察することで彼らや自分、そして現実のズレを意識しながらその接点を探ることを試みる。

ある日、主人公の通うのとは別の障害者の入所施設で殺傷事件が起きる。犯人はかつてその施設で働いていた若い男。複数の刃物を用意して施設に侵入、就寝中の利用者、なかでも「意思疎通の図れない人を選別して刺した」のだという。

そしてグループのディスカッションでこの事件が話題に上がる。自分もそういうことをするかもしれない、ということではなく、周囲からそう思われているのではないか、ということが気にかかるというひきこもりの男に主人公はこう問いかける。「自分も（社会の）役に立っていないから殺されたらどうしようとは思わなくて、殺す側と同類と思われたどうしようと思う」のはなぜなのか？ と。

モチーフとなっている二〇一六（平成二八）年に神奈川県相模原市の障害者施設で一九人が殺されたおぞましい殺傷事件は、その狂気に満ちた犯行手口や、「意思疎通がとれない人間を安楽死させるべきだと考えております」というあまりにも身勝手な被告の動機によって世間に大きな衝撃を与えた。障害の有無などによって人に優劣をつける優生思想は、経済的生産性のないものは生きる価値がない、という考えに容易に結びつくという危険性を孕んでいる。

受容とは真逆の、というより排除や分断を自身の不寛容さに後ろめたさを抱かずに行うために、見て見ぬふりをし、その存在をなかったことにするという風潮が蔓延する現状において、何らかの事情によって社会にうまくコミットできない人々が抱く、いつ社会の役に立たないものとして排除されるかという不安は計り知れないし、なぜ自分はあの震災で命を落とさず生き残ったのだろうか、という主人公の問いはあまりにも重い。

つぎに年老いた母親の介護に翻弄される、アラフォー女性を主人公にした作品を2つ紹介する。

猿渡由美子「胸の底の辺鄙なところ」（『じゅん文学』第94号　名古屋市）の主人公美穂の母親は八年前に足を骨折してから、家事や排泄に至る生活全般を美穂に依存している。「娘が四十になろうと独身であろうと意に介さ」ず、「いつも目の届く所」にいさえすればよい母親は、甲斐甲斐しく身の回りの世話をする美穂に容赦なく罵詈雑言を浴びせる。それでも美穂が介護を続けるのは母親の年金と父親の残した財産のため。代わり映えのしない日常に鬱屈としたものを抱えながら、美穂はテレビのニュース番組に映る、男の胸に刃物を突き立てた女の気持ちを思い、偶然スーパーで見かけた元同僚を尾行してGPSに示される男の家の場所にピン（赤い旗）を立てる。そして母親の反対を押し切って見合いをするが、先方から断られることで、いよいよ一人で年老いていくことを自覚するのだが、どうせ私なんか、という遣る方無い美穂の、いまここに生きている実感をさぐるささやかな現実への抵抗が空回りする様がなんとも哀れだ。

森本智子「襖の向こうに」（『**mon**』**vol.11　大阪府**）もわがままな母親の介護に翻弄される一人娘、美子が主人公。母親の面倒を見るために長時間勤務もままならず、コールセンターで派遣社員として働いている美子は、四十歳を目前に見合いをしたものの、しかし介護が必要な母親がいることを理由に断られてしまい、そのことで母親は結婚できない美子を口汚く罵る。「早く死にたい」と口にする母親に、美子は「生きたがった父が死んで、なぜ死にたがってる母が生きているのだろう」と急性心筋梗塞であっけなく死んでしまった父親を思う。あまりに身勝手な母親の言動に美子の憎悪の念は日増しに募っていき、そしてかつて車いす生活を送っていた祖母に母親がしていた「ある行為」を盗み見てしまったことを思い出す。因果応報とばかりに美子も母親に対して同様に「ある行為」を行うのかどうか、というあたりが非常に緊張感を持って描かれているのだが、しかしこれは小説としての面白さ、というより実際に介護人が抱える切実な問題として読者に投げかけられている。

　この二つの作品の設定が奇しくも似ているのは、単なる偶然、あるいは設定そのものがありきたりなもの、というのではなく、むしろ介護離職といった介護をめぐる問題がより喫緊な社会的課題になっていることを端的に示していて、貧困の格差の拡大によって社会的弱者の分断や断絶の深刻度が増すほどに、現実社会を如実に映しだすのが文学の機能のひとつであればこそ、こうした作品はこれからどんどん増えていくだろう。

　同誌からもう一作品。女性主人公の「わたし」が勤める紅茶店を舞台に、わたしと同僚の有希さん、そしてすこし風変わりなお客とのささやかな交流を描いたハートウォーミングな佳品、**島田奈穂子「近藤さん」**を取り上げたい。

　タイトルにある「近藤さん」は『マーベル紅茶店』の常連で、「キューピー人形のようなつるりとした顔に、いつも驚いているみたいに見開かれた茶色い瞳、ちまちました鼻と口」をした頭髪もまつげも真っ白な四十歳くらいの男性だ。三つ揃いのスーツに帽子、という古くさい服装と相まって、近藤さんはわたしと有希さんの空想をかき立てる存在なのだが、なかでも「近藤さんの正体は某国の王子で、この店にはお忍びで買い物にきているのだ」というのが有希さんのお気に入りのもの。イラストレータ志望のちょっと頼りない恋人との微妙な関係に揺れるわたしは、「現実はつまらない現実の形でしかない。だからこそわたしたちは、おとぎ話で飾りたいんだ」と、過去の失恋を引きずったままの有希さんと近藤さんとの仲を取り持とうとするが、そのことで三人の関係がすこしぎくしゃくしてしまう。それでもわたしや有希さんにとって、ずっと止まったままの時間がほんの少しのユーモアでもって動き出すラストシーンは心の奥深くをじんわりとあたたかくする。

前掲「あさがおの花」の主人公と同じく、**小畠千佳「二つに一つ」**(『**あるかいど**』**63号　大阪府**)もまた阪神淡路大震災の被災者が主人公だ。情事のあとのベッドの中での男とのとりとめのない会話の最中に地震が起きる。３・11から三年経っても地震の記憶は未だ生々しいまま。決して慣れることのない揺れは、主人公を高校生のときに神戸で被災したあの日に連れ戻す。

高校卒業まで残り数ヶ月というときになって、家計を支えていた母親が死んでしまう。高校中退の母親の苦労を見て育った主人公は、なんとしても高校は卒業したいと思うが、学年主任の黒木からの授業料支払いの督促にもどうすることもできない。支払い猶予が迫る中、強い揺れが主人公を襲う。「これはきっと何かの見間違いなんだ」と破壊された街をベランダから眺めながら、「とりあえず今日は学校を休めるって。あの黒木の顔を見なくてすむんだって」とも思うが、親友アサと会うために、主人公は変わり果てた神戸の街を抜け学校へと向かい、ひと気のない校舎に忍び込む。そして出来心で購買の金庫を手にしたところを黒木に見咎められてしまう。盗みを認めれば停学処分ですませるという黒木に、やっていないものはやっていないと応える主人公だったが、「そうか、おまえがやっていないと言うんならそれでいいやろ。でも浅野はなんて言うかな」と、事実はどうあれ、罪を認めなければ退学にすると黒木は苦渋の選択を主人公に迫る。

ベッドの中ですっかり眠ってしまった男に、主人公は問いかける。「あたしさ、あの時いったいどうすればよかったんかな。なんて言えばよかったんやろう。／もしああ言っていれば、あたしの人生変わってたんやろか。それとも、どっちにしても、結局おんなじことやったんかな」と。

あの日の選択が正しかったのかどうか、それは誰にも分からない。ただひとつ確かなことは、地震によって倒壊した建物に押しつぶされ、あるいは火災によって焼かれ、理不尽に命を奪われた死者には、選択の結果や意味について問うことはもう二度とできない、ということだけである。

続いて一風変わった作品を紹介し

たい。**谷河良彦「辞書物語」（『樹林』vol.634　大阪府）**の登場人物はずばり「辞書」。広辞苑、岩波国語辞典、角川必携国語辞典、三省堂新明解国語辞典、小学館新選漢和辞典、岩波古語辞典、研究社新英和中辞典、開拓社オックスフォード現代英英辞典、博友社木村相良独和辞典、自由国民社現代用語の基礎知識、数研出版改訂新版世界史辞典、山川日本史小辞典、岩波数学事典など、人間が寝静まった夜に多種多様な辞書たちが集い、酒を酌み交わすさまがユーモラスに描かれる。

　辞書たちのヒエラルキーを決めるのは収録語数もさることながら、どれだけ主人である甘利氏の手に取られるか、ということ。だから長年にわたり使い込まれてボロボロになった辞書ほど一目置かれる存在なのだ。そんな辞書たちにとって目下の敵は「電子辞書」ということになろうが、しかし酔いの回った辞書たちの前に単身で現れた電子辞書は本当の敵は自分ではないと切に訴えるのである。

　では電子辞書を含めた辞書たちの本当の敵とは一体何なのか。それは「わざわざお金を出して辞書を買う必要もなく、無料で言葉や事柄を検索」することができる「ネット」という存在である。インターネットの普及によってパソコンや掌に収まるスマホなどのデジタルデバイスを使用すれば、情報は誰もがいつ、どこにいても、無料で、入手できるようになった。「しかるべき労力と時間をかけて出版し、それに対する抵当な評価として料金をいただいていた」辞書は、もはや無料の情報に駆逐されようとしている。しかしその情報は果たして信頼に足りうるものなのかどうか？　本作は紙や電子機器といった「情報の器」の利便性の違いといった対立ではなく、むしろ情報そのものの価値を問いかける問題として、辞書の擬人化という斬新な手法でもって現状を風刺している点に感心した。

　木下衣代「柔らかな裂けめ」（『黄色い潜水艦』67　兵庫県）の主人公千尋は、スーパーでパート店員として働きながら、六年前に知り合った颯介と暮らしている。両親の愛情を知らずに育った千尋にとって、無骨で不格好な自分と暮らす颯介はかけがえのない存在であり、だから颯介からひどい暴力を受けながらも、それを甘んじて受け入れる日々を過ごしていた。気の進まない仕事と颯介の暴力が待つ家の往復を繰り返していたある日、千尋は通勤途中である女に目を奪われる。「長い髪は流れるように揺れ、呼応するように揺らめくスカートの裾から、しっとりと白いふくらはぎが伸び」たその容姿は周囲から浮いて見えるほど華やかで、毎朝ホームですれ違うだけのその美しい女の存在は、いつしか千尋の中で大きくなっていく。

颯介の暴力が苛烈さを増し、スーパーでの仕事にも疲れ果てた千尋は、ある夜、仕事帰りにホームで朝と同じ優雅な足取りで歩く女の姿を見つける。女の行く先に興味を覚えた千尋はそのあとを追い、かつて颯介と歩いた色街へと足を踏み入れたところで女の姿を見失ってしまう。女はどこに行ったのだろう。踵を返したその時、千尋は売春宿の玄関口に深紅の装いに身を包んだ女を見つけ、その妖艶な姿に圧倒される。そして女の美しさによって千尋は颯介の暴力に反撃を加える力を与えられるのだが、劣等感から解放された千尋があたかも夜叉に変貌するラストシーンは圧倒的で、どこか清々しさすら覚えた。

　今回は他に、同級生からのいじめに悩む少女の心象風景を情感豊かに描き出した**渡邊未來「くるみの翼」**（『**ガランス**』**25号　福岡県**）、テレビのクイズ番組に出場した老女とその対戦相手の優勝をめぐる顚末を描いた**山内弘「沈黙の解答」**（『**空とぶ鯨**』**第18号　埼玉県**）、不妊治療中の主人公の希望と絶望にナイーブに寄り添った**和泉真矢子「あなたもそこにいたのか」**（『**メタセコイア**』**第14号　大阪府**）、癌のためにすっかり痩せてしまった年老いた夫の横顔に晩年の義父の姿を重ね、その命のはかなさを憂う妻の心情を扱った**灰本あかり「薄ら日」**（『**文芸　百舌**』**第2号　大阪府**）、十一年前に姿を消した叔母の行方を捜す旅の中で、死者の儀式と叔母の失踪の真相に主人公が迫るさまをミステリアスに描いた**伊藤礼子「儀式」**（『**八月の群れ**』**vol.65　兵庫県**）が印象に残った。

取り上げた雑誌連絡先

『babel』創刊号　大阪府八尾市木の本二―二三二　森中方
『じゅん文学』第94号　愛知県名古屋市守山区下志段味西の原八九七
『ｍｏｎ』vol.11　大阪府大阪市阿倍野区帝塚山一―一〇―四五―二〇八
『あるかいど』63号　大阪府大阪市阿倍野区丸山通二―四―一〇―二〇三　高畠方
『樹林』vol.634　大阪府大阪市中央区谷町七―二―二―三〇五
『黄色い潜水艦』67　兵庫県宝塚市売布四―三―三十―三三一四　イエローサブマリンクラブ　山口方
『ガランス』25号　福岡県福岡市博多区千代三―二―一　（株）梓書院内
『空とぶ鯨』第18号　埼玉県さいたま市南区大谷口一四〇八―六
『メタセコイア』第14号　大阪府大阪市東住吉区南田辺二―五―一　多田正明方
『文芸　百舌』第2号　大阪府枚方市藤阪東町三―二―一―五〇八
『八月の群れ』vol.65　兵庫県明石市太寺天王町四―二

「私小説」を歩く　第九回　古木鐵太郎

書くことによって「負の財産」を「正の財産」に代える。

佐藤洋二郎

親は子がいくつになってもこども扱いをする。子は親の年齢を抜くことはできないので、もっともな話だが、それゆえに親は、いくつになっても子のことを心配する。そんな彼らの一番の悲しみはなんだろう。多分、逆縁ということになるのではないか。

子が先に逝くことほど悲しいことはない。病気や不慮の事故で亡くなるのも悲しいが、もっと悲しいのは、国のためや家族のためと教えられて逝く子ではないか。

そういった意味では戦争が最もな大罪だろう。一般に戦争は、文化・民族、宗教の違い、領土問題で起きるといわれているが、戦争ほど個人が蔑ろにされて、大きな悲しみに巻き込まれるものはない。人間は有史上、ずっと戦争を繰り返しているが、そのうち世界中が、戦争の跡地ということになるのではないか。

その戦争はわたしたちの精神や肉体、思考の自由と尊厳を奪い、恋人や家族の悲しみを誘う。戦争こそが最大の差別ということになってくる。

差別がいけないのは、孤独に生きている人間を、それ以上に孤独に陥れるからだ。今日でも世界中のあちこちに争いがあり、人々は孤独の渕に追いやられている。卑怯なことをしたり、人を苛めたりするのがいけないのは、相手を孤独にさせるからだ。孤独というのは淋しいということだ。

そして逆縁は家族を悲観させるが、先に逝った子も、あの世で親のことを思い苦しんでいる。彼らは三途の川の賽の河原で、小石で塔を造り、親の安寧を願うが、常に鬼に壊され達成できない。現世の親が悲しんでいると、あの世の子はいつまでも苛められる。親の悲しみが薄れた時に、はじめて彼らは成仏できる。

古木鐵太郎の処女作「子の死と別れた妻」あるいは

「松風」や「葉桜」を読んでいると、わたしは逆縁という言葉と、知覧特攻平和館を思い出してしまう。古木と平和館のつながりはないが、わたしの中でどうしても連想してしまう。

知覧特攻平和館には三度行ったが、いつも心が塞ぎ、言葉を失う。離島や神社巡りが好きなので、鹿児島はずいぶんと歩いた。南国の陽の光が強い土地だが、その光が強い分だけ、陰も濃い土地だという思いがある。神話も多く神の国でもあるが、特攻の土地でもある。

わたしたちは子によって親にさせてもらうが、その親たちは時として愚行を繰り返してしまう。中国や韓国、東南アジアやヨーロッパのアウシュビッツなども歩いたことがあるが、人はなんのために殺戮を繰り返すのかと思案する時がある。

わたしの伯父の四人も戦争に駆り出されたが、幸いに「誉の家」にならずにすんだ。逆縁にならず、親を悲しませることはなかったが、そうなった人たちも身近にいたので、祖母は喜ぶことも言葉にすることもなかった。

その上、こちらがそういった跡地を訪ねるようになったのも、母親が広島に原爆が投下される一日前までそこにいて、難を逃れたということもある。一緒に郷里に戻ろうと言った友人はそうせず亡くなった。たった一日違いでこの世に生き残ったが、彼女が被害にあっていれば、わたしもこの世にいなかった。亡くなった母の友人はキリスト教徒だったが、彼らの言う神はいるのかと思うこともある。

人生の惨さや危うさを意識させられるが、生きている間が人間なので、死んではなにもならない。その母はまもなく九十六歳になり、目も脚も悪いが、まだ歩けて惚けてもいない。最近は昔話をよくするが、彼女のおしゃべりは明るく愉しい。

こちらも知らなかった親族のことや、自分の過去が広がっておもしろい。子を失うと未来を、親を失うと過去を失うと言うが、彼女は子ができたことで、自分の未来がつながったと感じているのかもしれない。そして赤痢になって逝った古木の息子のことを思うと、一緒に歩くはずだった鐵太郎は未来を失ったということになる。

その彼は現在の鹿児島県南さつま市宮城之町に、明治三十二（一八八九）年に生まれている。「市井作家列伝」を書いた鈴木地蔵氏によれば、「父は郵便局長であり、一帯の大地主であった。四歳で母を失っており（中略）、川内中学を卒えて神戸高商を受験するが失敗、横浜の三兄の家に寄宿して予備校に通学する。翌年、熊本工高を受けるがこれも失敗」する。「まことに脈絡のない受験生」とあるが、実際、同郷の文芸評論家の大河内昭爾氏、あるいは浅見淵氏らの文章にも似たことが書かれているので、そうなのかもしれない。

現在の薩摩川内市はニニギノミコトの皇居や、国府や国分寺もある古い土地だが、今日では原子力発電所や陸上自衛隊の駐屯地もある街だ。鐵太郎はその土地で少年時代を過ごし、受験の失敗の後、高等小学校の代用教員をやり、二十一歳の時、縁故関係で自動車の輸入会社に就職する。その縁者は前年に「改造」を創刊していて、直にそちらのほうで働き始める。

それまでの鐵太郎は文学と無縁な生活を送っているが、このことが人生の大きな転機となった。彼自身も「そのころ（旧制中学の上級生のころ）自分が小説家になろうなどとはもちろん少しも思わなかった。またなれるとも思わなかった。私は高等商業へ進む志望だったからである」と告白している。それが改造車で校正や編集の仕事をし、多くの作家と出会うようになると、読書もし、そのうち書きたいという気持ちが生まれてきた。

その間に下宿先の紹介である女性と同棲し、父親の反対に合うが、彼が亡くなり、長男も生まれて所帯を持つ。その妻が義母の下宿人だった学生と不貞を働き、家庭は崩壊していく。兄の家に預けていた長男が、やがて赤痢になり死ぬが、そのやりとりを描いたのが「子の死と別れた妻」だ。周りの評判もよく、彼は小説家としてやっていくようになる。

以後、結婚した後に、逢瀬を重ねていた二度目の女性と結婚する話や、その妻もそういった時につきあっていた男との関係で妊娠するが、その相手も子も亡くなる。どの作品も哀切はあるが、決してどろどろとしていない。鐵太郎の再婚の妻の性格が、穏やかで悲しみを包み込んでいるのだ。作品を読む限り、妻は楽天的なのかもしれない。暗いはずの作品なのだが、読み手に息苦しさを与えない。身近なことを書いた家庭小説ということになるが、開き直って書いているようには見えない。

起ったことを淡々と書いているのだ。浅見淵は彼の作品は死後二十年経って読み返しても、新しいと言っているが、それは時流を書くのではなく、人間の感情のみを文章で捉えようとしているからだろう。

つまり鐵太郎はほかの動物と違い、人間だけが持つ喜怒哀楽の感情だけを見つめて書いているのだ。人が死ぬ悲しみ、異性を恋する喜びと苦悩、孤独を癒してくれる家族や親族。普遍的なものはわたしたちの感情だけなのだ。そのことを不貞をされた我が身や、こどもを失った悲しみを、文章が上滑りしないように、絶えず自分に問いかけるように書いている。
「子の死と別れた妻」でも、里子に出したこどもを引き取りに行く「松風」でも、子も好きだった男も失い、二度目の妻となる女性のことを書いた「葉桜」でも、みな心に痛みを抱えて生きているが、決して暗澹としていない。受け入れたくなくても、受け入れなければならない現実を受け入れる。強く抗うこともない。深く悲嘆に沈むこともない。それどころか登場人物には配慮さえある。配慮は人に対するやさしさだが、それは再婚した妻も、また面倒をみてくれた兄弟たちにも同じ眼差しがある。そこが作品を上質なものにしている気がする。

そして古木鐵太郎が小説家になれたのは、妻の不貞や子を失ったからだという思いもしてくる。書くことによって自分の「負の財産」が「正の財産」になったのだ。そのことを気負わず、自分の心を見据えるようにして書いていく。離婚して生活に追われる先妻、逆縁を持つ鐵太郎と後妻、親元を離れ、挙句に赤痢になり、幼い命を落とす子、登場人物の一人ずつを追っていくと、みな重すぎる悲しみを抱えている。

その古木鐵太郎は生前、「子の死と別れた妻」と上林暁との共著「現代作家印象記」しか出版されていない。大河内昭爾氏は六十三篇の作品があるというが、死後、遺稿集や全集が出て、文学愛好家に読み継がれている。残された家人の影響もあるのだろうが、稀有な作家と言えるのかもしれない。文字は詰まっていて改行も会話も少ない。それはじっくりと読ませ考えさせられるが、その書き方も成功している。悲しみや心の痛みが、はじめはゆっくりと、やがて古木そのものの慟哭が大きなうねりとなって届いてくる。

その彼は新しい家族をつくり、昭和二十九（一九九四）年に五十四歳で生を閉じた。ながい人生ではない。亡くなった子の世界に行ったが、どんな出会いをしたのか。賽の河原で親の安寧を願って、石塔を作り続けていた子に、どんな言葉をかけたのか。人は相手が目の前から消えると、一層美しさも悲しみも膨らんでいく。鐵太郎にとって、離婚によって里子に出され、なおかつ苦しみ死んでしまった子の姿が、一生心から消えなかったはずだ。

もし妻が不貞をしなかったら、もし妻がありながら、別の女性と会っていたことなどを思うと後悔は残る。だからこそ彼は「子の死と別れた妻」を書いた。後悔し、懺悔したい気持ちをなぞるように書いたのだ。傷ついた心の瘡蓋を少しずつ剝ぐようにして、その傷痕を薄めようとしたのだ。

川内市は古い神社もあるし、甑島に行く時の港町でもあるので何度か訪ねたが、原発も自衛隊もある。時代は変ったといえばそれまでのことだが、そこで多感な時期を送った彼はなにを思うだろう。
去年の暮れにも鹿児島市に南下する時に通ったが、パルプ工場の上を白い鳥が飛んでいた。そういえば川内市は白鳥の飛来する町でもあったなと思い出した。わたしの瞼の裏側に、池でのどかに浮かぶ白鳥たちの姿が見え、彼の作品は穏やかに泳ぐ鳥たちの間を走り抜けるさざ波のような気がした。人生の突然襲ってくる悲しみを声高に叫ばず、静かに受け入れたのが、彼の小説ということになるのかもしれない。それゆえに一層古木鐵太郎の声を殺した慟哭が心に届いてくる。

■季刊文科コレクション小説　（税込み価格）

山崎の鬼　高畠　寛　1620円
山崎は大阪から見れば、陰陽道でいうところの鬼の出入りする場所。そのあたり天王山で、男は屋敷に案内される。表題作をはじめ、代表的作品を収めたアンソロジー。

忘れられた部屋　花島真樹子　1620円
それぞれの主人公は名前も境遇も違うのに、にもかかわらず一つながりの物語として読めるのだ。思うに、著者はフィクションは書くけれど、その根底においては私小説作家にも通じた文学的人生派だから、なのだろうと私は理解した。（文芸評論家　勝又　浩）

家族の肖像　高橋光子　1620円
一枚の写真から「家族たちの姿が生き生きと動き始める」ばかりではない、それぞれの「声さえ聞こえる」とは、やはり今はそれらを失ったという思いの強さに比例することなのであろう。こういうところに、この一編を貫いた太いモチーフが見えていると言ってよいであろう。（文芸評論家　勝又　浩）

青草の道　丸山修身　1620円
故郷北信濃への思い、青年期のほろ苦い思い出、常に共にあった文学の魅力等を綴ったエッセイ。団塊の世代の著者がたどってきた道は、戦後の日本人の時代史とも言え、忘れがたい懐かしさと痛みを読む者に呼びおこす。

日本語と日本文化に関するノート②

岩野泡鳴「一元描写」論をめぐって

勝又　浩

1

最近『日本の文学理論』（大浦康介編、水声社）なる一書が出た。明治の坪内逍遥、正岡子規あたりから始まって、現代では筒井康隆、大塚英志といったところまで、総勢四一人の発言を集めた「アンソロジー」である。面白いこと、あるいは思いがけないことに、四一人のなかに小林秀雄が入っていなかったり、逆に九鬼周造が入っていたりというような面もあるが、それらを人物単位、時代順にというのではなく、「小説論」「物語論」「読者論」等々八つのテーマに分けて配置している。その各項に五、六人の意見を解説付きで並べるという構成だが、そのあたりが本書の特色である。そのなかの第七章「起源・発生論」の項に我々の恩師である益田勝実『火山列島の思想』から一節が採られていて、本書全体のことも大いに気に掛かるというわけである。

それで言うと、まず収録されている文章が全て三ページ分ほどの抜粋抄録である。解題解説はあるものの、その人の仕事の全体像を持っている者から見ると、抜き出された三ページはいかにも物足りないし、何でこの箇所なのかという疑問、不満がどうしても残る。まあ、この本全体が一種の索引なのだと考えれば、これはこれで意味があるのも分かるのだ。それでもこの本は三〇〇ページ余、付録のテーマ別の研究や文献年表を入れると全体は四六四ページという重厚な一冊である。

通読していろいろ意見感想もあるが、この本自体について言うのがここでの目的ではない。実はこの第二章「描写論」に、この稿の前回で触れた岩野泡鳴の『現代将来の小説的発想を一新すべき僕の描写論』（大正七年一〇月）が収録されていて、それを知った仲間たちから、泡鳴の「一元描写」論についてもっと説明せよと注文が付いたのだ。泡鳴はそのタイトルに「謹んで一読を乞ふ」と傍題を付し、結末には、「どうかこの議論を僕の私見ばかりと見ず、わが国文学の深化純化の為め、また世界の芸術の為めにすべての作者も批評家も特別に丁寧に読んで貰ひたいのである」とまで附記している。とかく大言壮語する人、ずけずけと人の悪口を書く傲慢な奴等々、そういう評判を自分でも承知していたからであるだろう。ここではことさら辞を低くして、普段の自分のことは措いて、ともかくこれだけは是非とも読んで欲しいというのである。こんなところを引いて、その気持ちが、今の私には良く分かるのだと、前回は書いた。さらに、泡鳴のこの一元描写論の意味、また、それがよって来たる所以を理解しているのは、「もしかすると私だけかもしれない」などと、まるで泡鳴に憑りつかれたかのようなことまで書いたのである。泡鳴の一元描写についてもっと説明せよという仲間たちの注文には、私のそんな奇語狂語に対する懸念・不審があったのかもしれない。

ちなみに記しておくと、この仲間とは、仏教学、漢文学、能楽、平安、中世、近世、近現代文学の領域の者の私的な集まりだが、この数年、主に日本の古典を読み合っている。そして、その緩やかな目標の一つには、前記「日本の文学理論」の古典編を作ってみたいというプランもある。私の漠然とした見当でも、『歌経標式』（七七二年）あたりから始まる「日本の文学理論」は、もとより中国の詩論の影響から生まれたものではあるが、和歌の民族文学としての自覚を促して特異な発展と性格とを作りあげていたと思われる。こういうもの、こういう歴史を正当に理解していれば、短歌亡国論だの「奴隷の韻律」だの俳句「第二芸術」論だのといった、それ自体、西洋の「奴隷」になったような文学観を持たないでも済んだのではないかとも思うからだ。私の仕事、とくに『私小説千年史』にはこの仲間から吸収した知恵がたくさん含まれているが、そういう仲間から、泡鳴一元描写論とは何なのかと問われたわけである。しかし、また前口上が長くなった。

2

岩野泡鳴「一元描写」論は、一口に言ってしまえば、小説は定められた人物一人の視点を守って書くべきだ、ということに尽きる。だが、こんなふうに言えば、そんなのは小説づくりの基礎、今ならば小説教室へ行く以前の常識ではないかと反問されるだろう。それで、もう少し補足しておけば、泡鳴の言った視点人物の設定と固定、その統一とは、その裏側には、第一に作者は全知の神になってはいけないという主張があった。作者は、「丁度人生に於ける自分が他人を分らないのと同じで」、「純客観などが作者にあり得よう筈はない」というのが彼の思想である。そうして、主人公以外の視線を無原則に、あるいは便宜的、ご都合主義的に取り込んで、その不合理に気付かない当時の小説の例をあげて批判している。

「小説家は神か」というサルトルの問いかけ以来、全能視線への懐疑からアンチ・ロマンやヌーボー・ロマンなどの実験も経てきた現代では、すべての登場人物の内面まで見通して断言的に書くような作品は、読み物小説でもめったに見られなくなった。泡鳴の言ったようなことは、現代では高校生でも承知している常識だと言うべきであろう。ならば、泡鳴は当たり前のことを言ったに過ぎないのか。そうではなくて、彼は、現代ならば誰もが認めているような正しいことを、一〇〇年も前、時代に先駆けて言っていたのであり、逆に言えば、彼の主張は一〇〇年経ってやっと人々の常識にまでなったのである。

一元描写論の書かれた大正七年は泡鳴もそこで批判しているように時代全体がまだ小説における視点という認識や観念を持たなかった。徳田秋声は、話の全体は主人公・夫の立場から語っているのに、その間にちょろちょろと女房の心のうちを書き込んで矛盾を感じていなかった。まだ若かった谷崎潤一郎は、主人公が自分自身のことを言っているのに、「歩いて行く様子であつた」などと三人称視点の叙述を交えて、その不合理性に気付かない等々。そんな時代だから、一元描写論の出た後も、短編ならばともかく長編小説まで一元描写を通すのは無理だ（野上弥生子）とか、「観察点の移動は芸術圏内の自由である」（中村星湖）等々の反論がたくさん現れた。泡鳴のことだから、それらにも一つ一つ論駁している。『一元描写論の実際証明——一元描写に対する非難に駁撃して併て諸家の描写を批評す』（大正八年三月）というわけである。しかし、それでも時代全体の認識を変えることはできなかったのである。明治文学で言えば、たとえばあの森鷗外にも、『安井夫人』（大正三年四月）では、基本的に主人公に語らせながら、そのなかに他の人物の眼を折り込んでしまうところが何か所か目に付く。

先ほどの谷崎潤一郎の例は泡鳴が「一元描写」論で

あげているものだが、昭和になっても、たとえば堀辰雄という例がある。彼は表現を柔らかく、あるいは穏かにする「やうに」「さうに」が好きだったとみえて、「私はさも無関心さうに」、「私はふと何かを思ひ立つたやうに立ちあがりながら」(『風立ちぬ』)のような言い方が数行ごとに出て来る。こうした言い回しに陶酔する読者もあるのだろうが、私などはその度に、この「私」は「無関心」なのか、それとも「無関心」を装っているのか、「何かを思ひ立つた」のか「思ひ立つた」ふりをしているだけなのか、と考えさせられて、いかにも気分が殺がれてしまう。こんなふうに堀辰雄は叙述に伴う視点・観察点という意識を持たなかったようだが、一元描写という概念を知っていればこんな初歩的な錯誤は犯さずにすんだはずなのにと、泡鳴のためにも、「わが国文学の深化純化の為」にも残念なのである。

3

一人称語りのなかに三人称視線が入り込んでしまう――これは、その根本は、後に述べる日本語の持った構造的な性格ゆえに起こるのだが、そのためか現象としては日本の小説にずっと付きまとった問題で、現在でも、あれこの人がというような例にしばしばぶつかる。あげればきりがないが、ここではただ一つ、もっとも有名な例、志賀直哉『暗夜行路』という例をあげて、この問題の深刻さ、言い変えれば泡鳴一元描写論の重要さを想像してもらうことにしよう。

そして直子は、
「助かるにしろ、助からぬにしろ、兎に角、自分は此人を離れず、何所までも此人に随いて行くのだ」
といふやうな事を切に思ひ続けた。

時任謙作の物語『暗夜行路』はこの一文で終わっているのだ。十代の頃ここを読んで、「助からぬ」とは死ぬ事だろうが、それにも「随いて行く」とはどういうことなのか、後を追って自殺するという意味を含むのだろうかと不思議に思ったが、その疑問は今も解けていない。このことを問題にしている発言を読んだ覚えがないが、気になる私の方がおかしいのだろうか。しかし、もし「助からぬにしろ」が単にことばの綾、たとえ火の中水の中の類だとしたら、志賀直哉はそれでも良いのだろうか。弘法も筆の誤り?

閑話休題――この結末の一節を中心に『暗夜行路』のはらんだ表現上の問題を論じたのが中野重治の『「暗夜行路」雑談』である。「それまでは、徹頭徹尾謙作をとおして進んで」いたのに、ここだけが突然妻直子の側に立ってものを言っている。「謙作の心の発育史はここでぶち切られる」、「『暗夜行路』はできそこなった」と。小説がもし妻直子の内面にも立ち入って描く前提にあるのならば、これまでにもそれを言うべき、あるいは確かめておくべき場面はいくらでもあったではないか。しかし、小説は「徹頭徹尾謙作をとおして」語られ、描かれてきた。言い換えれば直子の内心は分からないという約束の上で謙作の苦悩も描かれてきたはずだ。ここは、小説作法としては明らかな約束違反ではないか。

泡鳴も書いていたとおり、夫婦だろうと親子だろうと、人は他人の心が分からない――最も、こんな言い方をすれば分からないのは他人ばかりではない、まず自分自身ではないのかと言い返されてしまうだろう。まったくその通りで、だからこそ「私小説」が存在するのだとも言いたいところだが、それは今は措くとしよう。

梅崎春生のエッセイに、人の内奥と表現が一致している、全ての人間関係が極度に透明で数学的に割り切れている、そんなユートピア世界を夢想する話が出てくるが、逆に言えば、人の心が分からないからこそ、悩みもするし悶着も起こるのだが、またそこに小説なども生まれてくるのだろう。人生で一番厄介なのは政治でも経済でもない、こうした生活日常のことだ。そして、そういうことをわれわれは日々感じ、承知しているからこそ、話は戻るが、勤めても働いてもいない時任謙作の生き方に敬服したり尊敬したりするのであろう。そして、こういう立派な人物を描きあげた作者についても畏敬の念を持つわけだ。志賀文学へのわれわれの感動、称揚の中心はそういうところにある。つまり作家への全幅の信頼に行き着いてしまうのだが、そうであるのに、その作家が肝心の小説で基本的常識的な表現の約束を破っている。これはいったいどういうことなのか。

研究者によれば、『暗夜行路』が視点の約束を破っているのは実はこの結末だけではなくて、他にも前後篇を通じて数十数か所あるのだという。つまり、中野重治が言うように「徹頭徹尾謙作をとおして」いたわけではなかったのだ。ということは、作者はこの問題については全く無自覚だということだが、それゆえに中野重治の指摘に対しても「それが一番自然だと思ったから」そう書いたと言うばかりで、とうとう問題の意味を理解しなかったのである。ここで志賀直哉の言う「自然」とは表現レベルでのことではなく、言うならば内容、謙作と直子の気持や関係としての「自然」

という意味であったろう。

考えてみると、謙作は妻の不義について悩み苦しんだけれど、それはその過ちを許し受け入れるため、自分の気持を鎮めるための葛藤であって、決して妻の離反や裏切りを想定しての悩みではなかった。ここが本当にエライところかもしれないが、謙作は直子の心そのものを疑ったことは一度もなかったのだ。そして、そうであったから、あの科白、「自分は此人を離れず、何所までも此人に随いて行くのだ」という直子の内面の独白も書かれることになったのであろう。従兄との過ちがあったからと言って、謙作への愛は少しも変りはしない、とは、直子にとってばかりではない、謙作にとっても疑いのないこと、最も「自然」なことだったのだ。直子の内面が突然書かれるのはおかしいとは表現レベルでの些細なこと、内容としては少しも矛盾などしていないではないか、中野重治よ、何を寝惚けたことを言ってるのだ、ということになるのだろう。

中野重治も書いているが、『暗夜行路』にはもう一つ大きな表現上の問題がある。小説家ということになっている謙作が後篇で、直子との結婚話の進行中に自分の自伝的小説を書いて送ろうと考えたが、結局それは止めにした、というくだりである。「然し、此計画は結局此長篇の序章に『主人公の追憶』として掲げられた部分だけで中止された」と書かれているのだ。「此長篇」――『暗夜行路』の作者は志賀直哉であって時任謙作ではないはずだが、その小説中の人物である謙作が突然この小説は自分が書いたと言うのである。小説の主人公、虚構の人物がいきなり現実の作者に話しかけてきたような展開である。しかも謙作は「序詞(「主人公の追憶」)」を書いただけで中止したというのであるから、それを含む小説『暗夜行路』全体は時任謙作と志賀直哉の合作だということになってしまう。なんという複雑さ、考えると眩暈がしそうな話だ。型破り? まるでメビウスの輪を辿るような、考えると眩暈がしそうな話だ。

こんな例があった。一人の少女の生い立ちを語った小説だったが、最後の場面になって、プールの傍らで友人と談笑している作者のところへ一人の白髪の老婦人が近づいて来て作者の肩を軽くたたいて通り過ぎる。その老婦人はここまで語られてきた少女その人なのだ。物語はここで突然破れるわけだ――タイトルは忘れたが、ミラン・クンデラにそんな小説があった。奇妙な読後感を友人に話すと、そういうのを「審級」というのだと教えてくれた。筒井康隆がたしか『虚人たち』(昭和五六年)だったと思うがいち早く取り入れているというので読んでみた。しかし、そのときの印象では、こういう手法は小島信夫が『別れる理由』(昭和四三〜五六年）のなかでやっているぞ、ということに尽きた。『別れる理由』には小説の主人公が作者に電話をかけて来るエピソードもあったのだ。当時、私は面白がって読んでいたが、小島信夫の友人のなかには、あれはいけないよ、と親身に忠告してくれる人もいたと、後に作者自身が書いている。小島信夫の専門であるアメリカ文学には既にそんな手法が行われていたのかもしれない。小島信夫は、そういう意味では最後まで大胆な、前衛的な試みを捨てなかった作家である。

ちなみに記しておくと、近年は話の途中で視点人物が変わったり、また戻ったりというような小説まで現れた。そんな小説が芥川賞受賞作にまで見られるようになって、目ざとい批評家が早速「移人称小説」などと名付けている。視点・語りの主体を小説の途中で変える、そこにどういう意味があるのか私には説明できないが、ただ全体としては、日本の近代文学が一貫して追ってきた、分裂し解体し揺らぐ「私」存在の追求、そういう運動の一つの現れだろうということは分かった。

話が広がりすぎたかもしれない。これらはもとより二一世紀小説のこと、二〇世紀小説の〝神様〟だった志賀直哉と直接の関係はない。ただ私は、小説の視点・人称という問題はいわば小説の根幹にかかわることであって、その跡を見るだけでも文学の歴史が辿れると言いたかったのだ。だからここで、当代「審級」だの「移人称」だのと言っているようなことは疾うの昔に志賀直哉がやっているよ、と言えれば面白いのだが、残念ながらそんな恰好のよい話にはならない。志賀直哉の場合は、単に私小説家にありがちな錯誤、「創作」とは言いながら、本音のところでは自分のことを書いている私小説家の不用意がポロリと出てしまった、そんなレベルの問題であるだろう。

だが、そうだとすると、この小説の〝神様〟の無知と無自覚は、岩野泡鳴一元描写論がいかに本質的で重要で先駆的な仕事であったかを、反語的に立証する大きなデータだということになろう。ちなみに言えば、泡鳴を「偉大なる馬鹿者」だと言ったのは大杉栄だった。神様と馬鹿者と、この両極の間に日本文学の特異さ、困難さがあるわけだ。

4

今度この『現在将来の小説的発想を一新すべき僕の描写論』を読みなおすなかで、「人間は知情意の無差別燃焼体である」ということばが目に飛び込んできて、うーんと唸る思いをした。「知情意の無差別燃焼体」

――いいことばだ。そしてこれは泡鳴だからこそ言えたことばに違いないのだ。

自分の生き方を「神秘的半獣主義」、「刹那主義」と言い、「生々発展主義」、あるいは「内部的自然主義」、「肉霊合致」等々と公言して来た泡鳴は、何よりも行動の人だった。もっと言えば、まず行動する、考えはその後についてくる、そういう人だった。十代の頃、キリスト教伝道師たらんとして洗礼を受け（一五歳）、教師として勤めるべく仙台神学校に乗り込んで行くが、試験に落ちてあっさりそこの生徒になる（一九歳）。しかしその在学中、煩悶から脱すべく禅堂に通って坐禅をしたという。まあ青春彷徨の一コマとしてあり得ることだと言ってもよい。しかしそういう経歴を持った人が晩年には熱烈な――彼には熱烈でなかったことは一つもないのかもしれないが――日本主義者になる。そういう極端から極端を走り続けた人だ。生活面では、親譲りの下宿屋を売り払って樺太の蟹缶詰工場の経営に乗り出すが、たちまち破綻、一文無しになって放浪生活となるのは『放浪』に描かれたところだ。下宿屋から養蜂家まで、就いた職業の数も数え切れないが、その間には休みなく女性問題も続いている。そして一番驚くのはその間にも文筆文学活動も休みなく続いていることだ。二年に満たなかった仙台神学校時代にも『基督教聖歌集』増訂改版出版に力を貸しているし、やはり二年足らずの警察学校勤務時代にもたちまち『英語警察会話篇』を出版している。万事やることが早かったのであろう。

そうした数あるエピソードのなかで最も驚くのは『放浪』にある心中未遂の話だ。札幌で主人公田村義雄を追ってきた愛人お鳥と発作的な心中行となるが、橋から飛び込むと川は氷り雪が積っていて死ねなかった。二人とも白けて居候中の家に帰るが、それから義雄は書きかけだった原稿を徹夜で仕上げた、とある。そのとき義雄が書いた原稿は「悲痛の哲理」だとされているが、もちろんそれは泡鳴自身の著作の一つである。泡鳴とはこういう人だったと思うとき、まさに「知情意の無差別燃焼体」ということばがぴったりと重なって来るではないか。

こうした岩野泡鳴であるが、不思議にいろいろな人に愛されて、私の読んでいるだけでも正宗白鳥、舟橋聖一、大久保典夫、寺田透、川村二郎等々の魅力的な作家論がある。この稿の初めに書いた仲間の一人が、石川淳にもあるよと教えてくれた。それはまだ探し出していないが、今度拾い読みしたなかに河上徹太郎の『岩野泡鳴』（昭和三三年）があって、そこに「明治に偉大な小説は沢山ある。然し偉大な小説家は泡鳴一人である」とあって、やっぱりと思った。泡鳴は、小林秀雄には合わないが、河上徹太郎ならば受け入れるところがあるのではないかと、そんな漠然とした予想が私にあったからだ。河上徹太郎はさらに、泡鳴の膨大な評論のなかで「一番大切なのは」「その一元描写論だと思った」とも書いている。その理由は、「彼の文章が彼の生きている呼吸とぴったり合うということに外ならない」とも。そう、泡鳴だけが一元描写原理を発見できたのは、その秘密は、やっぱり彼の破格な生き方、その「無差別燃焼体」を何とかウソなく表現せんものと格闘してきたからこそ生まれて来たに違いないのだ。書斎に閉じこもって文学だけを考えているような人生からは、あの一元描写論は生まれなかったろう。そういうところを、河上徹太郎は誤りなく読み取っていたわけだ。

だが、河上徹太郎の泡鳴論にはもっと驚くべきことが書かれていた。それは、「井伏（鱒二）君の独特なスタイルは、或いは泡鳴の描写論の影響がないとは言えない」という指摘である。井伏文学と泡鳴一元描写論――こんなことを言った人は他にないが、実は私も密かに考えていた。考えただけで書けなかったが、たとえば『へんろう宿』。ここに見事に実現されている井伏文学独特の「立ち会う人」の存在。井伏小説は、この立ち会う「私」を巧みに介在させることによって、作り話に独特な私小説的リアリティーを生んでいるのだが、これはまさに泡鳴一元描写論の井伏式な取り込み、消化吸収の結果だと、今、河上徹太郎の応援を得て、私も断言できる、という次第である。岩野泡鳴と井伏鱒二――この、どこから見ても重なりそうのない二人が、見えないところ、深いところで繋がりを持っていたとは、文学史の思いがけない面白さだ。

井伏鱒二は大正七年、二〇歳のとき、早稲田大学の同郷の友人に連れられて、当時巣鴨に住んでいた岩野泡鳴を訪ねている。その時の経緯を回想的に書いたのが、「実名小説」・『喪章のついてゐる心懐』（昭和九年二月）である。一〇人ほどの信奉者が集まって文学談をする「創作月評会」と称する会だったというが、井伏鱒二はそこで、泡鳴が当時書いた一元描写論の話を聞いたのだ。二回ほど訪ねたあと泡鳴は急死してしまうが、その墓を雑司ヶ谷墓地に尋ねたことが指導教授であった片上伸に知れて、早稲田の学生のくせになぜ泡鳴なぞ訪ねるのか、「恥ぢたまえ」と、叱責された。そのころロシア文学者片上伸は文学論のことで泡鳴の仮借ない批判を受けていたのである。そんなことがきっかけとなって井伏鱒二は片上伸に睨まれ、付きまとわれることにもなって、とうとう休学、やがて退学することになってしまった。井伏鱒二にとって岩野泡鳴はそんな因縁の人でもあった。河上徹太郎が泡鳴について書くと知って、「とにかく、エライ人だった、と書いてくれよ」と言ったと、河上徹太郎が伝えている。泡鳴を訪ねたのは偶然みたいな動機であったが、しかし結果的には井伏鱒二もまた泡鳴を愛した一人となったわけだ。

5

岩野泡鳴の一元描写論が発表されたのは前述のように大正七年一〇月だが、その頃は、別の面から見ると「私小説」が一つのピークを迎えた時期だった。池内輝雄の調べによると当時のジャーナリズムに「私小説」ということばが最初に現れるのは大正九年だということだが、その意味は、そのころ私小説が流行のように盛んに書かれ、ためにそれについての批評や議論もたくさん出現した。そうしたなかで「私小説」という呼称も生まれ、また固まったということである。

私小説と言えば田山花袋『蒲団』（明治四〇年）から始まったと思われがちだが、現象としてはその頃から現れたとしても、それで桃太郎が生まれたようにパッと私小説が誕生したわけではない。私小説という呼称が定着するまでには、自分は自分は小説、俺は俺は小説、楽屋落ち小説等々、揶揄をこめた呼び方がさまざまに行われていた。現に、事実として私小説をたくさん書いていた泡鳴にしても、この一元描写論では「作者が同時に第一人称で作中の人物になっているところの自伝的小説」という言い方をしている。泡鳴自身が「私小説」ということばを知らなかったし、そういう概念も持っていなかったのだ。私小説が揶揄含みの俺は俺は小説から脱却、一つのスタイルとして冷静に論じられるようになったのは、実は後に「心境小説」と呼ばれるようになる志賀直哉『城の崎にて』（大正六年五月）などが広く認められるようになってからだった。この「心境小説」で志賀直哉は小説の〝神様〟にもされたのだが、また、この「心境小説」のお蔭で俺は俺は小説も「私小説」に昇格したのである。

こうした時代背景のなかに置いてみると、泡鳴一元描写論は、そのもう一つの性格は、実は私小説論でもあったのだという重要な事実も見えてくる。タイトル「現代将来の小説的発想を一新すべき僕の描写論」とは、言い換えれば、

〈われ私小説の原理を発見せり〉

という意味に他ならない。これまでの近代文学史が

まだ気づいていないが、泡鳴の一元描写とは、本当は日本最初の私小説論なのだ。彼は自ら発見したこの原理に従って、代表作である「泡鳴五部作」を全て修正し、主人公田村義雄の視点から外れた部分を徹底的に削除する、そんなことも実行したのである。そして、この一元描写論とその後にたくさん書いた批判への反批判をまとめて一冊にするべく準備していたが、実現しないうちに大正九年五月、四八歳で急死してしまった。私は、泡鳴をせめてもう数年生かして、当時の私小説論議のなかに交えてみたかったとつくづく思う。歴史に〝もし〟は禁句だろうが、彼のことだからきっと黙ってはいない、必ず私小説の真髄真価というような観点から発言していたに違いないのだ。そして、もしそうなっていれば、その後のさまざまな私小説論議、とりわけ戦後に伊藤整、中村光夫、平野謙らによって偏ったかたちで決めつけられてしまった私小説概念も、もう少し違った展開をもてたのではないかと思う。この頃はあまりはやらないが、日本文学全体から見ても、私小説は今なお考えるべき要素をたくさん含んでいるのだ。

泡鳴が「現代将来の小説的発想を一新すべき」と言いながら、それを「僕の描写論」だとして、〝僕の私小説論〟だと言わなかったのには、こうした時代背景、歴史的な段階としての理由があったのだが、実はもう一つ奥には、私小説は極めて描写の問題であり、そして描写の問題は日本語の文章文学の性格が集中して現れるからなのだ。そういう意味で、泡鳴が私小説という概念を知らず、それを描写レベルの問題として考えていたことは正しかったのであるが、実はまた、そうであったからこそ、彼の考えが時代を超えて徹底できたのだとも言える。先ほどとは逆の仮説になるが、もし泡鳴がこの一元描写論を書く前に私小説という概念を知っていたら、議論は反って常識的な、面白くもない方面に進んでいたかもしれない。

二葉亭四迷が口語体で小説を書くために講談の速記本まで参考にしたとは知る人も多いエピソードだが、明治の日本近代文学はまず言文一致、口語文章確立のための試行錯誤から始まった。そして、それが一通りでき上ると次に課題となったのが描写という問題だった。それがリアリズム――近代文学の第一要件であり、また呪縛でもあったリアリズム観念からの必然的な展開であった。花袋を初め秋声も泡鳴も、明治近代文学の第二世代である自然主義作家たちに描写論が多いのは、その故である。近代文学は文体から描写へという軸にそって進んできたわけだ。泡鳴の文学活動に限っても、小説を書くほかにヨーロッパの文学を当時としてはかなり読んでいて、不思議な選択ではあるのだが、フランスの象徴主義運動をイギリスに取り込もうとしたアーサー・シモンズの『象徴派の文学運動』（大正二年）の翻訳がある。そして、これも不思議な一面なのだが、何とも不器用としか言いようのない口語自由詩を生涯書き続けた。かれの一元描写論は、そういう文学経歴のなかから、その晩年に至って到達した一つの日本文学論なのである。そしてそれは、たとえば、短歌からきていると思われる田山花袋の描写論とは決定的に違ったものともなったのだ。

6

田山花袋にも描写論がいくつもある。そして時間とともにその主張も動いているが、なかでは最も知られているのが「露骨なる描写」（明治三七年二月）と「平面描写」（明治四一年九月）である。前者では従来の美的観念、「白粉《おしろい》沢山の文章」を棄てた大胆な描写ということを提言している。その実践が『蒲団』（明治四〇年）だったわけだ。この小説を一躍有名にした、女弟子が残した蒲団の襟の匂いを嗅ぐという最後の場面などはまさにその「露骨なる描写」を代表するものであろう。しかしそうだとすると、これは描写の問題なのか思想（時の自然主義）の問題なのか微妙である。話が飛ぶが、戦後の、マロニエの根方にぶちまけられた反吐の跡が美しいと書いたサルトルの実在主義小説『嘔吐』（昭和一三年、白井浩司訳は二〇年）などはやはり描写ではなく思想の問題だと言うべきだろう。とすれば、日本の自然主義作家たちに対しても同じ見方ができるはずだ。泡鳴がそうであったように、明治の、とくに自然主義文学者たちの「描写」の語は表現論であるとともに深く文学思想の問題でもあったのだ。

もう一つの「平面描写」は、泡鳴の一元描写論中で強く批判されているが、「聊かの主観を交へず、結構を加へず」「人物の内部精神にも立入らず、たゞ見たまゝ聴いたまゝ触れたまゝの現象をさながらに描く」というものだ。彼の一族の歴史を描いた長編小説『生』（明治四一年）でそういう試みをしたと言うのだが、実際にはいろいろな人物の内面にも入り込んで書かれていて、いかにも不統一である。そういう点では、描写論では花袋の影響をかなり受けているとみえる徳田秋声が、すべての小説に平面描写一本やりで行くのは難しいだろうと疑問を呈しながらも、結果的には言いだした花袋自身よりも徹底させている。その「無理想無解」――「作者の主観を加へない」「人物の内部精神にも立入ら」ない新聞小説『黴』（明治四四年）で夏目漱石を閉口させたエピソードはよく知られていよう。それに比べると花袋はいろいろな意味で徹底しなかったが、それは彼の、日本語の性格についての認識や自覚の不足によったのではないかと思われる。

次に引くのは『描写論』（明治四四年四月）の一節。これは初めに紹介した『日本の文学論』にも収録されている。つまり描写論を代表する一編として知られているのだが、私から見れば、それはある時代の認識レベルを象徴したという範囲での代表であるだろう。

> 描写――描くといふことの目的は、趣意を伝へたり、筋を語つたりするのではない。又、事件を伝へるのでもない。眼から頭脳に入つて生々として居る光景をそのまゝに文の面に再現させて見せようとするものである。〔……〕
>
> 梅が咲いて居る。これでは記述であつて描写ではない。白く梅が見える。かうなると、いくらか描写の気分が出て来る。吾々の前に咲いて居る梅の状態が分明と眼の前に見えるやうになつて顕はれて来るやうに心懸けるのが描写の本旨である。
>
> かれは雨戸を閉めた。
> 雨戸を閉める音が聞えた。
> 波の音がした。
> 波の音が聞えた。
> 何方も後の方が描写の気分に近い。
>
> 〔……〕
>
> 写生と言ふことも、其作者の心懸や気分に由つて、或は叙述になつたり或は描写になつたりする。〔……〕写生さへすれば描写であるという風に考へて居る人があるが、あれは記述と描写の区別をよく知らない為である。

ここで花袋は「先ず描写と記述との区別を説きたい」と話を始めている。そして「記述をデスクリプシヨンとすれば、描写はペインチング」だとしている。英語でのニュアンスは分からないが、辞書レベルで言えば、どちらも描写であり、記述でもある。強調すれば painting の方には生き生きとか生々しくといった要素も加わるようだから、花袋はそのあたりのことを言いたかったのであろう。ところが次の段落では「記述は叙述である」とも言う。記述と叙述は、まあ私なども使い分けはするが、ではどう違うのか、改めて説明するとなると考えてしまう。それで花袋の叙述の説明を期待するが、それは無くて、記述の説明ばかりである。では何故「記述は叙述である」と言う必要があったのか、そのあたりのこともさっぱり分からない――

何だか分からない尽くしで非生産的になったが、実を言うと、この著名な描写論の全体が私にはよく分からないのだ。記述、叙述、説明、写生、描写、こうした熟語に、この時代と現代とでは語感の違いがあるのかもしれない。ここには花袋の主張する描写の意味が分かるようなところを拾い上げてみたつもりだがどうだろうか。要約すれば、描写は話の筋を進めたり事柄を理解させようとする文ではない、「光景をそのままに生々と再び現はして見せようとする」文だということで誤りはないだろう。だが、そうだとして、では「梅が咲いて居る」と「白く梅が見える」との違いが、記述と描写との違いだとは、理解できるだろうか。さらにそこに、「かうなるといくらか描写の気分が出て来る」となるところが私には分からない。なぜ描写に「気分」が入ってくるのだろうか。ここには引用できなかったが、少し後の方には「現象に対しての作者の気分如何。それが描写と記述とに自づからなる区別をなしてゐる」と言っているところもある。引用部分にも見えるが、花袋は正岡子規の言った「写生」論に異を称えていて、写生は描写ではない、描写を知らない者が写生などと言うのだ、とも言っている。しかし先にも述べた、彼の『「生」に於ける試み』(明治四一年九月)での主張、「聊かの主観を交へず」「たゞ見たまゝ聴いたまゝ触れたまゝの現象をさながらに描く」とは、紛れもなく子規の言った「写生」に他ならないだろう。同じ「見たまゝ」でも、子規のそれと花袋のそれとでは内容が違うらしい。

7

仕切り直しで、花袋が記述と描写の違いだとしている文をもう一度見ておきたい。

梅が咲いて居る。
白く梅が見える。
〔……〕
かれは雨戸を閉めた。
雨戸を閉める音が聞こえた。
波の音がした。
波の音が聞こえる。
何方も後の方が描写の気分に近い。

この「気分」の語が分からないとは先に言ったが、もう少し付け足せば、描写に何故「気分」が関わるのかという疑問と、さらにその「気分」は描写する者の気分なのか、描写されたものが持つ気分(雰囲気?)

なのか、それとも読んだ者が抱く気分なのか、という疑問である。しかし、この疑問についてはもう諦めることにしよう。私が言いたいのは、この例文に見える別の側面についてである。

ここで花袋が記述だとしている「梅が咲いて居る」も「かれは雨戸を閉めた」も「波の音がした」も、私から見ればいずれも描写文であり、あるいは〝客観的〟の話を付してもよい写生文である。どうしてそう言ってはいけないのか花袋は説明してないが、彼が直した後の「見える」「聞えた」「聞える」というところから推測すると、花袋はそこに人間を、見た人、聞いた人を介在させて、それで初めて生き生きとした光景が立ち上がってくる、と考えているらしい。人の感性を通過させたものが描写なのか。彼が度々言っている「気分」の語もそれに関わるのか。しかしここで注意しなければならないのは日本語の構造的な性格のことである。

この頃は『日本語に主語はいらない』(金谷武洋、平成一四年)という認識も広まってきたが、「主語はいらない」の裏側には、実は隠されてはいるが主語は存在するという事実に、人々はまだ気づいていない。別の言い方をすれば、日本語表現は常に発語者の影が映ってしまうのだが、それゆえに主語が無くても伝わる、いらない、ということになるのだ。そのことを逆に見れば、主語のない文は、注意しないと書き手が意図しない主語が混じってしまい立ち現れてしまうという性格である。

花袋が挙げている例でみてみよう。

「かれは雨戸を閉めた」――これは主語述語揃っているから一応独立した文としてとおる。また「梅が咲いて居る」「波の音がした」――これは、一応は発語者の影を消しているから、誰が梅を見たのか、誰が波の音を聴いたのかは問われないでも済んでいる。一般的には、こういう文を写生文あるいは描写文としているわけだ。まさに花袋の言う「見たまゝ聴いたまゝ」とは、こういう形で成立するのではないだろうか。ところが、花袋の言う描写文、「白く梅が見える」「雨戸を閉める音が聞えた」「波の音が聞えた」になると、誰が見たのか聞いたのかが問題になってくる。主語なしで成り立つ構文が、その誰を引っ込めてしまっているが、隠れては存在していることに注意しなければならない。これは、主語が必要な英文なら「白く梅が(咲くのが)(私には)見える」となるだろうし、以下の「音」も同じ。「私には聞こえた」「私は聞いた」としなければならないだろう。日本語表現では音を聞いた主体、主語を意識しないが、実は隠れて存在はしているのだ。そのことは、たとえば「白く梅が見えるぞ」「見えるでしょ」「波の音が聞えたぞ」「聞えたわ」等々と、ちょっと語尾を変えてみれば明瞭になる。見ている者、つまり主語の男女の違い、ときには年齢や身分の違いだって現れてしまい、読めてしまうのだ。

思うに、花袋は日本語のこうした性格について無自覚だった。そういうところから、あの『田舎教師』冒頭の文も書かれることになったのだろう。

四里の道は長かつた。

この文について、私はもう三〇年来言い、書いても来た。読んでくださっている方には、またか、と言われてしまうだろうがお許し願いたい。花袋がどうしてこういう文章を書いたのか、今こそその理由が分かったからだ。これはまさに花袋式に記述を避けた描写文だったのだ。だからこの文を客観的に、花袋式ではない描写、写生文ふうに書けば、たとえば、

道は四里あつた。

くらいが常識的なところだろう。だが、花袋の描写論からすれば、それは凡情な記述文であって、生き生きとした描写になっていない。そこで「道は長かつた」と人間を介在させることになったのだろう。だが、そのとき介在させた影の人間がどんな人間になるのか、それは前後の状況によって、文脈によって姿を現して来るのだが、日本語のそうした性質について花袋は無自覚だった。

言うまでもないが、「四里の道」を「長」いと感じ、そう言えるのは、この小説の主人公林清三だけである。同級生がみな進学、東京へ「雄飛」して行くなかで、貧しい母子家庭のために彼は進学を諦めた。彼だけが、生家のある行田の町からさらに「四里」も下った田舎の小学校に勤めなければならなかった。その「四里」は、主人公林清三には文字通り都落ちなのだ。それゆえ、「四里の道は長かつた」は、それを厳密に書けば、

四里の道は長かつた、と林清三には感じられた。

となるべきところだろう。しかし、こんな回りくどい、緩んだ言い方では清三の寂しい気持を言うためにはまことにまどろっこしい。表現としては落第だ。日本語としては、ここはどうしても、「四里の道は長かつた」でなければならない、ということになるわけだ。だが、そうして主語・林清三を引っ込めたとき、そこには「長かつた」と感じた主人公の他に、その事実を書いている人間の影も映ることになってしまった。「道は長かつた」が、林清三の言い分であり、同時に彼に

なり代わって伝えている作者のことばともなってしまったのだ。田山花袋の小説がいつも一人称視点と三人称視点を曖昧に混在させているのは、その原因は彼のこの特異な描写文信仰によるわけだ。

繰り返すが、主語なしで成り立つ日本語の文章、だが、それは主語がないのではなくて隠れて存在するために、その文の置かれた状況、文脈のなかでちゃんと役割を果たしている——そこが日本語の複雑なところ、厄介なところ、面白いところなのだ。そして、そのことに気付いたからこそ岩野泡鳴は「一元描写」論を書いたわけだ。「四里の道は長かつた」——この文のリアリティーを保証する一番手っ取り早い方法は、主人公と作者、そして語り手を同一人物として設定する一元描写・私小説の他にはないのだ。

私小説論といえば、小林秀雄のそれがそうであるように、そこには広く文学の歴史や伝統を初め気候風土文明文化といった要素も含めて考えることになるだろう。それはそれで意味あること、必要なことに違いない。しかし、泡鳴はそれを「描写論」として考えたために日本語自体の性格の問題にまで突き当たっていたのだ。たくさんある私小説論のなかで日本語の性格の問題にまで行き着いていたのは泡鳴のこの一元描写論だけであった。彼は言っている。

僕は外国人などの如何に関せず僕独特の描写や描写論をやつてるのである。そしてかかる緻密厳密な人生観や描写論は近代文学の精神がわが国民性の一面なる執着心と徹底心とに触れて初めて世界に出現したものとして、僕はわが祖国に感謝してゐる。ボドレルの内部的発想法が仏蘭西に生れて、やがて世界の詩を一新したやうに、この僕の描写論は、わが国の発展につれて、他日必らず世界の小説界を一新せしめるものだと信じてゐる。

泡鳴はこのころ独特熱烈な日本主義者であったから、文章にもそうした色合いが強い。またまた彼流の夜郎自大をやっているなと読み棄てる人も多かったに違いない。しかし、だからと言って空虚な扇動、嘘っぱちを言っているわけではない。この「僕の描写論」というところを「私小説論」と置き換えてみれば、この一節の意味はいっそう明瞭になるだろう。日本語で小説を書くなかで、一元描写のリアリティーという原理、一人称小説の原理を発見した、と言うのである。文学を日本語でやっているゆえにこういう発見ができたのだという泡鳴のことばを私は素直に信じている。

話がまた飛ぶが、昨年は、亡くなった金子兜太を中心に、世界一短い詩・俳句を世界遺産に登録しようという運動が始まったという。面白いことだと、実現の「如何に関せず」私などには興味が尽きない。そして、この勢いで、俳句に並んで短歌も、連歌も、川柳も、私小説も、そして、それらを作り上げた日本語自体も、世界遺産であるだろうと、私は思っている。

呰

勝又 浩

一二月は歌舞伎座で「瞼の母」を観た。母恋話などは閉口だから国立劇場で吉右衛門と菊之助の方を買ってあったのだが、たまたま知人の誘いがあったのと、実は母親おはま役が玉三郎なので気になっていたこともあって出かけた。結果は、おはまは玉三郎でなければならないような役柄ではなくて全く張り合いがなかった。一方、番場の忠太郎役の中車は見事にはまり役で私の観た範囲では中車のなかで一番の好演だった。

しかし、にもかかわらず、私は話全体に乗れなくて、これは新派だよ、歌舞伎じゃないよ、という思いが拭えなかった。解説には新歌舞伎としてあったが、ならば明治の改良歌舞伎の流れなのだろう。昭和六年、忠太郎役を十三世森田勘彌が初演したとある。

玉三郎は次々と新しいものに挑戦する人で、今度はシャンソンだというので高い切符を買った。ただし、CDで聴いた限りでは、さて、であったが、ナマで聴けば違うかと期待している。人間国宝以後、彼は若手教育を自分の役割と心得ているらしいが、「瞼の母」には中車教育の要素もあったのだろう。それともう一つ、旧新派劇を歌舞伎に取り込もうとしているように見える。三月の歌舞伎座は、私は行かれなかったが玉三郎演出の「滝の白糸」だ。昔、玉三郎が新派の方に出て行ったときは惚れぼれ観たが、今の新派は玉三郎を呼ぶだけの力が無い。それで長いこと廃版になっていた名作を今度は歌舞伎の方に持ってきて復活させようというのだろう。しかし、「瞼の母」と同様、歌舞伎を観たくて行った人には、さて、どうなのだろうか、と思う。もっとも、そんなふうに言えば、お前の言う歌舞伎らしい歌舞伎とはどういうものなのかと反問されるかもしれない。それはまたいつか、ということにしよう。

新訳 金瓶梅 上巻

出版400周年記念　全三巻予定　　**田中智行 訳**

ヴェールを脱いだ『金瓶梅』

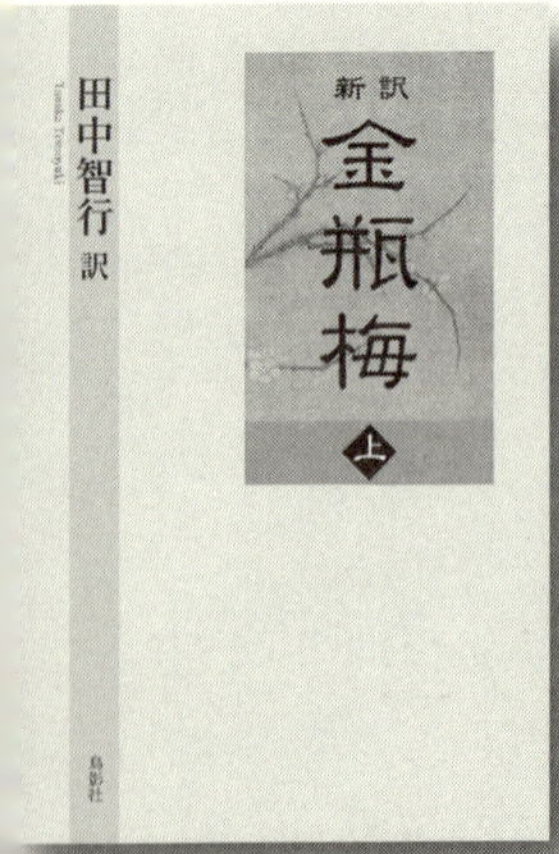

『三国志演義』『水滸伝』『西遊記』と並び称される四大奇書『金瓶梅』。出版400周年に送る新訳決定版。濃密かつ苛烈な人間劇と、生活の隅々にわたる飽くなき観察が渾然となった異形の傑作を、気鋭の研究者による清新な訳文で。最新研究に基づく訳注を附す。

内容目次

上巻では冒頭に金瓶梅詞話序（欣欣子）、金瓶梅序（弄珠客）、跋（廿公）、引首詞を収録し、本編は第一回から第三十三回までを収録。各頁に詳細な訳注を附す。

- 定価3780円（本体3500円）
- 四六判
- 本文712頁
- ISBN978-4-86265-675-7
- 2018年5月上旬発売

【著者紹介】

田中 智行（たなか ともゆき）

1977年、横浜生まれ。2000年、慶應義塾大学文学部卒業。

2011年、東京大学大学院人文社会系研究科博士課程修了。博士（文学）。

日本学術振興会特別研究員（PD）を経て、

現在、徳島大学大学院社会産業理工学研究部（社会総合科学域）准教授。

専門は中国古典文学（白話小説）。

電話 ☎03-5948-6470　FAX 0120-586-771　メール order@choeisha.com

文藝・学術出版　**株式会社鳥影社**

〒160-0023　東京都新宿区西新宿3-5-12 トーカン新宿7F

TEL / 03-5948-6470　FAX / 0120-586-771　https://www.choeisha.com

「季刊文科」会員へのご案内

本誌は、時代の慌ただしい潮流に惑わされることなく、文学本来の在り方、その魅力を大事にする姿勢を第一とするとともに、全国の同人雑誌の営為を受け止め、その成果を世に広く知らせることを使命としています。

今日、こうしたことはわれわれ編集委員や出版元鳥影社の力だけでどうにか出来ることではありません。読者皆様のご協力を広く仰ぐことが肝要と考え、平成二十五年九月に会員組織を創設いたしました。定期購読して頂くだけでなく、ご希望の方に寄稿していただこうというもので、幾つかの特例も設けました。

わたしどもの志すところをご理解くださり、ご参加下さいますよう、ご案内申し上げます。

「季刊文科」会員の規定

一、一期に本誌四回の配布を受ける。
二、「季刊文科」の編集、あるいは誌面についての提言ができる。
三、「季刊文科」に寄稿することができる。詳細は別項。
四、鳥影社の出版物を定価の二〇パーセント引き、送料無料で購入できる。
五、鳥影社からの出版を希望する場合、特例の割引価格とし、希望により編集委員からの推薦文、解説文等を受けられる。
六、一期会費一万円を収める。

なお、雑誌一冊の定価は一五〇〇円（税込一六二〇円）で、一期四冊・計六〇〇〇円（税込六四八〇円）となり、残りは、雑誌運営刊行のための支出に充てることとする。

寄稿規定

小説原則的に四百字詰め三十五枚までとする。
エッセイ「文科」欄四百字詰め五枚。
コラム「**砦**」一三字×五六行。
「**同人雑誌の現場から**」四百字詰め一枚から三枚まで。

※掲載はいずれも編集委員会の決定による。
　メールでの寄稿は **bunka@choeisha.com** へ。

注・会員外の一般購読料は雑誌定価、一冊一五〇〇円（税別）です。

今号の執筆者

秋尾茉里（あきお・まり）
昭和四十四年生。同人誌『ｂａｂｅｌ』『白鴉』所属。

伊神権太（いがみ・ごんた）
作家。昭和二十一年奉天（中国瀋陽）生。『泣かんとこ風記者ごん！』など著書多数。日本ペンクラブ会員。

伊藤裕作（いとう・ゆうさく）
文章家・歌人。昭和二十五年三重県生。著書『愛人バンクとその時代』など。故郷で芝居の勧進元も。

伊藤氏貴（いとう・うじたか）
文藝評論家。明治大学文学部准教授。昭和四十三年千葉生。著書『告白の文学』など。

井上智重（いのうえ・ともしげ）
ノンフィクション作家。昭和十九年福岡生。著書『異風者伝』『言葉のゆりかご』『山頭火意外伝』など。

各務麗至（かがみ・れいじ）
昭和二十三年観音寺市生。「戞戞」編集発行。著書『ぽろおん』句集『風に献ず』など。

勝又　浩（かつまた・ひろし）
文芸評論家。昭和十三年横浜市生。著書『引用する精神』『作家たちの往還』『「鐘の鳴る丘」世代とアメリカ』。

木下径子（きのした・みちこ）
作家。昭和十年生。著書『女作家養成所』『梅雨の晴れ間』等十冊。日本ペンクラブ、鎌倉ペンクラブ会員。

桑原文明（くわはら・ふみあき）
吉村昭研究会長。昭和二十四年埼玉生。編書『吉村昭資料集１』『吉村昭３０００』など。

近藤洋太（こんどう・ようた）
詩人・文芸評論家。昭和二十四年、福岡県生。著書『現代詩文庫近藤洋太詩集』『辻井喬と堤清二』など。

佐藤洋二郎（さとう・ようじろう）
作家。昭和二十四年福岡生。近著に『忍土』『ＴＯＫＹＯ—ＢＲＩＤＧＥ』など。

澤田隆治（さわだ・たかはる）
テレビ・ラジオプロデューサー。昭和八年大阪生。テレビランド社長、日本映像事業協会名誉会長。著書に『私説大阪テレビコメディ史』『上方芸能列伝』『決定版私説コメディアン史』など。

芹沢俊介（せりざわ・しゅんすけ）
社会評論家。昭和十七年生。著書『家族という意志』『子どものための親子論』など。

谷村順一（たにむら・じゅんいち）
日本大学芸術学部准教授。昭和四十八年東京生。

高城紹（たかじょう・しょう）
昭和四十一年徳島県生。文芸集団「楽雅鬼」所属。

田中和生（たなか・かずお）
文芸評論家。昭和四十九年富山県生。著書として『吉本隆明』、『震災後の日本で戦争を引きつける』など。

塚越淑行（つかこし・よしゆき）
昭和二十三年生。著書『緑の国の沙耶』。

津村節子（つむら・せつこ）
作家。昭和三年福井市生。著書『玩具』『流星雨』『智恵子飛ぶ』『三陸の海』『異郷』『紅梅』など。

永野　悟（ながの・さとる）
文芸同人誌「群系」主幹。昭和二十五年千葉県生。元予備校講師。

新名規明（にいな・のりあき）
元高校教諭。昭和二十年鹿児島県生。著書に『鴎外歴史文学序論・続論』『芥川龍之介の長崎』など。

福田はるか（ふくだ・はるか）
作家。昭和十六年生。著書『田村俊子』、『赤彦とアララギ』。三田文学、日本エッセイストクラブ会員。

夫馬基彦（ふま・もとひこ）
作家。昭和十八年愛知生。著書『オキナワ　大神の声』『按摩西遊記』など。

古屋健三（ふるや・けんぞう）
慶應大学名誉教授。昭和十一年東京生。著書『「内向の世代」論』『永井荷風　冬との出会い』『青春という亡霊』など。

細谷　博（ほそや・ひろし）
南山大学名誉教授。昭和二十四年生。著書『凡常の発見』『太宰治』『小林秀雄—人と文学』『所与と自由』など。

松本和也（まつもと・かつや）
神奈川大学教員。昭和四十九年茨城生。著書として『昭和一〇年代の文学場を考える』など。

松本　徹（まつもと・とおる）
作家・評論家。昭和八年札幌生。著書『三島由紀夫エロスの劇』『小栗往還記』『風雅の帝　光厳』など。

三咲光郎（みさき・みつお）
小説家。昭和三十四年大阪生。著書として『群蝶の空』『忘れ貝』『砲台島』『死の犬』など。

岬　龍子（みさき・りゅうこ）
昭和二十七年熊本県生。著書『風のおとしもの』（エッセイ集）『紅雨』（小説集）。

三田村博史（みたむら・ひろし）
中部ペンクラブ会長。昭和十一年岐阜生。著書『姜《カン》の亡命』『漂い果てつ』『東海の文学風土記』。

宗像和重（むなかた・かずしげ）
早稲田大学文学学術院教授。昭和二十八年福島生。著書『投書家時代の森鷗外』など。

村主欣久（むらぬし・よしひさ）
昭和三十三年東京生。フリーランスとしてドイツ語翻訳に従事。並行して小品を執筆。

村上政彦（むらかみ・まさひこ）
作家。昭和三十三年三重県生。著書として『ナイスボール』『トキオ・ウイルス』など。

矢内久子（やない・ひさこ）
小説家。昭和十八年埼玉県生。著書として『間奏曲』『青き淵より』、歌集『アンブラッセ・ル・タン』など。

善積健司（よしづみ・けんじ）
昭和五十九年生。猿川西瓜として種々活動中。同人活動、文学フリマ、詩の読書会、ラップなど。

吉村萬壱（よしむら・まんいち）
小説家。昭和三十六年愛媛県生。著書『クチュクチュバーン』『ハリガネムシ』『ボラード病』『虚ろまんてぃっく』。

季刊文科セレクション
参加者募集

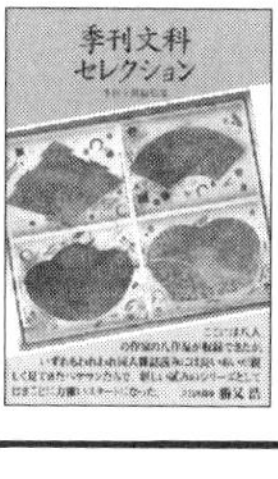

第二回出版決定。
参加者を募集いたします。

募集要項

参加資格　季刊文科会員または購読者

まずは資料をお送りいたしますので左記へご連絡ください。郵送、メール、FAXの場合には、住所・氏名・電話番号をご記入のうえ、鳥影社編集室へお送りください。

〒392-0012
長野県諏訪市四賀229-1　㈱鳥影社編集室
季刊文科セレクション係　資料希望
メール　bunka@choeisha.com
TEL　0266-53-2903
FAX　0120-586-771

編集後記

メディアの衰亡

伊藤氏貴

毀誉褒貶はなはだしかったNHKの朝ドラ『わろてんか』は、結局テレビドラマ不振と言われるこの時代にもある程度の視聴率を保ったまま幕を閉じた。吉本興業を中心とする藝能の歴史の一部を繙くものでもあり、時代とともにジャンルや内容の栄枯盛衰があり、その裏に関係者の苦労があることがわかる。お笑いの裏に涙あり、だ。

実際にテレビ草創期からお笑いにも深くかかわり、現在も熱心に資料の調査をされている澤田隆治さんのインタビュー記事後編が載った。一号間が空いてしまったが、あたかも『わろてんか』が放映中だったこともあり、その内容も踏まえて少しでも原稿に手を入れたいという澤田氏の意向からだった。ものづくりにずっと携わって来られた方の完璧主義に頭が下がる。

澤田氏がつくりあげてきたテレビもしかし、全体としては凋落著しいと言われる。若者は娯楽をゲームやSNS、あるいは映像でもYouTubeのような短時間で完結する媒体に求めるようになりつつある。もうしばらく前の話だが、テレビ局に勤める知人は、タクシーチケットが切れなくなった、とぼやいていた。

はじめから大人数を相手にしなければならないテレビのようなメディアはほんとうに大変だろうと思う。その点、以前から「終焉」を囁かれる文学の方がしぶとく生き残るのではないか。

大手の出版社は、タレントに小説を書かせたりしてなんとか読者の関心を惹こうと必死だが、そもそもテレビがダメになるのなら、この戦法も長続きするはずがない。地道に書いて、当たるか当たらないかわからない陽の光を待つしかない。

石牟礼道子のように、まれに注目を浴びることもある。作家の追悼特集などは組まない本誌だが、「文科」と「砦」に二氏が稿を寄せてくださった。片隅からでも世界を揺るがす力があることを示した稀有な作家だった。こういう作家がいるということは、まだまだ文学というメディアの役割が捨てたものでないことの証明だったのだが。本誌も地道に片隅から発信をつづける。

購読お申込　郵便振替口座
名義　鳥影社　季刊文科
番号　00500—5—50618
郵便局の窓口に備え付けの振込取扱票通信欄に開始号を明記してお申し込み下さい。

◇お願い◇
「同人雑誌推薦作」を掲載しています。同人雑誌、発行ごと2部を「季刊文科」編集部（諏訪市本社内）迄お送りください。

〈編集委員〉
青木　健　伊藤氏貴　勝又　浩
佐藤洋二郎　津村節子　富岡幸一郎
中沢けい　松本　徹

季刊文科　第74号

平成30年（2018）4月15日発行
発行人　百瀬精一
発行所　鳥影社
〒160-0023　東京都新宿区西新宿3－5－12－7F（営業部）
〒392-0012　長野県諏訪市四賀229－1（本社・編集室）
電話 03-5948-6470　FAX 0120-586-771　www.choeisha.com

©choeisha　2018 ISBN978-4-86265-674-2